KRIMINALGESCHICHTEN VOM NIEDERRHEIN

Thomas Hesse, Jahrgang 1953, Germanist und Kommunikationswissenschaftler, ist Redakteur bei der Rheinischen Post in Wesel.
Thomas Niermann, Jahrgang 1959, Weselaner und zur Zeit Schrebergärtner.
Von Thomas Hesse Thomas Niermann erschienen im Emons Verlag die Niederrhein Krimis »Der Esel« und »Der Rabe«.
Kornelia Heise-Ernst, Jahrgang 1952, Studium der Textil- und Bekleidungstechnik sowie der Geschichte und Pädagogik, anschließend Lehrerin. Sie wohnt in Wachtendonk und ist zur Zeit Hausfrau und Mutter.

Thomas Hesse, Thomas Niermann
Kornelia Heise-Ernst

Mord vor Ort

Emons Verlag

Umschlaggestaltung: Atelier Schaller, Köln
Umschlagzeichnung: Heribert Stragholz
Zeichnungen Innenteil: Heribert Stragholz
Druck und Bindung: Clausen & Bosse GmbH, Leck
Printed in Germany 1999
ISBN 3-924491-88-7

Informationen über Bücher aus dem Emons Verlag finden Sie
im Internet unter http://www.emons-verlag.de

Inhalt

Thomas Hesse, Thomas Niermann:

Frohe Weihnachten, Herr Fleischmann!

Dreimal schon hatten die Vandalen zugeschlagen. Kurz hintereinander und immer Wagen der oberen Preisklasse. Mercedes, BMW, Jaguar. Zerkratzt, verbeult, geschändet. Ein Gespenst ging um in Wesel.

Ferdi Fleischmann, lokaler Star-Reporter des »Niederrhein Boten«, hatte jedesmal fassungslos vor den blechernen Opfern gestanden. Der absolute Horror. Aber er hatte seine tiefe persönliche Betroffenheit niedergekämpft und die grauenvollen Ergebnisse dieser autoverachtenden Barbarei widerstrebend mit der Kamera dokumentiert. Die Chronistenpflicht war ihm heilig, auch wenn die sensible Autofahrerseele Tränen weinte. Solch monströses Tun mußte einfach öffentlich gemacht werden. Die Frage war: Wer war zu solchen Scheußlichkeiten fähig?

Autogeilist Fleischmann betrachtete noch einmal kopfschüttelnd die erschütternden Fotos in der aktuellen Ausgabe des »Niederrhein Boten«, dann wuchtete er seine Körpermasse aus dem Bett. Zeitung und Kaffeehumpen nahm er mit zum Klo. Düstere Gedanken.

Er war zutiefst davon überzeugt, die ideologischen Wegbereiter dieses Terrorismus zu kennen. Sie saßen im Rathaus. Rot-Grün. Geistige Brandstifter, die einen verkehrspolitischen Morgenthau-Plan nach dem anderen ausheckten. Wer den Wind sät ... Jetzt auch noch im Bund. Es war zum Scheiße-Schreien.

Ferdi stöhnte gequält und veränderte die Sitzhaltung. Kleinschlückiges Nippen am brüllheißen Kaffee.

Wie hatte er gegen das autofeindliche Klima in Wesel angeschrieben! Nein zur Ausweitung der Fußgängerzone, gegen hinderliche Verkehrsberuhigungsmaßnahmen, lähmende Tempolimits in der Innenstadt und die Wegelagerei der Politessen. Freie Fahrt für freie Bürger, und nicht nur mit dem Fahrrad, bitte schön. Umsonst. Sein Mahnen war ungehört verhallt. Ein Rufer in der Wüste. Jetzt lagen die üblen Früchte der ideologischen Saat in Form geschundenen Blechs vor. Er hatte es kommen sehen.

Gedankenschwer horchte er in sich hinein. Dort tat sich noch nichts. Geduldig blätterte er zum Hauptteil vor. Er bereute es sofort. Von der Titelseite griente ihn ein blonder Lausbub an, dem der patzig vorstehende Schnäuzer wie angeklebt unter der Nase hing.

»Tritt ihn«, trompetete Ferdi spontanen Ärger in die dankbare Badezimmer-Akkustik.

Nichts Gutes erwartend, begann er zu lesen. Ökosteuer, Benzinpreiserhöhung. Es grummelte sofort im Darm. Ein Heiermann für den Liter Sprit. Ja, wo leben wir denn? Wütend pfefferte er das Blatt in die Duschkabine.

Wie, überlegte er finster, konnte es nur dazu kommen, daß so ein Öko-Piefke seine geistigen Blähungen in einen deutschen Ministersessel furzen durfte? Unerklärlicher Betriebsunfall der Demokratie oder gigantischer Wahlbetrug? Verschwörungstheoretiker Fleischmann war sofort geneigt, letzteres zu glauben.

Wie im Bund, so auch im Mikrokosmos Wesel, folgerte er weiter. Hier hatte man nun die Quittung erhalten. Die Autovandalen tobten sich ungehemmt aus. Man konnte eben nicht ungestraft den Stall der heiligsten deutschen Kuh sturmreif schießen und sich dann darüber wundern, wenn ein paar Irregeleitete vor Ort darangingen, auch das Inventar zu verwüsten. Aber wehret den Anfängen!

Ferdi lockerte sich. Sein sich verschleiernder Blick schien kurzzeitig das Nirwana zu schauen, um gleich darauf wieder am Rollenhalter zu fokussieren.

»Oh ... mh.«

Auch Herz und Gedanken lösten sich aus düsterer Umklammerung. Er spürte einen Auftrag. Ferdi, Aufklärer und Mahner. Er würde unverzagt weiter den Finger in die rot-grüne Wunde legen. Jetzt erst recht. Keine Macht dem Autovandalismus. Der Schoß war fruchtbar noch, aus dem das kroch, aber er würde schreibend dessen Sterilisation vorantreiben. Ein Fleischmann gab schließlich immer sein Bestes. Erleichtert richtete er sich auf und betätigte mit Verve die Spülung.

*

Scharf rasiert und genauso gestimmt stand er vor dem Kleiderschrank. Er mußte sich ranhalten. Redaktionskonferenz um zehn. Rasch wählte er aus der Batterie der Trenchs, die den Schrank füllte, ein gefüttertes Exemplar. Schließlich stand Weihnachten vor der Tür. Draußen war es lausig kalt.

Kurz überlegte er, ob er nicht auch noch den dunkelgrauen Schlapphut ...? Er ließ es. Lieber kühler Kopf als heiße Ohren.

»Bogi nach dem Fastenbrechen«, hatte die vorlaute Volontärin gewitzelt, als er beim letzten Mal behütet aufgelaufen war. Frechheit. Er würde alle Hebel in Bewegung setzen, daß die Schnepfe höchstens noch bei der »Bäcker-Blume« Karriere machen konnte.

Im Lift hatte er die kleine Niederlage bereits vergessen. Abwärts in die Tiefgarage schwebend war er gedanklich schon wieder bei den schockierenden Vorfällen der letzten Tage. Gleich in der Konferenz wollte er vorschlagen, dem Thema eine geballte journalistische Breitseite zu widmen. »Heute unsere Autos, morgen unsere Frauen, übermorgen unsere Republik«, formulierte er schon mal die Schlagzeile vor. Nicht schlecht, das hatte doch was. Kurz, prägnant, klar und wahr, die dräuende Entwicklung auf den Punkt bringend. Ferdi war sich sicher, daß man ihm die gesamte Titelseite der lokalen Weihnachtsausgabe einräumen würde. Er freute sich. Mal wieder ganz groß rauskommen. Herrlich.

Er wollte gerade in seinen geliebten Silber-Metallic-BMW steigen, da ließ ihn das Geklacker hochhackiger Pumps herumfahren. Die Mitbewohnerin aus dem vierten Stock stakelte grußlos vorbei. Rasse, Klasse und auch Masse, natürlich nur da, wo gewünscht. Das beste von Claudia Schiffer und Dolly Buster hatte sich in diesem Körper herausgemendelt. Ein strammer Feger.

Ferdi starrte. Jetzt wurde der Luxus-Körper am anderen Ende der Tiefgarage elegant in einen dito Sportwagen geschwungen. Er konnte gar nicht anders, als diese kleine Choreographie zu beobachten. Erst glitt der maurische Bogen des Pos auf den Sitz, dann wurden die schräg angewinkelten Beine – Knie züchtig geschlossen – hineingenommen. Deutlich konnte er unter dem unvermeidlich hochrutschenden Rocksaum die filigrane Spitzenapplikation sündhaft teurer Seidenstrümpfe sehen. Erotik pur.

Ein Motor begann im Basso continuo zu blubbern. Kraftvoll und doch dezent. Musik in Ferdis Ohren. BMW-Roadster, Sechszylinder, dreitausendzweihundert Kubik, einhundertsiebenundsiebzig PS, in pfeilschnellen fünf Komma vier Sekunden von null auf hundert, fünfundsechzigtausend Mark. Eindeutig zu teuer für Ferdi. Trotzdem hatte er den Traum nie aufgegeben. Er spielte Lotto.

Der schicke Zweisitzer schob sich langsam aus der Parkbox. Und dieses umwerfende Faltdach, ein Traum. Ferdi wurde grün vor Neid. Warum die und nicht ich? Wenn sich nichts Einschneidendes änderte, würde dieser Traum für ihn nie in Erfüllung gehen.

Er mußte sich abwenden. Dunkle Depressionswolken zogen auf. Nicht nur der Sportwagen, nein, auch die Fahrerin war eindeutig nicht seine Kragenweite. In der irrigen Annahme, daß die alleinlebende Klassefrau ihren offensichtlichen Reichtum nur in einem einzigen Gewerbe erwirtschaftet haben konnte, hatte er ihr vor Monaten mal im Aufzug zwei Blaue für ein paar marginale Dienstleistungen am Mann angeboten. Noch heute spürte er das Klatschen ihrer schmalen

Hände auf seinen Wangen. Seitdem ignorierte sie ihn. Inzwischen hatte er erfahren, daß sie die Chefin einer großen Werbeagentur war.

Demütigende Erinnerungen.

»Schlampe«, brüllte er wütend dem um die Ecke biegenden Gefährt hinterher. Die anfängliche Scham über sich hatte er inzwischen seelenhygienisch zu tief sitzendem Zorn auf die Frau verfeinert. Na warte, der würde er es noch zeigen. Leider kreuzten sich ihre Wege höchst selten. Die Frau bewegte sich in einer Welt, zu der Ferdi nun mal keinen Zutritt hatte. Aber seine Chance würde noch kommen. Da war er sich ganz sicher.

Er merkte plötzlich, daß er schon eine geraume Weile auf die Kühlerhaube seines Autos starrte. Der geliebte Wagen kam ihm auf einmal wie ein häßliches Entlein vor. Trotz inniger Pflege begannen sich überall rostige Altersflecken zu zeigen. Fast zweihunderttausend gelaufen. Er würde bald für Ersatz sorgen müssen. Bei seinem jetzigen Kontostand kam allerdings nur ein kleiner Koreaner in Frage. Ferdi riß es in der Seele. Da sei Gott vor.

Er tastete nach dem bereits ausgefüllten Lottoschein in der Manteltasche. Seit ein paar Monaten ließ er keine Ziehung aus. Immer wieder wurden etliche Luxuskarossen ausgespielt. Warum sollte er nicht mal der Glückliche sein? Eigentlich glaubte er nicht wirklich daran. Und trotzdem!

*

X »Vergessen Sie's, Fleischmann, mit dem Thema sind wir durch.«

Ferdi faßte es nicht. Er hatte wie ein Volkstribun geredet, und jetzt das. Die Kollegen, die sich im halb mit Glas, halb mit Verblendungen abgesetzten Büro des Redaktionsleiters zur morgendlichen Konferenz versammelt hatten, grienten. Journalistische Dünnbrettbohrer. Ja, erkannte denn niemand den Ernst der Lage? Offensichtlich nicht. Der Chef hatte sich schon der geplanten Weihnachtssonderseite zugewandt, die mit Elaboraten lokaler Dichter und Denker gefüllt werden sollte.

Ferdi war nicht bei der Sache. Giftig betrachtete er den Mann, den ihm die Verlagsleitung in krasser Fehlentscheidung vor die Nase gesetzt hatte. Ein Weselinski, zugezogen, aber im Gegensatz zu ihm studiert. Na und? Das war auch so einer. Betätigte sich hier als fünfte Kolonne der Anti-Auto-Fraktion. Sein Statement eben war doch der Beweis. Der Typ entblödete sich ja nicht einmal, mit dem Fahrrad zum Dienst zu kommen. Gibt's doch gar nicht. So was wärmte jetzt den Stuhl, auf dem er von Rechts wegen längst hätte sitzen müssen. Aber wo Recht zu Unrecht wird, wird Widerstand zur Pflicht. Ferdi ballte grimmig die Fäuste.

Statt in Gewaltphantasien zu schwelgen, hätte er allerdings lieber aufpassen sollen. Vielleicht hätte er das Unheil, das sich über ihm zusammenbraute, noch abwenden können. So traf es ihn gänzlich unvorbereitet.

»Das wäre doch was für Sie, Fleischmann. Wer so wortgewaltig Schlagzeilen wie die von eben formulieren kann, der hat doch einen gewissen Bezug zur Lyrik.«

Ferdi fuhr wie elektrisiert auf. Fette Ärmchen wedelten hektisch Abwehr. Lyrik? Au Backe. Bloß das nicht. Er hatte vor Jahren schon einmal eine ähnliche Seite betreut und sich danach geschworen: Nie wieder! Er nahm die eigene Stimme merkwürdig hoch wahr. Fiepende Paniktonlage:

»Sollte nicht vielleicht lieber die Volontärin …? Die hat doch Literatur studiert.«

Nichts da. Der Chef blieb hart. Grinsend schob er Fleischmann einen Hefter meist handgeschriebener Manuskripte zu.

»Nein, nein, so etwas gehört in erfahrene Journalistenhände.«

Die hätten sich jetzt gern würgend um den Hals des verhaßten Vorgesetzten gelegt, griffen statt dessen aber ergeben zum Hefter. Pech gehabt, mal wieder voll vergeigt. Er dachte an den Zwanni, den er vorhin in der Lottoannahmestelle gelassen hatte. Hätte er sich wahrscheinlich sparen können, er zog ja doch immer nur die Arschkarte. Das Glück ist halt mit den Doofen, tröstete er sich halbherzig. Zumindest zu denen zählte er sich nicht.

Grollend zog er sich an seinen Schreibtisch zurück. Der Tag war im Eimer. Er wußte, was ihm bevorstand. Endlose Telefonate mit lokalen Kulturschaffenden, die Wichtiges sagen und genauso genommen werden wollten. Zähes Ringen um Inhalt und Form, wenn die nun mal festgelegte Spaltenbreite der Zeitung dem Versmaß entgegenstand. Er litt schon jetzt an der Kunst.

Bevor er sich dem launigen Potpourri heimatlichen Reimens widmete, griff er erst einmal zur privaten Büroflasche. Drei Finger breit Braunen in den Kaffeebecher. Prösterchen. Schon stand er Lyrischem weit aufgeschlossener gegenüber. Beherzt schlug er den Hefter auf und begann zu lesen.

De Stadt is witt / is Weihnachtstitt.

Er griff erneut zur Flasche. Mundart. Orthographisch wie semantisch schwer vermintes Terrain. Heftiges Grübeln. »Witt« bedeutete wohl weiß. Aber »Titt«? Das, was sich ihm assoziativ aufdrängte, schob er energisch beiseite. Doch nicht in Verbindung mit Weihnachten. Seufzend griff er zum Telefonhörer.

Stunden später. Die Asbach-Flasche war fast leer, die Redaktion auch.

Nur Ferdi werkelte noch einsam. Die Seite war, bis auf einen kleinen Restraum, fast zu. Und ganz zum Schluß endlich ein Lichtblick. Haiku, ein Dreizeiler nach japanischem Vorbild aus heimatlicher Feder. Haiku. Hätte er bis eben eher neben Chop Suey auf der Speisekarte eines Chinarestaurants vermutet. Jetzt ließ er sich eines besseren belehren. Er las einmal, er las zweimal. Das war einfach klasse.

Wie Boote treiben / unsere Tage vorbei / verschlissen das Tuch.

»So isses«, murmelte er melancholisch, »genau so isses, verschlissen das Tuch.«

Er schaltete sein Terminal ab, griff zum Trench und verließ leicht schwankend die Redaktion. Bereits schwermütig gestimmt, kam ihm jetzt auch noch in den Sinn, daß morgen Heiligabend war. Den würde er wie immer allein rumbringen müssen. Die Kneipen zu, die Kumpel im Familienkreis. Ein Angsttermin.

Er stocherte mit dem Schlüssel am Schloß der Wagentür herum. Sollte er die Karre nicht lieber stehenlassen? Unsinn. Es war ja nicht weit, und er fror bereits jetzt wie ein Schneider. Mit Tempo düste er die Brandstraße runter. Auf vier Rädern fühlte man sich doch gleich viel sicherer als auf zwei Beinen.

Der Wagen fuhr fast wie von selbst in Richtung Café Fehr. Herrchen brauchte psychische Aufheiterung. Schon grünte die Reklame des freundlichen Alt-Biers aus Issum.

»Ein schöner Tag, die Welt steht still …«, intonierte Ferdi freudig. Nix verschlissen das Tuch. Heidewitzka, Herr Kapitän! Mit der sich hinter ihm schließenden Kneipentür war alles Ungemach des Tages erst mal ausgesperrt.

Einige Stunden und fünfzehn Alt später. Die Säufersonne stand Highnoon. Ferdi rollte mit seinem Wagen straßenmittig im Schrittempo nach Hause. Keine Polizeistreife weit und breit. Als er vorsichtig die geschwungene Zufahrt der Tiefgarage unter dem Apartmenthaus, in dem er wohnte, hinabrollte, gratulierte er sich. Glück gehabt, wenigstens diesmal.

Das Glücksgefühl währte jedoch nicht lange. Als er in seine angestammte Parkbox einbiegen wollte, wäre es fast zum Crash gekommen. Der Platz war belegt. Die Schnauze eines schicken BMW-Roadsters grinste ihn unverschämt an. Ferdi war sofort alles klar. Die Intimfeindin von oben. Na logisch. War von hier aus ja auch viel näher zum Aufzug. Faules Luder. Frechheit. Warum glaubte bloß alle Welt, ihn demütigen zu dürfen? Aber das hier würde Folgen haben!

Er verstaute seinen Wagen ein paar Meter weiter in einem freien Gelaß. Dann kehrte er fast im Laufschritt zum Ort der feindlichen Landnahme zurück. Die Anwesenheit des Traumautos schien ihn zu verhöhnen. Da stand das Objekt seiner heißen Begierde, auf ihm zustehendem Grund, so nah und doch so unerreichbar fern. Wütend trat er gegen den Vorderreifen.

Der spontane Tritt beförderte auch seine Denkblockade weg. Ferdi hielt inne. Mensch, na klar! Hier bot sich die Chance, der arroganten Tusse von oben ihre Ohrfeigen heimzuzahlen und gleichzeitig sein journalistisches Anliegen in Sachen Autovandalismus zu befördern.

Er hielt den eigenen Wagenschlüssel noch in der Hand. Sicherndes Sich-Umsehen. Auf dem Mond hätte es nicht einsamer sein können. Sollte er wirklich? Sich an dieser Blüte der Technik zu vergehen, war ein Sakrileg. Und trotzdem. Manchmal mußten der großen, übergeordneten Sache Opfer gebracht werden.

Der eben genossene Alkohol war entscheidungsfördernd. Schon kratzte ein Schlüssel den makellosen Lack. Das Geräusch ging Ferdi durch und durch. Aber der Gedanke an die Fratzen, die die blasierte Wagenbesitzerin morgen schneiden würde, betäubte aufkommende Schuldgefühle. Er ging einmal rings um den Wagen. Dann betrachtete er sein Werk. Aua, aua, das Frauenzimmer würde ganz schön tief in die Tasche greifen müssen. Geschah ihr recht. Ferdi freute sich. Kurz entschlossen ritzte er noch einen großen Anarcho-Stern auf die Kühlerhaube, um zu verdeutlichen, aus welcher Ecke hier der Wind wehte.

Jetzt war es an der Zeit zu fotografieren. Er suchte im eigenen Wagen vergeblich nach der Kamera. Dann fiel ihm ein, daß er das Teil in der Wohnung gelassen hatte. Schon war er im Lift. Der Fotoapparat lag direkt neben dem griffigen Vierkant einer Whiskyflasche auf dem Sideboard im Wohnzimmer. Nach all der Aufregung genehmigte sich Ferdi erst mal einen kräftigen Schluck. Heftig einsetzender Nachbrenner. Seine Phantasie schlug Purzelbäume. Warum eigentlich auf halbem Wege stehenbleiben? Wer A sagt, muß schließlich auch B sagen. Da waren doch noch die Reifen, Scheinwerfer, jede Menge Autoglas und nicht zuletzt das verletzliche Faltdach. Er brauchte Werkzeug.

Links den Werkzeugkasten, rechts die Kamera schwebte er tatendurstig wieder nach unten. Der gezeichnete Sportwagen wirkte schon weit weniger provozierend. Trotzdem machte sich Ferdi erneut inflamiert ans Werk. Paff, paff, einmal mit dem Hämmerchen an den Scheiben entlang. Es hallte infernalisch in der Tiefgarage wider. Ferdi zog sich erschrocken in eine dunkle Ecke zurück und harrte minutenlang atemlos. Stille. Kein Geräusch aus dem Haus. Niemand schien etwas bemerkt zu haben. Also weiter. Rasch perforierte er alle vier Reifen, dann schlitzte er energisch das Faltdach. Ferdi kriegte immer mehr Spaß am kriminellen Tun.

Jetzt mußte er die Scheußlichkeit nur noch im Bild festhalten. Doch er konnte nicht stillstehen, die arg in Anspruch genommene Blase zwickte gemein. Kurz entschlossen trat er dicht ans zerdepperte Seitenfenster. Diese Anarcho-Schweine schreckten auch wirklich vor nichts zurück, dachte er grinsend. Dann dokumentierte er die erneute Untat der Vandalen aus jedem nur möglichen Blickwinkel.

Zurück in der Wohnung begab er sich, von den Anstrengungen des Tages sichtlich gezeichnet, sofort ins Bett. Dieses Bildmaterial würde auch sein Chef nicht ignorieren können, dachte er noch befriedigt. Ein Knüller, mit dem er ganz groß rauskommen würde. Journalistisch war er eben die Nummer eins in Wesel, basta. Dann schlief er glücklich ein.

*

Das Dudeln des Telefons baute sich nahtlos in Ferdis Traum ein, wurde zur Sieges-Fanfare. Gerade nahm er einen von der Autoindustrie gestifteten Journalistenpreis entgegen.

Es dudelte weiter. Der Traum zerbarst. Ferdi schlug benommen die Augen auf. Und da war sie wieder, die rauhe Wirklichkeit. Aufstöhnend griff er zum Apparat neben dem Bett.

»Fleischmann«, krächzte er rauh den Anrufer an.

Die pelzige Zunge schien ihm wie ein trockener Tafelschwamm den gesamten Mundraum auszufüllen. Ein Königreich für ein kaltes Bier.

»Frohe Weihnachten, Herr Fleischmann«, trompetete ihm der Anrufer ins Ohr.

Sich schmerzlich erinnernd, welcher Tag heute war, hätte er fast mit »Scheiß auf Weihnachten« geantwortet und aufgelegt. Doch die Neugier siegte. Stummes Lauschen.

»Kaiser mein Name, Lottozentrale. Ich habe Ihnen eine freudige Mitteilung zu machen.«

Ferdi saß sofort kerzengerade im Bett. Das konnte doch nur eins bedeuten. Und richtig.

»Sie haben bei der Ziehung letzte Woche gewonnen. Einen funkelnagelneuen Sportwagen.«

Ferdis Herz tat einen Hopser. Also doch! Endlich!

»Und weil ja Weihnachten ist, haben wir uns erlaubt, den Wagen bereits gestern nacht anzuliefern. Überraschung, Herr Fleischmann! Schauen Sie doch mal auf Ihrem Parkplatz in der Tiefgarage nach.«

Erneuter Herzkasper, diesmal allerdings fast ein Infarkt.

Vor Ferdis geistigem Auge lief noch einmal die Zerstörungsorgie der letzten Nacht ab. Ein Horrorfilm. Und wie zum Hohn blubberte jetzt auch noch ein Haiku, das er gestern gelesen hatte, an die Oberfläche des Bewußten.

Fragwürdig alles / Wer sie selbst tut, die Schritte / weiß, von wem sie sind.

Wie wahr. Was hatte er getan?

»Herr Fleischmann, sind Sie noch dran?«

Ferdi konnte nicht antworten. Den Hörer am Ohr sank er in die Kissen.

»Sprachlos vor Glück, gelle? Kann man verstehen. Die Formalitäten erledigen wir dann nach den Feiertagen. Also, frohe Weihnachten, Herr Fleischmann!«

Thomas Hesse, Thomas Niermann

Blockadebrecher

I.

Arno hatte einen Schlag bei Frauen, ich hingegen war mit deren Nichtachtung geschlagen. Arno wirkte wie einer der Waschbrettbäuche auf der Titelseite von »Fit for Fun«, ich wie die »Vorher«-Aufnahme einer Diätmittelwerbung. Arno residierte in einer schicken Penthouse-Wohnung in Rees mit Blick auf den Rhein, ich hauste in einer Gartenlaube in Wesel mit Blick auf die städtische Kläranlage. Arno war Verleger und konnte wie ein Buch reden. Ich war als zwanghafter Stotterer ständig verlegen, konnte aber Bücher schreiben. Letzteres hatte uns nach etlichen Jahren wieder zusammengeführt. Ein glückliches Zusammentreffen, wie ich glaubte. Daß das neu geknüpfte Band zwischen uns sich bald so festschlingen würde, daß es mich zu ersticken drohte, ahnte ich nicht.

Wir waren Schulkameraden gewesen, wobei das Wort »Kameraden« hier nur ein freundlicher Euphemismus für »Duldung« ist. Als Akne- und Sprachfehler-geplagtes Dickerchen hatte ich nie zu Arnos In-group gehört. Als williger Verfasser seiner Referate, mit denen er dann in der Schule glänzte, hatte ich mir allerdings einen festen, wenn auch extremen Randplatz in der Umlaufbahn des Arno-Sonnensystems ergattert.

Daß das nach dem Abi noch ein Weilchen so geblieben war, kam eher zufällig zustande. Ich hatte mich Anfang der Achtziger an der Heine-Uni in Düsseldorf als Germanistikstudent eingeschrieben. Arno, für den – wie ich dachte – nach Fähigkeit und Neigung eigentlich nur ein Sportstudium in Frage kam, hatte erstaunlicherweise den gleichen Schritt wie ich getan. Später erfuhr ich, daß sein Vater, der einen kleinen Traditionsverlag für religiöse Schriften im nahen Wallfahrtsort Kevelaer betrieb, seine Nachfolger-Hoffnung dazu gedrängt hatte. Arno war wie immer den Weg des geringsten Widerstands gegangen.

In der Mensa trafen wir irgendwann aufeinander. Freudiges Hallo hier, eher zurückhaltende Reaktion dort. Das änderte sich schlagartig, als ich ihm erzählte, daß ich dringend einen Mitmieter für meine Zweizimmerwohnung suchte, die sich für mich allein als zu teuer herausgestellt hatte. Fürstenwall in Bilk, Altstadtnähe, mittendrin im prallen Düsseldorfer Leben. Ich erinnere mich noch genau, wie in Arnos gelangweiltem Gesicht abrupt die Sonne aufging. Plötzlich überbordendes Interesse, freundschaftliches Knuffen und Schulterklopfen, Weißte-noch-Geschichten, als läge unsere gemeinsame Schulzeit bereits Jahrzehnte zurück. Logisch, wer bereits ein paar Tage später aus einem tristen Wohnheim zu mir zog.

Ich, in der fremden Großstadt einsam wie ein Stein, war selig. Gemeinsame WG mit dem toughen Arno. Womanizer und Feten-King. Wo der war, war immer was los. Wildes, studentisches Leben, ich würde endlich daran teilhaben. Herrlich.

Es kam nicht ganz so, wie erhofft, was ich damals in trainierter Schicksalsergebenheit hinnahm. Ich hatte früh gelernt, wo mein Platz war. Und so ergänzten wir uns prima. Ich sorgte für den Haushalt, er für eine stets volle Bude. Ich studierte, er lebte. Die interessantesten Typen, die tollsten Frauen gaben sich bei uns die Klinke in die Hand und verwandelten die vormals triste Mansarde in einen lebenssprühenden Salon. Und ich durfte dabeisein. Zwar nur unbeachtet im Schatten von Big-Arno, aber ein Leben aus zweiter Hand war schließlich besser als gar keins.

Ich schrieb bereits damals. Beharrlich und vor allem mit hohem Anspruch. Letzteres führte dazu, daß die schwerblütigen Elaborate natürlich von jedem Verlag abgelehnt wurden. Das machte mir nichts aus. Unverdrossen produzierte ich weiter. Ein unverstandener Avantgarde-Schreiber. Mußte wohl so sein. War ich nicht glücklich, so doch fast zufrieden.

Lediglich das allabendliche Gestöhne aus dem Nachbarzimmer brachte mich fast um den Verstand. Drüben der Sturm, bei mir nur der Drang. Es war zum Heulen. An meinem Sexualleben, das sich seit jeher als einsames Ein-Personen-Stück gestaltete, hatte auch das Zusammenleben mit Arno nichts Einschneidendes verändert. Was hatte er bloß, was ich nicht hatte? Die Antwort ließ sich treffend mit dem schlichten Wort »alles« zusammenfassen. Ich stellte mir die Frage nie wieder.

Irgendwann fand ich heraus, daß ich von meinem Leseplatz auf dem schmalen Balkon durch das gardinenlose Fenster erstaunliche Einblicke in Arnos meist hell erleuchtetes Zimmer nehmen konnte. So feierte ich, während die Leidenschaft drinnen orgiastische Feste gab, draußen ungeladen mit. Das manchmal aufknospende, erstaunlich hellsichtige Selbstbild eines spannenden, gesellschaftskranken Verklemmten destillierte ich zu dem des analytischen Weltbetrachters. Das war nicht schwitzhändige Befriedigung schwüler Begierde, es ging um Grundsätzliches. Voyeurismus als Prinzip. Das Leben, eine Bühne. Ich saß im Parkett. Ein messerscharfer Kritiker. Nicht zum Zuschauen verdammt, nein, geboren. Also werde, der du bist.

Sweet little lies. Selbstbetrug. Oder vielleicht doch nicht? Die Wirklichkeit ist immer hausgemacht. Für damals stimmte das Bild. Aber heute nicht mehr. Ich bin ein anderer geworden. Aus dem Zuschauerraum mitten auf die Bühne, maskiert, aber im vollen Rampenlicht. Davon später.

Damals hatte ich mich erträglich in einem verschneckten Leben eingerichtet. Lediglich der Groll auf die, die nicht einmal den Versuch machten, mich in einen jener Abgründe zu locken, in die ich allabendlich schauen durfte, saß als schmerzender Stachel im Fleisch. Aus Groll wurde Wut, aus Wut bald Haß. Ich kanalisierte ihn schreibend.

Mein Studieneifer verhalf selbstverständlich auch Arno zum Einhalten der Regelstudienzeit. Nach dem Examen haben wir uns dann schnell aus den Augen verloren. Er stieg in das Geschäft seines Vaters ein, der bald darauf verstarb. Ich fand eine Stelle als Lektor in einem Links-Verlag, der so alternativ wirtschaftete, daß es keine drei Jahre dauerte, bis er sich auflöste. Danach war ich mal hier, mal dort, versuchte, mich als freier Autor für Zeitschriften über Wasser zu halten und nebenbei immer an *dem* großen Roman der Siebziger zu schreiben. Als auch das nicht mehr ging, zog ich zurück nach Wesel. Gelegenheitsjobs, Sozialhilfe. Ich war ganz unten.

An einem denkwürdigen Abend vor zwei Jahren warf ich meine gesamten Manuskripte von der Aussichtsplattform an der Weseler Rheinpromenade in den gleichmütigen Strom, dem man schon ganz anderen Mist zugemutet hatte. Ein Befreiungsschlag. Am nächsten Morgen begann ich in der Schrebergartenlaube eines Onkels, in der ich mangels bezahlbarer Wohnung untergekrochen war, mit der Arbeit an einem Krimi. So ein richtiges Hard-boiled-Dingen mit ziemlich viel Krach-Bumm-Peng, sex and crime. Es lief wie geschmiert. Ich ließ meinen Helden jungenhaft all meine Träume ausleben. Davon gab's reichlich. Zum ersten Mal war ich richtiggehend glücklich. Nach vier Monaten war ich fertig. »Griff aus dem Dunkel«. Ich war mir sicher, daß die Leser mein Buch lieben würden.

Was jetzt noch fehlte, war der passende Verlag. Eine hohe Hürde, wie ich aus leidvoller Erfahrung wußte. Wieder kreuzte Arno wie zufällig meinen Weg. Das heißt, ich las von ihm im Feuilleton der hiesigen Tageszeitung. Erstaunlich, aber die faule Socke hatte sich tatsächlich als Verleger herausgemacht, indem er das angestammte Programm um die Sparte »Krimis aus der Region« erweitert hatte. Ich sah meine Chance. Es dauerte nur eine Woche, bis ich den »Griff aus dem Dunkel« auf Niederrhein getrimmt hatte. Dann suchte ich Arno auf. Und das Unglaubliche geschah.

*

Ein halbes Jahr später, Düsseldorf, Malkasten. Weihestätte der Hochkultur. Illustres Publikum aus Bildungsbürgern, Literaturfreaks und Kulturverwaltern. Arno las aus meinem Roman. Die Leute amüsierten sich prächtig. Tosender Applaus.

Warum ich aus dem eigenen Werk nicht selbst gelesen habe? Ich hätte es ja gern gemacht, und meinem über die Jahre eingeschrumpelten Ego hätte es sicher gutgetan. Aber als zwanghafter Stotterer? Die Sache wäre zur unfreiwilligen Comedy geraten. So saß ich denn zwar auf der Bühne, aber unbeachtet etwas abseits, hatte bereits eine Platte mit ganz vorzüglichen Kanapees abgeräumt und beobachtete das Publikum.

Ich hatte recht behalten, die Leute liebten meinen Helden. Ein Typ mit rabenschwarzem Humor, sarkastisch, aber charmant. Einer, der sich durchsetzte, ohne Rücksicht auf Konventionen und immer bereit, für die übergeordnete, selbstverständlich gute Sache die einengenden Grenzen der Legalität zu überschreiten. Dabei gebildet und vor allem belesen genug, daß noch der spießigste Kulturmensch es sich erlauben konnte, seine geheimen Macht- und Gewaltphantasien auf ihn zu projizieren.

Trotzdem hatte mich der Erfolg überrascht. Das Buch verkaufte sich von Anfang an gut. Aber irgendwann war der regionale Markt gesättigt. Arno und ich waren zufrieden. Wir hatten eine schnelle Mark gemacht, mehr war eben nicht drin.

Die Nachricht, daß man mir den »Glauser«, den wichtigsten Literaturpreis für einen deutschsprachigen Krimi, zuerkannt hatte, schlug dann wie eine Bombe ein. Arno ließ sofort nachdrucken und brachte auch eine Hardcover-Ausgabe heraus. Die Sache wurde zum Selbstläufer. Plötzlich tauchte mein Name in den Feuilletons der großen, überregionalen Blätter auf. Bekannte Kritiker, die sich nur selten in die Niederungen des Krimi-Genres verirrten, fanden lobende Worte. Marcel Reich-Ranicki schoß mich mit der Bemerkung vom »Autor von exorbitanter Authentizität, der die tiefsten Tiefen kennengelernt hat und das den Leser wissen läßt«, in den literarischen Himmel. Als er seine Nase bedeutungsvoll in Richtung TV-Kamera hackte, nickten die restlichen Mitglieder des »Literarischen Quartetts« mienenschwer zu den Worten des Meisters. Ich wurde als der »deutsche Chandler« gehandelt. Dann Platz eins auf der Spiegel-Bestsellerliste. Das war der Ritterschlag.

Inzwischen hatte sich eine Produktionsfirma die Verfilmungsrechte gesichert, die Verkaufszahlen explodierten. Fernsehinterviews, Einladungen zu Talk-Runden. Ich war ein Star. Das heißt, eigentlich war Arno der Star. Wegen meines Sprachfehlers stand er mir stets hilfreich zur Seite. Oder besser gesagt, ich stand ihm zur Seite, wie immer in seinem gewaltigen Schlagschatten. Er übernahm das Reden, ich brauchte das Gesagte bloß noch abzunicken. Er machte seine Sache gut. Charmant, klug, witzig, ein Siegertyp.

Ich beobachtete Arno, wie er mit dieser unnachahmlichen Geste sein volles, blondes Haar zurückstrich, bevor er einer ihn anhimmelnden jungen Reporterin antwortete. Seine makellosen Zähne perlten. Und plötzlich war es, als hätte jemand einen Schleier vor meinen Augen weggezogen. Ich sah plötzlich völlig klar. Arno war die Inkarnation meines Helden. Die Erkenntnis warf mich fast um. Während ich ihn anstarrte, schoben sich zwei Bilder übereinander: das meines Phantasieprodukts und das des leibhaftigen Beaus neben mir. Vollkommene Deckungsgleichheit. Ich hatte über Arno geschrieben. Selbst in meinem Kopf hatte ich ihn meine ureigensten Phantasien ausleben lassen. Und jetzt auch im wirklichen Leben. Nicht nur, daß er finanziell den Rahm abschöpfte, nein, er genoß auch noch das eigentlich mir bereitete Bad breiter öffentlicher Anerkennung mit sichtlicher Wonne, während ich verdruckst zuschauend in der Ecke saß. Arno, Arno, immer wieder Arno, hörte das denn nie auf? Der Mann war mein Schicksal. Ich bewunderte ihn, ich brauchte ihn, ich haßte ihn.

Dann Signierstunde. Die Leute standen Schlange, um sich mein Autogramm in ihre mitgebrachten Bücher setzen zu lassen. Ich genoß es. Wenigstens das brachte ich ohne Arnos Hilfe zustande. Ein schwacher Trost.

»Darf ich dir Saul Waller vorstellen?«

Ich signierte das letzte Buch und sah auf. Vor mir standen Arno und ein drahtiger Mittvierziger, der mich mit energischem, kaugummigestähltem Kiefer erwartungsvoll anfletschte. Seiner fordernden, wie eine Waffe auf mich gerichteten Rechten konnte ich nicht entgehen. Kräftiges Händeschütteln mit kühl-nerviger Hand. Meine hatte sofort die Konsistenz eines feuchten Tafelschwamms angenommen. Überfälle brachten mich zum Schwitzen.

»Mr. Waller ist Agent von Random House.«

Innerlich schlug ich sofort die Hacken zusammen.

»Das ist eines der ganz großen US-Verlagshäuser«, glaubte Arno mir erklären zu müssen.

Random House! Mein Herz tat einen Hopser. Das konnte nur eins bedeuten: internationaler Durchbruch. Für einen Moment sah ich den Himmel offen. Hörte denn keiner die Fanfaren? Offensichtlich nicht.

»Lassen Sie uns einen Kaffee zusammen trinken«, lud mich der Kernige ganz prosaisch ein. »Ich möchte Ihnen einen Vorschlag machen.«

Ich konnte nur stumm nicken. Wir zogen uns an einen Tisch im Abseits zurück. Während Arno Kaffee holen ging, bauchpinselte Waller mich ausgiebig. Ich hätte genau den Nerv getroffen, prägnante Sprache, toller Plot und so weiter und so weiter. Mein Gestottere muß ziemlich dümmlich auf ihn gewirkt haben. Aber dann war Arno zurück und rettete die ziemlich einseitige Unterhaltung. Nachdem er den Kaffee verteilt hatte, ging's endlich zur Sache. Ich lehnte mich aufatmend zurück und war schon vergessen.

Random House wollte die Rechte an meinem Buch für den amerikanischen Markt erwerben. Arno war sofort Feuer und Flamme, signalisierte Zustimmung auf der ganzen Linie. Ich wurde gar nicht erst gefragt. Wozu auch? Geschäfte besprach man nicht mit Einfaltspinseln. Aber der aufkommende Ärger über die Mißachtung fand nicht so recht Nahrung, zu überwältigt war ich von dem verlockenden Angebot. Ich muß zugeben, ich hatte Dollarzeichen in den Augen.

Aber schnell stellte sich heraus, daß die Sache einen Haken hatte. Einen großen Haken, der aber nur für mich einer zu sein schien. Random House wollte den »Griff aus dem Dunkel« nur unter der Bedingung herausbringen, daß ich mich verpflichtete, kurzfristig einen weiteren Titel vorzulegen. Mir war nicht wohl dabei.

»Sagen wir, in drei Monaten. Schaffen Sie das?« wandte sich Waller endlich an mich.

Noch bevor ich den Kopf schütteln konnte, mischte sich Arno ein.

»Aber natürlich schafft er das. Der Plot für den nächsten Thriller steht bereits.«

Mir blieb bei soviel Chuzpe die Spucke weg. Ich hatte nie daran gedacht, einen weiteren Krimi zu schreiben. Im Gegenteil, ich wollte den Erfolg nutzen, um endlich meinen langgehegten Traum zu erfüllen: ein Werk von literarischem Rang zu plazieren, *den* großen, zeitkritischen Roman zu schreiben, mich in der Champions League der Hoch-Literatur zu etablieren. Mit Trivial-Schmonzetten wollte ich mich nicht mehr aufhalten. Konnte es gar nicht. Was den Stoff für einen neuen Krimi anging, war mein Kopf so leer, wie es mein Bankkonto nach Begleichung aller aufgelaufenen Altschulden immer noch war. Und da redete Arno von fertigen Plots.

Alarmiert war ich inzwischen auf die Stuhlkante gerutscht, versuchte, mich in das Gespräch einzuschalten. Vergeblich. Die beiden waren sich schon handelseinig. Waller phantasierte bereits von einer ganzen Serie, sprach vom James-Bond-Effekt, und Arno heizte begeistert zustimmend die ganze Sache noch an. Er hatte Blut geleckt, und jetzt war er heiß, wollte Beute machen.

Ich konnte es ihm nicht verdenken. Aus seiner Sicht war alles ganz einfach. War ein Thriller erst mal ins Amerikanische übersetzt, wurde jeder Nachfolger todsicher auch hierzulande ein Knaller. Und der Verkauf der Drucklizenz würde noch mal ein erkleckliches Sümmchen einbringen. Für seinen Verlag ein Gottesgeschenk.

Ich hörte Arnos Redefluß mit wachsender Faszination zu. Die Möglichkeit, daß ich ihm und seinem Verlag von der Fahne gehen könnte, schien er gar nicht in Betracht zu ziehen. Ich war bereits eine feste, selbstverständliche Größe in seiner ganz persönlichen Erfolgsstory. Eine völlig neue Situation. Jetzt brauchte er mich. Der Gedanke erfüllte mich mit Stolz. Ich war wichtig für Arno. Hatte ich mir das nicht immer gewünscht? Natürlich war mir klar, daß es so ganz uneigennützig mit der neuen Freundschaft nicht war. Trotzdem, er hatte mir geholfen, als ich ihn brauchte. Also brachte ich das Teufelchen, das mir riet, dem Angeber doch mal vor den Koffer zu scheißen, zum Schweigen. Ich würde loyal sein.

War es der visionäre Eifer, mit dem sich die beiden hochschaukelten? Ich weiß es nicht. Irgendwann merkte ich jedenfalls überrascht, daß es mich auch packte. Warum es nicht noch mal versuchen? Kasse machen. Für die hohe Literatur war immer noch Zeit. Wieder einmal bewahrheitete es sich, daß das in Erwägungziehen einer Möglichkeit schon der halbe Entschluß zu ihrer Verwirklichung ist.

Vergessen die Tatsache, daß ich keinerlei Idee für ein neues Buch hatte, daß ich mich leergeschrieben fühlte, meinen Helden geistig längst begraben hatte. Ich ließ mich von der Aussicht auf Erfolg, Ruhm und Geld blenden. Schon saß ich mit im Boot und ruderte kräftig. Das abgründige Tosen des Wasserfalls hörte ich nicht. Der war weit weg, lag außerhalb meiner Blickrichtung und hinter mir in meinem Rücken. Aber ich steuerte mit Macht darauf zu.

Nach einer halben Stunde waren wir uns einig. Ich versprach Waller in die Hand, mich sofort an die Schreibmaschine zu setzen und termingerecht abzuliefern. Allseitige Siegerstimmung. Waller stellte einen fürstlichen Vorschuß in Aussicht. Ich fühlte mich geschmeichelt. Dann wurde ich schulterklopfend verabschiedet. Arno blieb noch ein bißchen, um mit Waller Geschäftliches zu besprechen. Das war nicht mein Ressort. Wie in Trance trat ich die Rückreise nach Wesel an.

Die Hochstimmung verflog erst, als ich wieder in meiner Schrebergartenlaube am improvisierten Schreibtisch saß und gedankenschwer, aber ideenleer auf die riesigen Rotte-Eier der Kläranlage starrte. Da drinnen gärte es wahrscheinlich brodelnd, in meinem Kopf leider nicht. Die Phantasie ließ sich nicht zwingen, weigerte sich hartnäckig, zu einem spannenden Plot emporzuranken. Ja, nicht einmal knospen wollte sie. Statt dessen beschäftigte sie sich um so ausgiebiger mit den Folgen meiner vollmundigen Versprechungen. Was, wenn ich sie nicht einhalten konnte? Nicht auszudenken.

Ich beruhigte mich mit dem Gedanken, daß es bisher nur zu einem Handschlag gekommen war. Unterschreiben würde ich jedenfalls erst mal nichts und Geld erst nach Ablieferung eines druckreifen Manuskripts annehmen. Ich atmete auf. Eigentlich war ich ja noch gar keine Verpflichtungen eingegangen. Ich ahnte nicht, daß Arno sich weniger zurückhaltend zeigen würde, was schriftliche Zusagen und die Annahme finanzieller Vorleistungen anging. Damals hätte ich ihn noch warnen können, und alles wäre ganz anders gekommen.

Nach zweistündiger Sitzung, die nicht einen Story-verwertbaren Gedanken an die Oberfläche hatte blubbern lassen, gab ich es auf. Kreative Pause. Mich zog es zu »Rauchel« an die Bude. Rheinpromenade. Ein paar Bierchen schlabbern, bißchen Schiffe gucken, dann würde sich der Knoten schon lösen. Von der kleinen Terrasse an der Trinkhalle hatte man einen herrlichen Blick auf Rhein und Flußauen. Ich war da Stammgast. Aber auch intensives Starren auf den Strom brachte in mir nichts zum Fließen. Mir dämmerte langsam, daß ich ein echtes Problem hatte. Dessen Größe veränderte sich allerdings reziprok zur genossenen Menge geistiger Getränke. Ich soff mir einen veritablen Rausch an. Morgen war schließlich auch noch ein Tag.

*

Mit schwerem Kopf und pelziger Zunge wachte ich auf. Das Kopfkissen war schweißgetränkt. Ich hatte geträumt. Irgendwas Beängstigendes, das war klar. Details hatte das sich dienstbereit zurückmeldende Bewußtsein aber bereits gnädig verdrängt. Mühsam quälte ich mich vom durchgelegenen Laubensofa. Kaffee! Am besten einen ganzen Eimer.

Auf dem Weg zur Spüle schien mich die Schreibmaschine höhnisch anzugrinsen. Sofort waren mir die Ereignisse des gestrigen Tages wieder voll präsent. Heftiges Erschrecken, dazu dann Übelkeit. Ich stürzte hinaus und übergab mich würgend über den Komposthaufen. Tat gut. Das gestrige Hochgefühl eines umworbenen Erfolgsautors war mir allerdings inzwischen komplett unverständlich. Auf was hatte ich mich da bloß eingelassen?

Ich duschte unter dem Gartenschlauch, zwang mich, eine Schale Müsli zu essen, dann setzte ich mich ergeben an die Schreibmaschine. Trotz reichlich schwarzen Kaffees und dito Selbstgedrehter fühlte ich mich mau. Aber ich tat den Schwur, nicht eher aufzustehen, bis ich nicht wenigstens den Anfang des Fadens der zu schreibenden Geschichte erhascht hatte. Bereits nach zwanzig Minuten wurde ich meineidig.

Draußen vor dem Laubenfenster leuchteten Äpfel im Gras. Die mußten aufgelesen werden, sonst würde das Fallobst rasch in Verwesung übergehen. Das durfte nicht sein. Also: Wat mut, dat mut. Die Freuden gärtnerischer Pflicht. Dauerte ja nicht lange.

Nach den Äpfeln sprangen mir die Buschbohnen ins Auge. So richtig lecker waren sie nur junggepflückt. Die Ranken hingen voll. Hohe Erntezeit. Wo ich nun schon mal unterbrochen hatte, konnte ich das jetzt auch noch schnell dazwischenschieben. Ich pflückte fleißig eine ganze Waschwanne voll. Und dann waren da noch die Stachel- und Johannisbeersträucher. Wie hatte ich die bloß bisher übersehen können!

Ich arbeitete wie ein Besessener bis zum frühen Nachmittag. Der Garten wirkte wie geleckt, mit der eingebrachten Ernte hätte ich mich auf den Wochenmarkt stellen können. Zufriedenheit über das Geleistete stellte sich ein. Jetzt hatte ich mir erst mal eine Pause verdient.

Bereits eine Dreiviertelstunde später saß ich wieder bei »Rauchel« an der Bude und blickte, ein kühles Bier in der Hand, nachdenklich auf den deutschen Schicksalsstrom. Ruhe bewahren. Nachdenken, Geschichten schmieden konnte ich auch hier. Der Gedanke gefiel mir. Die größten literarischen Werke waren schließlich in Kneipen und Kaffeehäusern entstanden. Im Grunde war das hier eine Arbeitssitzung, nichts anderes.

Ich kniff nicht. Erst als die Rolladen der Trinkhalle heruntergelassen wurden, erhob ich mich und trat auf unsicheren Beinen den Heimweg an. Daß ich fast ausschließlich in Vorstellungen über das künftige Dolce vita eines international anerkannten Autors geschwelgt, aber kaum einen Gedanken über die noch zu nehmende Hürde auf dem Weg dorthin verschwendet hatte, störte mich nicht. Das würde sich alles finden. Kommt Zeit, kommt Rat. Schließlich hatte ich bewiesen, daß ich schreiben konnte. Ich war selig. Bierselig.

*

Der Vorgang wiederholte sich täglich, wurde zum Ritual: erst kurze, morgendliche Sitzung am Schreibtisch, dann die Flucht in alle möglichen Übersprungshandlungen, abends Besäufnis am Rhein-Kiosk. Nach einer Woche hatte ich die Parzelle auf preisverdächtiges Niveau beim Gartenwettbewerb getrimmt. Das erdige Arbeiten machte mir zunehmend Spaß. Was die Idee für einen neuen Roman anging, war ich allerdings nicht einen Schritt weitergekommen. Langsam wurde ich unruhig.

Ich begann, die Gartennachbarn um ihr scheinbar friedvolles Leben zu beneiden.

Wären mir in einem schwachen Moment nicht Eitelkeit und Gier in die Quere gekommen, hätte ich das jetzt auch haben können. Beschauliches Arbeiten, Selbstversorgung aus dem Garten, ein paar kleine Nebenjobs, fertig, aus. Kein Druck, keine Sorgen. Das Paradies. Statt dessen hatte ich einen Berg vor dem Bauch, der sich jeden Tag ein bißchen höher türmte. Die Depressions-Wölkchen, die erst nur vereinzelt aufgetaucht waren, zogen sich langsam zu einer dichten Wolkendecke zusammen.

Irgendwann stellte sich dann Arno unangemeldet bei mir ein. Er traf mich bei einem meiner fruchtlosen Versuche am Schreibtisch an. Als ich ihn am Gartentörchen erblickte, machte ich reflexartig auf total beschäftigt und begann, irgendwelchen Unsinn in die Maschine zu tippen.

Ich fühlte mich ertappt.

Blödsinnige Reaktion. Ich hätte ihm besser von meinen Schwierigkeiten berichten sollen. Schließlich war ich ihm nichts schuldig. Aber ich war ja immer bemüht gewesen, ihm zu gefallen, ihn nicht zu enttäuschen. Es war schlicht der Wunsch, auch weiterhin Arnos Darling zu sein. Bloß kein Liebesentzug. Irgendwie hatte ich damals ja die vage Hoffnung, schlußendlich doch ein Tau um die ganze Sache zu kriegen.

Arno brach lärmend herein.

»Der einsame Poet bei der Arbeit. Das sieht man gern.«

Ich tat, als hätte ich ihn erst jetzt bemerkt.

»Na, wie geht's voran?«

Ich hieb noch einmal schwungvoll in die Tasten, dann sah ich auf.

»Geht so. Ist doch schwieriger, ein neues Thema zu finden, als ich dachte«, stotterte ich lahm.

Arno hatte kein Gespür für Untertöne.

»Du machst das schon. Schreib einfach über das, was du selbst erfahren hast. Die Themen liegen doch weiß Gott auf der Straße. Überhaupt, du hast ja noch über zwei Monate Zeit.«

Zwei Monate. Mir fuhr der Schreck in die Glieder.

»Bißchen knapp, wird schwierig«, traute ich mich zaghaft.

Arno wurde sofort ernst.

»Du mußt es schaffen. Waller hat die Amerika-Ausgabe von ›Griff aus dem Dunkel‹ ausdrücklich von der fristgerechten Fertigstellung des zweiten Manuskripts abhängig gemacht. Also hau rein, sonst platzt der ganze Deal.«

Jetzt hätte ich Zähne zeigen müssen. Schließlich war ich der Autor. Der Moment verstrich ungenutzt. Arno ließ mir auch gar keine Zeit. Schwungvoll knallte er eine Flasche auf den Tisch. »Danton«, sein Lieblingscognac. Er trank kaum etwas anderes.

»Hol mal zwei Gläser und einen Korkenzieher. Es gibt was zu feiern.«

Nichts Gutes ahnend stand ich auf und begann, im Hängeschrank über der Spüle zu kramen.

»Wir haben es geschafft, alter Freund«, jubelte mich Arno an, »der Vertrag mit Waller ist unterschrieben. Zäher Bursche, aber ich habe einiges für uns rausgeholt.«

Mich riß es herum.

»Du hast bereits unterschrieben? Ohne mich zu fragen?«

Arno zog erstaunt die Augenbrauen hoch.

»Was ist denn los, alter Junge, kein Vertrauen mehr? Ich dachte, wir wären uns einig?«

»Natürlich, aber ...«

»Nichts aber, Random House hat gestern einen ordentlichen Vorschuß überwiesen.«

Er fingerte einen Scheck aus der Brusttasche seines Sporthemds und wedelte grinsend damit.

»Bargeld lacht, zehn Riesen für dich. Jetzt kannst du dem Karnickelstall hier Lebewohl sagen.«

Erschrocken wehrte ich ab.

»Das laß mal, keine Vorschußlorbeeren, da bin ich abergläubisch. Außerdem fühle ich mich hier sauwohl, ich hab alles, was ich brauche.«

Achselzuckend steckte Arno den Scheck wieder ein.

»Künstler, werde ich nie verstehen. Aber dein Wille geschehe.«

Er strahlte über das ganze Gesicht.

»Mir jedenfalls hat die kleine Finanzspritze ganz gut getan. Der warme Regen kam gerade zur rechten Zeit. Hatte da einige unangenehme Verbindlichkeiten. Der Sorgen bin ich ja nun ledig, und das verdanke ich nur dir.«

Angst und Freude, gleichzeitig. Arno war mir dankbar. Ging mir runter wie Öl, schmierte aber nicht gerade die Bereitschaft, mit der Wahrheit rauszukommen. Ich grinste nur dümmlich, wissend, daß mein Schweigen mich nur noch tiefer in die Scheiße ritt. Widerspruch, schon gar nicht gegenüber Arno, gehörte einfach nicht zu meinem Repertoire.

»Nun komm endlich mit den Gläsern rüber. Der Erfolg muß begossen werden.«

Er schenkte die Wassergläser fast halbvoll und prostete mir leutselig zu.

»Gib mir doch schon mal den Anfang zum Lesen mit. Du kannst dir gar nicht vorstellen, wie gespannt ich bin.«

Meine Temperatur stieg sofort um einige Grad.

»Später vielleicht. Will der Sache erst noch ein bißchen Feinschliff geben.«

Arno zuckte ohne Mißtrauen mit den Achseln. Daß etwas, was er eingefädelt hatte, nicht so laufen könnte, wie er sich das vorstellte, paßte nicht in seine Denke. Doch er blieb beim Thema.

»Worum geht's denn eigentlich diesmal? Mafia, Drogen, korrupte Politiker?«

Ich wußte nicht, was ich sagen sollte, also nickte ich nur gewichtig. Arno, gewohnt, daß Gespräche mit mir immer recht einseitig verliefen, war's zufrieden. Eifrig am Cognac nippend übernahm er das Reden, entwarf alkoholbefeuert ein schillerndes Bild unserer großen Zukunft. Ich atmete auf. Die Klippe war erst mal umschifft. Gleichzeitig drückte mich die Erkenntnis nieder, daß ich mit meiner feigen Lüge den Point of no return endgültig überschritten hatte.

Nach dem zweiten Glas zeigte der gnädige Alkohol auch bei mir Wirkung. Ich entspannte mich. Arno blies kräftig in die Glut meines fast erloschenen schriftstellerischen Ehrgeizes. Nach dem dritten Glas loderte der bereits wieder heftig. Warum war ich so mutlos? Sicher, ich hatte ein kleines Formtief, aber es mußte doch mit dem Teufel zugehen, wenn sich das nicht wieder geben würde.

»Alles hängt davon ab, daß du ein bißchen Gas gibst. Der Abgabetermin muß unbedingt eingehalten werden.«

Ich nickte gönnerhaft. Angesoffene Großspurigkeit.

»Da mach dir mal keine Sorgen.«

Arno fixierte mich plötzlich scharf.

»Na, dann ist es ja gut. Wenn du Zicken machst, haben wir ein echtes Problem.«

Ich nahm noch einen kräftigen Schluck und kicherte innerlich. Nicht wir, dachte ich amüsiert, du, mein voreiliger Freund! Aber inzwischen war ich mir in euphorischer Selbstüberschätzung sicher, die Aufgabe bewältigen zu können.

Als die Flasche leer war, brachte ich Arno zum Gartentörchen. Er quetschte meine Hand.

»Schau doch mal in den nächsten Tagen bei mir im Büro vorbei. Du mußt den Vertrag zwischen uns noch unterschreiben.«

»Geht klar, Arno«, log ich, trotz zwei Promille und wiedererstarkten Mutes sicher, daß ich genau das ganz bestimmt nicht tun würde.

Er war bereits ein paar Meter gegangen, da schlug er sich wie Columbo an die Stirn und kehrte noch einmal um.

»Ach, ehe ich es vergesse. In zwei Wochen gebe ich eine Terrassenparty. Jede Menge tolle Weiber, die darauf brennen, den heimischen Literatur-Star kennenzulernen.«

Er kniff mir ein Äugsken zu und grinste anzüglich.

»Also übernächsten Samstag, ab acht. Wie in alten Zeiten. Ich zähl auf dich.«

Gutgelaunt wankte ich in die Laube zurück. An Arbeit war heute nicht mehr zu denken. Ich streckte mich wohlig auf dem Sofa aus, in

Gedanken schon bei der anstehenden Fete. Jede Menge Frauen, die mich kennenlernen wollten. Irre. Ein ganz neuer Aspekt, dem ich in meinen geheimen Träumen bisher noch gar keinen Platz eingeräumt hatte. Vielleicht nahm mein Leben ja auch in dieser Richtung eine neue Wendung. Da hatte ich eine Menge nachzuholen und die hochnäsigen Weiber eine Menge wiedergutzumachen. Ich schloß die Augen und glitt in einen höchst erregenden Traum.

*

Die Wochen vergingen im gewohnten Rhythmus. Der Garten verwandelte sich zusehends in ein Paradies, in Sachen Krimi kam ich keinen Schritt voran. Es war wie verhext. Brachte ich einmal eine vage Idee zu Papier, verwarf ich sie bald darauf wieder als unbrauchbar. Inzwischen setzte ich mich bereits mit Mißerfolgserwartungen an die Schreibmaschine, und natürlich erfüllten sie sich dann auch prompt. Es war zum Heulen. Trotzdem klammerte ich mich an die Hoffnung, daß sich der Stöpsel bald lösen und die Ideen nur so fließen würden.

Dem Tag der Terrassenparty sah ich mittlerweile mit gemischten Gefühlen entgegen. Sollte ich überhaupt hingehen? Ein Versager machte bestimmt keine gute Figur, und auf die unausweichlichen, bohrenden Fragen von Arno hatte ich erst recht keine Lust. Doch seine verheißungsvolle Ankündigung von den »tollen Weibern«, die geradezu darauf brannten, mich kennenzulernen, hallte immer noch in meinem Kopf nach. Damit hatte er tief in eine schwärende Wunde gestoßen. Frauen, der Quell sehnsüchtigen Verlangens, aber auch verzweifelter Wut. Jetzt sah ich meine Chance, das Odium des ewig Zu-kurz-Gekommenen endlich loszuwerden. Ich mußte sie nutzen.

Als es dann soweit war, stand mein Erscheinen außer Frage. Schließlich hatte ich doch etwas zu bieten, wenn es auch nur der schnell verblassende alte Ruhm war. Egal. Fragen nach dem neuen Projekt, das Arno sicherlich schon breit angekündigt hatte, würde ich einfach nur nebulös beantworten, den großen, schweigsamen Kreativen geben. Vielleicht würde ja gerade das den Damen jenen gewissen Geheimnis-Kick vermitteln, der ihre Nüstern zum Beben brachte. In meiner Phantasie stach ich Arno bei den Frauen bereits aus. Hinter meiner zugegeben nicht gerade ansehnlichen Fassade würden sie den funkelnden Diamanten schon erkennen. Und dann …

Am bewußten Samstag machte ich mich mit dem Fahrrad nach Rees auf. Immer am Rhein lang. Ich hatte mir, nachdem ich durchs Fegefeuer der Eitelkeit gegangen war, einen extravaganten, weißen Anzug gekauft. Schließlich hatte man Vorbilder. Es muß ziemlich komisch gewirkt haben: kleiner, dicker Schneemann auf Damenrad vor sonnenbeschienener Niederrhein-Kulisse. Ich selbst aber fand mich unwiderstehlich.

Nur mein leidiger Sprachfehler bereitete mir Sorgen. Wenn ich aufgeregt war – und, weiß Gott, das war ich an jenem Tag –, steigerte sich das Stottern zu gutturalen Salven, die mit spastischen Gesichtszuckungen einhergingen. Nicht gerade Flirt-fördernd. Aber ich kannte das Antiserum: Alkohol, selbstbewußtseinserweiternde Droge und Sedativum in einem, ein Wundermittel. Allerdings war die Dosierung wegen der krassen Nebenwirkungen schwierig und damit eine Gratwanderung. Ich stürzte prompt ab.

In jede am Wegesrand liegende Kneipe – und davon gab es einige – kehrte ich ein und widmete mich der Selbsttherapie. Um die olfaktorisch lästigen Folgen, die Alkoholkonsum nun einmal nach sich zieht, so gering wie möglich zu halten, trank ich ausschließlich mit Orangensaft verdünnten Wodka. Orange Blossom, schmeckte ganz vorzüglich. Trotzdem hatte ich, als ich bei Arno auflief, eine Fahne, mit der man einen Panzerschrank hätte aufschweißen können. Dafür war das Stottern einem leichten Nuscheln anderen Ursprungs gewichen. Ich war so gut drauf, daß ich mich an jenem Abend durchaus in der Lage fühlte, selbst einen Pastor predigtmäßig von der Kanzel verdrängen zu können.

Arno wußte natürlich sofort, was mit mir los war. Wahrscheinlich hatte er schon immer gewußt, was mit mir los war. Jedenfalls verzog sich sein Gesicht wieder zu jenem ironisch-amüsierten Grinsen, das ich so gut kannte.

»Sieh da, sieh da, der Shooting-Star der Krimi-Szene!« Sekundenpause. »Oder der Bäcker-Innung?«

Er wieherte. Dann begütigendes Schultertremolo.

»Kleiner Scherz, verzeih. Der Anzug steht dir ganz ausgezeichnet. Im Ernst, die Frauen werden dir zu Füßen liegen. Du wirst schon sehnlichst erwartet.«

Die Unsicherheit meldete sich sofort zurück. Warum hatte ich mir bloß diesen blödsinnigen Fummel angetan? Neben Arno, in lässigen Designerjeans und Freizeithemd, mußte ich wie eine Knallcharge wirken. Ich hätte mich ohrfeigen, ihn würgen können. Aber jetzt war es zu spät.

Arno drückte mir ein langstieliges Sektglas in die Hand und schob mich auf die riesige Dachterrasse. Er mußte ein halbes Einrichtungshaus ausgeräumt haben. Überall edle Polstermöbel, locker zu Sitzgruppen arrangiert, dazwischen sattgrüne Kübelpflanzen. Beschirmt wurde das Ganze von einem großen, chinesischen Baldachin auf Teakholzstangen. Das Beste aber war der unverstellte Blick auf den im Abendlicht glitzernden Strom vor weiter Landschaft. Ein Postkarten-Panorama. Ich war hin und weg, gleichzeitig etwas eingeschüchtert. So feierten sie also, die Schönen und Reichen. Das war etwas anderes als das kleinbürgerliche Schrebergarten-Idyll, das ich gewohnt war.

Das gedämpfte Stimmengewirr verstummte sofort, als Arno mich mit einem improvisierten Tusch vorstellte.

»Tatatataa, hier ist er endlich, unser Bestseller-Autor.«

Er stellte mich jedem Gast persönlich vor. Zig Hände mußten geschüttelt werden. Ich schwitzte bald wie nach einem Sauna-Aufguß. Endlich war es vollbracht. Arno drückte mich auf einen Diwan neben eine dunkelhaarige Schönheit und verließ mich schnöde.

Und nun? Sagen konnte ich erst mal nichts. Deutlich spürte ich, wie das Stottern darauf lauerte, bellend aus dem Käfig meiner fest zusammengebissenen Zähne auszubrechen. Gottlob brauchte ich den Mund nicht aufzutun. Die Schöne neben mir ergriff nämlich sofort die Initiative. Graziös zuprostend hob sie ihr Sektglas und smalltalkte aufs Angenehmste drauflos.

»Prösterchen. Mein Gott, bin ich stolz, den geistigen Vater von ›Griff aus dem Dunkel‹ leibhaftig kennenzulernen. Ich konnte das Buch einfach nicht aus der Hand legen, bis ich nicht auch die letzte

Zeile gelesen hatte. Wie kommen sie bloß auf all die Ideen? Faszinierend ...«

Sie traf genau den richtigen Ton, sagte, was ich hören wollte. Mein Part beschränkte sich aufs Nicken und das gelegentliche Produzieren freundlicher Brummlaute. Die einseitige Plauderei plätscherte wohltuend dahin. Ich sog ihre offensichtliche Bewunderung auf wie eine durstige Pflanze den Sommerregen. Es tat gut. Arno schaute immer mal wieder vorbei, um mir ein frisch gefülltes Glas in die Hand zu drücken. Ich entspannte mich zusehends.

Während die Frau redete, hatte ich Zeit, sie genauer zu betrachten. Zwei rabenschwarze Zöpfe, die ein edles Gesicht klassischer Schönheit umrahmten, gaben ihr etwas Indianisches. Halsabwärts üppigste Fraulichkeit. Der Anblick ihrer makellosen, sonnengebräunten Beine drängte mir den Begriff »appetitlich« auf. Vielleicht nicht ganz passend, aber genau das war es, was ich empfand. Mir lief das Wasser im Mund zusammen. Ntschotschi, Häuptling Winnetous Schwester. Ich wollte ihr Old Shatterhand sein.

Arno sorgte dafür, daß mein Glas stets wohlgefüllt blieb, und so war ich inzwischen in der Lage, ganze Sätze stotterfrei von mir zu geben. Meine Gesprächspartnerin machte es mir, grenzenlose Bewunderung im Blick, leicht. Ich ging immer mehr aus mir heraus. Die Zeit verflog. Ich blieb wie angeklebt auf meinem Platz. Mein übliches Party-Verhalten. Locker Kontakte mit anderen, mir unbekannten Gästen aufzunehmen, war mir fast unmöglich. Ich verspürte aber auch überhaupt nicht den Wunsch dazu. Etwas Besseres, als munter mit dieser Göttin zu plaudern, konnte mir sowieso nicht passieren.

Es schien ihr mit mir auch nicht langweilig zu werden. Im Gegenteil. Irgendwann kam sie auf das neue Buchprojekt zu sprechen. Arno, die Labertasche, hatte erwartungsgemäß nicht dichtgehalten. Sie wußte von Random House und der geplanten US-Ausgabe und wollte, glühend interessiert, mehr wissen. Ich tat ihr den Gefallen und phantasierte drauflos. Die Tatsache, daß ich noch keine Zeile des neuen Romans geschrieben hatte, rückte immer weiter in den Hintergrund. Ihre unverhohlene Bewunderung riß mich mit. Ich wuchs. Schlußendlich war das verklärte Bild vom international anerkannten

Star-Autor, das ich vollmundig vor ihr entwarf, mir selbst völlig plausibel. In der Rückschau muß ich zugeben, ich trug peinlich dick auf, zog alle Register prahlerischer Selbstdarstellung. Nebbich.

Noch heute steigt mir die Röte aus dem Kragen, wenn ich an diese Geschichte denke. Wie ein pubertierender Schüler habe ich mich damals aufgeführt. Warum durchschaute ich die billige Komödie, die sie aufführte, nicht sofort? Dieses beiläufige Berühren beim Feuergeben, die dick aufgetragenen Komplimente, die tiefen Blicke, ihr Knie, das sich irgendwann wie von selbst gegen meines preßte. Billige Versatzstücke eines drittklassigen B-Movies. Aber ich war, verzaubert von der ungewohnten Beachtung, die mir eine Frau schenkte, mit völliger Blindheit geschlagen. Die Quittung kriegte ich keine zehn Minuten später.

»Du, entschuldige mich mal für einen Augenblick«, unterbrach sie, sacht meinen Arm berührend, meinen Redefluß, »bin gleich zurück.«

Erschrocken schloß ich sofort den Mund. Hatte ich sie zugesülzt, wurde es ihr zuviel? Ihr strahlendes Lächeln beruhigte mich. Sie drohte neckisch mit dem Finger.

»Und daß du mir nicht wegläufst, wir müssen uns noch viel besser kennenlernen.«

Sie entschwand nach drinnen. Ich sah ihr wie vom Donner gerührt nach. Du! Ein Wort wie ein Kuß. Ganz beiläufig war sie zur intimeren Anrede gewechselt. Das konnte nur eines bedeuten: Der verbalen Annäherung würde die persönliche und dann bestimmt auch die körperliche folgen. Was ich mir in meinen schwülen Träumen ausgemalt hatte, sollte es jetzt tatsächlich wahr werden? Ich konnte mein Glück kaum fassen.

Nach dem reichlich genossenen Alkohol zwickte auch meine Blase. Ich nutzte die Unterbrechung und folgte ihr nach drinnen. Auf der Suche nach der Gästetoilette kam ich an der Küche vorbei. Die Tür stand einen Spaltbreit offen. Von drinnen vernahm ich deutlich ihre Stimme. Ich konnte nicht anders, ich mußte einfach spinxen.

Arno im Profil, mit dem Rücken an die Küchenzeile gelehnt. Sie dicht vor ihm, beide Arme um seinen Hals gelegt. Sie warf den Kopf zurück. Perlendes Lachen.

»Der Typ ist ja noch viel dämlicher, als du ihn mir beschrieben hast. Und die Aufmachung, zum Schießen. Der Weiße Riese, oder besser Sitzriese. Junge, Junge, die Nudel könnte Dirk Bach Konkurrenz machen.«

Zweifel unmöglich, wer gemeint war. Arno kicherte zustimmend mit. Mir sackte augenblicklich das Blut in die Beine. Aber es kam noch dicker.

»Wer sich mit dem unterhält, sollte immer einen Schirm dabeihaben, der spuckt einen bei jedem Wort an«, giggelte sie, sich angewidert schüttelnd, »und wie der Schweißbeutel riecht, unerträglich.«

Arno nickte verständnisvoll.

»Ist ja nur für heute abend. Wir müssen ihn ein bißchen bei Laune halten, es hängt geschäftlich für mich eine Menge davon ab. Der braucht halt immer mal ein paar Streicheleinheiten, dann fluppt's auch an der Schreibmaschine. Wenn er die auch noch von zarter Hand kriegt, kommt er bestimmt richtig ins Rotieren.«

»Na, hoffentlich läuft er nicht heiß. Der glotzt mich schon die ganze Zeit an, als wollte er mich gleich draußen auf dem Diwan vergewaltigen. Eins sag ich dir, ins Bett geh ich mit der Qualle nicht.«

Arno winkte verächtlich ab.

»Da brauchst du bei dem keine Angst zu haben, der weiß doch gar nicht, wie's geht. Ist wahrscheinlich noch Jungfrau.«

»Ach Gottchen, auch das noch«, sie schlug sich die Hand prustend vor den Mund, »aber für die Anschleimnummer heute abend hab ich bei dir noch was gut.«

»Ist doch selbstverständlich, Kleines«, er massierte mit beiden Händen ihren Hintern, »in ein paar Wochen ist das Geschäft gelaufen, und dann verdrücken wir beide uns erst mal für 'ne Weile auf die Bahamas.«

Ihre Münder bewegten sich aufeinander zu. Weitgeöffnete Lippen, die sich schmatzend wie kopulierende Nacktschnecken übereinanderstülpten. Ich wandte mich ab.

Ohne mich noch einmal umzudrehen, verließ ich Wohnung und Haus. Daß ich aufs Fahrrad stieg, daran erinnere ich mich nicht mehr. Ich war wie betäubt und muß kilometerlang wie ein Radrennfahrer in die Pedale getreten haben. Erst als der Kreislauf nicht mehr mitmachte, erwachte ich aus der Trance. Schweißüberströmt stieg ich ab und ließ das Rad ins Gras der Bankette fallen. Ich war irgendwo auf dem Deich. Um mich Nacht, in mir auch. Ich setzte mich an die Böschung und starrte auf den Strom, der jetzt nichts Freundliches mehr hatte. Schwarz und bedrohlich gurgelte er dahin.

Ein Partikulier pflügte dieselstampfend zügig talwärts. Warmes Licht grüßte anheimelnd aus den Fenstern des Schiffsführerhauses. Ich weiß noch, daß es mir wie eine Allegorie auf das Geschehene vorkam, als der Lichtpunkt in der Nacht verschwand. Da ging sie dahin, die Wärme, die Freundschaft, die Liebe. Einfach weggespült. Hoffnungen, Sehnsüchte und Träume, nur eine Illusion, ein vorbeiziehendes Licht in der Nacht. Es hauchte mich kühl an. Dann kamen die Tränen.

Ich weinte lang und hemmungslos, so, wie ich es als Kind oft getan hatte, wenn man mich wieder einmal ausgegrenzt hatte. Bittere Tränen hoffnungsloser Verzweiflung, die keine Erleichterung brachten. Warum konnte ich nicht sein wie die anderen? Warum durfte ich nicht dazu gehören?

Nach den Tränen kam die Wut. Auch das kannte ich schon. Aber diesmal war etwas anders. Hatte sich früher der Haß immer gegen mich selbst, gegen das eigene Unvermögen gerichtet, suchte er sich jetzt ein anderes Ziel. Vor meinem geistigen Auge blitzte das Bild des über mich lachenden Arno und seiner Freundin auf. Frauen, falsche Schlangen, eine wie die andere, ausnahmslos. Nie wieder würde ich mich von einer dieser Schlampen hinters Licht führen lassen. Nie wieder.

Wütend griff ich einen im Gras liegenden Stein und schleuderte ihn gen Wasser. Er erreichte sein Ziel nicht, verrollte im Uferkies. Müde wandte ich mich ab und stieg geschlagen wieder auf mein Rad.

II.

Ich wachte erst am Mittag nach tiefem, traumlosem Schlaf auf. Das schmachvolle Erlebnis vom Vorabend war mir zwar sofort wieder voll präsent, aber der lange Schlaf hatte sich wie ein distanzierender

Vorhang zwischen das Gestern und Heute geschoben. Kein Selbstmitleid, keine Trauer mehr. Nachhaltig trauern kann man schließlich nur um etwas, das man einmal besessen hat. Ich machte mir nichts mehr vor, wahre Freundschaft hatte ich nie erfahren und schon gar nicht die Liebe einer Frau. Was blieb, war mühsam verdrängte Scham und ein latenter, diffuser Vergeltungsdrang. Nüchtern entschied ich mich, nie wieder hinter etwas herzuhecheln, das für mich einfach nicht zu haben war.

Ich schwang mich aufs Fahrrad und fuhr das kurze Stück über die Rheinpromenade vorbei am Sporthafen zum Auesee. Herrliches Sonntagswetter. Der See war von Badegästen dichtumlagert. Ich stellte das Rad ab, zog mich aus und klemmte die Klamotten achtlos auf den Gepäckträger. Sonst hatte mich mein dicklicher Körper, der auch farblich an eine ungebratene Grillwurst erinnerte, stets von der Zurschaustellung in öffentlichen Bädern abgehalten, heute bewegte ich mich ungehemmt über die Liegewiese. Wer von den Menschen nichts mehr erwartet, nichts mehr will, kann darauf verzichten, ständig angstvoll auf seine Wirkung zu achten. Ein Standpunkt extremer Freiheit, aber auch Einsamkeit. Doch einsam war ich schließlich immer gewesen.

Ich schwamm weit in den See hinaus und dachte über meine neugewonnene Unabhängigkeit nach. Gefiel mir. Auf dem Rückweg zum Ufer gelang es mir sogar, die erniedrigende Erfahrung von gestern wichtig zu finden. Sie hatte mir die Augen geöffnet. Das tat weh, war aber notwendig gewesen. Und Arno machte es mir durch seinen Verrat leicht, ihm die Zusammenarbeit aufzukündigen. Bei der Erkenntnis, daß ich dabei war, mich von dem enormen Schreibdruck zu befreien, verschluckte ich mich heftig. Prustend drehte ich mich auf den Rücken und ließ mich treiben. Wolkenloser, freundlicher Himmel über mir, Blick in die grenzenlose Freiheit. Eigentlich hätte ich mich wie ein Ballon über die Wasseroberfläche erheben müssen, so schwer war der Stein, der mir plötzlich vom Herzen fiel.

Seelisch wie körperlich erfrischt radelte ich heimwärts. Der Garten, bald würde ich ihn ganz vom alten Onkel übernehmen. Dort würde ich mir meine eigene Welt schaffen, ein Eden, aus dem mich niemand würde vertreiben können. Nach jahrzehntelangen Irrungen und Wirrungen glaubte ich mich endlich angekommen. Ein selbstbestimmtes Leben. Kein Druck, keine Zwänge, keine Demütigungen und vor allem kein Arno mehr.

»Wo bist du denn gestern so plötzlich abgeblieben?«

Ich fuhr erschrocken zusammen. Auf der Veranda meiner Laube saß, Füße lässig auf dem Tisch gekreuzt, der Mann, den ich gerade aus meinem Leben gestrichen hatte. Arno war in mein Reich eingebrochen. Wahrscheinlich hintenrum, über den Zaun. Ich spürte Zorn über die unerhörte Grenzverletzung. Aber Arno gab sich scheißfreundlich. Hatte ihn das schlechte Gewissen hergetrieben?

»Die kleine Schwarzhaarige, neben die ich dich plaziert hatte, hat dich jedenfalls schmerzlich vermißt. Scheinst sie mächtig beeindruckt zu haben. Was war denn plötzlich los, alter Freund?«

Jetzt hätte ich dem falschen Hund eigentlich sagen müssen, daß ich das Küchengespräch mitgehört hatte, daß er sich die Sülzerei sparen, sich zum Teufel scheren konnte. Aber die unverhoffte Konfrontation hatte mich aus dem Konzept gebracht. Die übliche Unsicherheit gegenüber Arno hatte mich schon wieder voll im Griff. So stotterte ich bloß lahm:

»Hatte ein bißchen einen im Tee, und mir war plötzlich übel. Da wollte ich kein Aufhebens machen.«

Ich ärgerte mich sofort über die eigene Feigheit. Aber was brachte es, jetzt eine unschöne Szene zu machen? Die Mitteilung, daß es mit dem neuen Buch vorbei war, würde noch für genügend Wirbel sorgen. Ich zog mir einen Stuhl heran und setzte mich ihm gegenüber.

»Wir müssen mal über den neuen Roman reden. Ich glaub, das wird nichts.«

Sofort war Schluß mit lustig. Arno nahm abrupt die Füße vom Tisch und richtete sich kerzengerade auf.

»Spinnst du eigentlich, Freundchen? Das will ich nicht gehört haben. Du schreibst das Buch, und dabei bleibt's. Schließlich stehst du im Wort. Darf ich dich daran erinnern, daß wir einen Vertrag mit Random House haben?«

Er traf nicht den richtigen Ton. Jetzt kam auch ich langsam in Wallung.

»Nicht wir, du hast einen Vertrag. Ich habe noch nichts unterschrieben.«

Er fixierte mich einen Moment kaltlächelnd, dann schüttelte er überheblich den Kopf.

»Du bist wirklich naiv. Schon mal was von mündlicher Vereinbarung gehört? Genau das bist du mir gegenüber eingegangen, Waller ist Zeuge. Juristisch gilt das wie ein schriftlicher Vertrag. Also mach bloß keine Zicken.«

Mir fuhr der Schreck in die Glieder. Hatte Arno mal wieder die besseren Karten? Aber bevor ich zu einer Erwiderung ansetzen konnte, schob Arno noch etwas nach.

»Wenn du mich jetzt hängenläßt, bin ich ruiniert. Der Verlag steht auf der Kippe. Nur das Geschäft mit Random House kann den Konkurs noch abwenden.«

Erregt fummelte er eine Tablettenschachtel aus der Hosentasche und nahm kopfruckend eine Pille. »Catapresan« konnte ich von der Packung ablesen. Ein Mittel gegen Bluthochdruck, mein Onkel schluckte das gleiche. Arnos bisweilen recht geröteter Teint rührte also nicht von allzu häufigen Besuchen im Sonnenstudio her, wie ich immer vermutet hatte. Er stach mit ausgestrecktem Zeigefinger nach mir.

»Das eine sage ich dir: Wenn du deinen Verpflichtungen nicht nachkommst, nehm ich dich in Regreß.«

Daher wehte also der Wind. Big-Arno, der Tausendsassa, stand mit dem Rücken an der Wand. Das Eingeständnis seines geschäftlichen Desasters machte mich mutig.

»Schau dich doch mal hier um, einem nackten Mann kann man nicht in die Tasche packen. Was soll das alles? Willst du mir drohen?«

»Ich *will* nicht, ich tue es, und zwar ganz massiv«, brüllte er aufspringend. »An dem Verlag hängen zwanzig Arbeitsplätze. Glaub mir, ich werde allen erzählen, daß deren Verlust allein auf dein Konto geht.«

Für einen Moment sah es so aus, als wollte er sich auf mich stürzen. Gottlob war der Tisch zwischen uns.

»Wenn du mich ruinierst, werde ich das gleiche mit dir tun. Mit meinen Kontakten zu anderen Verlegern sorge ich dafür, daß du nirgendwo mehr eine Zeile veröffentlichen kannst. Mit Wonne werde ich als Multiplikator deines Rufs als unzuverlässiger Kantonist fungieren.«

Das saß. Ich glaubte ihm aufs Wort. Eingeschüchtert versuchte ich, Öl auf die Wogen zu gießen.

»Jetzt reg dich doch nicht so auf. Ist doch kein böser Wille. Ich bin ja selbst an dem Geschäft interessiert, aber es läuft einfach nicht.«

Arno setzte sich wieder. Schweigen. Er überlegte. Dann in ruhigem, geschäftsmäßigem Ton:

»Okay, wir machen es so. Ich kenn da ein paar ganz ordentliche Schreiberlinge, die froh sind, wenn sie sich ein paar Mark dazuverdienen können. Du arbeitest in den nächsten Tagen ein exaktes Treatment aus, dann setzen wir uns zusammen. Müßte doch mit dem Teufel zugehen, wenn wir das Ding nicht mit dem, was du bereits hast, im Team noch fristgerecht hinkriegten.«

Er sah mich eindringlich, fast bittend an.

»Dir bliebe lediglich das Plotten und die Schlußredaktion. Könnte es so gehen?«

Nette Idee. Nur, ich hatte eben noch keinen Buchstaben geschrieben. Jetzt zu gestehen, daß ich ihm die ganze Zeit etwas vorgemacht hatte, dazu fehlte mir einfach die Kraft. So nickte ich matt. Arno rieb sich unternehmungslustig die Hände.

»Na also, nicht immer gleich übereilt die Flinte ins Korn werfen.«

Er wechselte wieder in Freundschafts-Tonlage und kumpelte, was das Zeug hielt.

»Vergiß, was ich vorhin gesagt habe. Wir kennen uns doch nun schon so lange. Gemeinsam werden wir das Kind schon schaukeln. Denk doch mal an unsere jahrzehntelange Freundschaft.«

Genau das tat ich, und es waren keine schönen Gedanken. Mein Blick blieb an der auf dem Tisch liegenden Medikamentenschachtel hängen. Catapresan, in Verbindung mit Kaliumchlorid wirkte das Zeug herzlähmend. Ich hatte erst neulich davon in einem Artikel über den Prozeß gegen eine Krankenschwester, die sich auf einer Geriatrie-Station als selbsternannte Sterbehelferin betätigt hatte, gelesen. Man war der Frau nur auf die Schliche gekommen, weil die Häufung der Todesfälle durch Herzversagen Verdacht erregte. Arno riß mich aus meinen Gedanken.

»Sagen, wir bis Mittwoch, um zehn bei mir im Büro. Dann sprechen wir zwei dein Treatment in aller Ruhe durch. Alles weitere organisiere ich später. Ist das okay?«

Ich nickte eifrig Zustimmung. Um das Arschloch schnellstmöglich loszuwerden, hätte ich ihm inzwischen alles versprochen.

*

Unter normalen Umständen hätte man die Arbeitsbedingungen, die mir mein Verleger einräumte, als luxuriös bezeichnen können. Das Geschichtenerfinden, die Figurenzeichnung, das Festlegen der Dramaturgie, das also, was ich übernehmen sollte, war der Bereich beim Erstellen eines Thrillers, der wirklich Spaß machte. Der lästigen Kärrnerarbeit des Schreibens, der mühseligen, handwerklichen Umsetzung der Ideen, sollte ich enthoben sein. Jeder andere hätte gejubelt. Ich nicht.

Im Zuge der neuen Ehrlichkeit mir selbst gegenüber machte ich mir nichts mehr vor. Ich litt unter einer hartnäckigen Schreibblockade, die sich so rasch nicht lösen würde. Soviel stand jedenfalls fest: In zwei Tagen das ausgefeilte Treatment für einen neuerlichen Bestseller zu erstellen, war mir gänzlich unmöglich.

Ich saß in der Klemme. Keinen Augenblick zweifelte ich daran, daß Arno seine Drohungen wahr machen würde. Für ihn ging es schließlich um alles oder nichts. Das machte ihn gefährlich. Mir persönlich war es hingegen scheißegal, was mit dem Verlag passierte, schließlich hatte nicht ich den Karren an die Wand gefahren. Daß Waller mir aufgrund einer vagen, mündlichen Zusage größere Schwierigkeiten machen würde, glaubte ich auch nicht. Arno allerdings würde mich nicht so einfach davonkommen lassen. Er würde mich mit seinem Haß verfolgen, nicht zulassen, daß ich jemals noch einen literarischen Erfolg plazieren konnte. Da war ich mir ganz sicher.

Der Nachmittag verging mit dunklen Ahnungen und der Suche nach einem Ausweg. Am Abend dann hatte ich eine Entscheidung getroffen. Eine Entscheidung, die im Grunde bereits seit dem Moment feststand, als ich die Catapresan-Schachtel gesehen hatte. Ich würde Arno umbringen. Es ging nicht anders. Er mußte sterben, damit ich leben konnte.

Der ungeheuerliche Entschluß erschreckte mich nicht. Arno, die linke Bazille, mußte weg. Und er hatte es verdient. Restliche Beklommenheit wich der tiefen Einsicht in die Notwendigkeit der Tat.

In jener Nacht schlief ich nicht. Ich saß am Schreibtisch und arbeitete mit Feuereifer an der Planung meines Befreiungsschlages. Eigentlich tat ich nichts anderes als das, was man seit Wochen von mir erwartete: Ich arbeitete einen raffinierten Kriminalfall aus. Es lief wie geschmiert. Der Gedanke amüsierte mich. Krimi-Autoren waren eigentlich Kopf-Kriminelle, denen lediglich das Umsetzen ihrer abgründigen Phantasien in die Praxis nie in den Sinn kam. Ich würde den Schritt wagen.

Als die ersten Vögel im Garten zu lärmen begannen, hatte ich meinen Plan bis ins letzte Detail ausgefeilt. Jede Eventualität war bedacht. Sicher, einige Unwägbarkeiten blieben. Der Faktor Zufall ließ sich eben nicht restlos eliminieren. Aber die Chance, daß man mir später auf die Schliche kommen würde, war denkbar gering. Ich mußte es wagen.

Trotz durchwachter Nacht stellte sich keine Müdigkeit ein. Ich vibrierte vor Tatendrang, war ganz von einem seltsamen Gefühl der Euphorie, wie es vielleicht Schauspieler vor der großen Premiere empfinden, erfüllt. Es drängte mich, sofort loszulaufen, um das notwendige Kaliumchlorid zu besorgen. Aber es war noch zu früh. Ich hatte jede Menge Zeit.

In der Kommode fand ich die Ersatzbrille meines Onkels. Ein dickrandiges, schwarzes Sechziger-Jahre-Gestell. Vor dem Spiegel probierte ich es aus. Im Zusammenspiel mit seinem abgewetzten Cord-Hut und einer angejahrten Joppe machte sie mich um zwanzig Jahre älter. Ich kriegte geradezu kindlichen Spaß am Verkleiden. Mir kam eine Idee. Rasch öffnete ich die Naht eines Sofakissenbezugs, schnitt zwei kleine Würste aus der Schaumstoff-Füllung und schob sie mir in die Backen. Schmeckte ziemlich muffig, aber der Erfolg war frappierend. Meine untere Gesichtshälfte erinnerte plötzlich irgendwie an die von Marlon Brando als Don Corleone. Ich mußte kichern. Gern hätte ich mir jetzt auch noch einen falschen Bart angeklebt, aber so was war natürlich nicht vorhanden. Ich rief mich zur Ordnung. Schließlich ging ich nicht zu einer Karnevalsfete.

Um acht war ich am Bahnhof, eine halbe Stunde später in Duisburg. Einen Gehfehler imitierend betrat ich kurz darauf eine Innenstadt-Apotheke und verlangte, irgendwas von chemischen Experimenten murmelnd, ein Tütchen Kaliumchlorid. Keinerlei Probleme. Augenblicke später befand ich mich, das Gewünschte in der Tasche, bereits wieder auf der Straße. An der nächsten Ecke spuckte ich den Schaumstoff aus und entsorgte Brille, Hut und Jacke in einem Abfalleimer.

Eine Flasche »Danton« zu besorgen, stellte sich wider Erwarten als weitaus schwieriger heraus. Ich hatte bereits drei Supermärkte aufgesucht, aber die führten das teure Gesöff nicht. Nach über einer Stunde wurde ich in einem dieser Läden für Feinkost-Jünger fündig. Der Stoff kostete knapp hundert Mark. Ich zahlte gern.

Gegen Mittag war ich wieder zurück in Wesel. Jetzt hatte ich fast alles, was ich brauchte. Auf dem Rückweg zum Garten machte ich noch einen kurzen Schlenker in die Fluthgrafstraße und besorgte mir aus einem diskret am Gebäude der Drogenberatungsstelle angebrachten Automaten eine Spritze. Bisher lief alles wie geschmiert.

Wieder daheim machte ich mich sofort daran, die Flasche zu präparieren. Die dünne Nadel durch den Korken zu stoßen, war schwieriger, als ich dachte, aber es ging. Aus dem herausgezogenen Cognac, einigen Tabletten aus Onkels Catapresan-Beständen und dem Kaliumchlorid stellte ich in einer Suppenkelle, die ich über die Flamme des Propangas-Kochers hielt, eine Mixtur her. Mit dem Finger probierte ich. Schmeckte schon ziemlich streng. Aber ich war davon überzeugt, daß Arno als markenfixierter Genießer aus einer originalverschlossenen Flasche »Danton« selbst Pferdepisse goutieren würde. Ich spritzte die Flüssigkeit wieder zurück. Wie ich Arno kannte, würde ich ihn ohne größere Schwierigkeiten dazu bringen können, mindestens die halbe Flasche zu leeren. Die Dosis würde also reichen.

Im Moment blieb nichts mehr zu tun, es war alles vorbereitet. Die Müdigkeit meldete sich zurück. Befriedigt streckte ich mich auf dem Sofa aus und schlief ein.

*

Die Speisekarte im »Berliner Tor« gab einiges her. Ich stellte sorgfältig ein Festmenü zusammen. Auf alkoholische Getränke verzichtete ich allerdings ganz bewußt. An jenem Abend wollte ich einen klaren Kopf behalten.

Nachdem ich die Bestellung aufgegeben hatte, ließ ich mir vom Kellner das Telefon zeigen. Um Punkt zwanzig Uhr rief ich Arno an. Er nahm sofort ab.

»Hallo, Arno, ich bin's. Dein Vorschlag von gestern hat mich geradezu beflügelt. Das Treatment ist fertig. Vielleicht können wir ja schon heute abend darüber sprechen.«

Die Gaststätte verfügte zwar über kein Bildtelefon, aber ich konnte mir auch so sein befriedigtes Siegerlächeln vorstellen. Er gab sich väterlich:

»Siehst du, es geht doch. Ist ja wunderbar. Du hättest schon viel früher mit deinen Schwierigkeiten zu mir kommen sollen.«

»Sagen wir, in zwei Stunden? Hast du Zeit, oder bist du nicht allein?«

»Doch, doch, paßt mir prima. Ich sitze hier sowieso den ganzen Abend über Papierkram, also komm ruhig vorbei.« Dann freudig: »Wußt ich's doch, daß man sich auf dich verlassen kann.«

Ich sah, wie mein Essen gebracht wurde, und machte es kurz.

»Also dann bis gleich. Ich freu mich drauf, Arno.«

Und das war nicht bloß so dahingesagt.

Die Kräutercremesuppe war vorzüglich. Danach gab es Hechtklößchen in Dillsauce mit Butterkartoffeln und Rucolasalat. Ich aß mit Appetit. Auf den Magen geschlagen war mir das dunkle Vorhaben jedenfalls nicht. Mir kam die Mehrdeutigkeit des Begriffs »Henkersmahlzeit« in den Sinn. Diese hier war ausgezeichnet. Nach dem Dessert würde ich Arno killen.

Wieder fuhr ich die lange Strecke nach Rees mit dem Fahrrad. Trotzdem schaffte ich es, pünktlich zu sein. Zweiundzwanzig Uhr, ziemlich spät für Besuche. Aber genau das wollte ich ja erreichen, nach Möglichkeit sollte niemand von Arnos Bekannten unverhofft auflaufen.

Sorgfältig darauf achtend, daß mich keiner sah, stieg ich das dunkle Treppenhaus zu Arnos Eigentumswohnung hoch. Erst als ich vor der Tür stand, betätigte ich den Schalter des Flurlichtes. Dann faßte ich die mitgebrachte Flasche fester und klingelte.

»Je später der Abend ...«

Arno bat mich überschwenglich herein. Noch in der Tür überreichte ich ihm die Flasche.

»Hier, ist für dich. Kleines Friedensangebot nach unserem häßlichen Streit gestern.«

»Nun vergiß das doch endlich. Mir sind die Pferde durchgegangen. Du kennst mich ja.«

Er drehte und wendete die Buddel, als kriegte er so was zum ersten Mal zu Gesicht.

»›Danton‹, du hast es dir gemerkt. Wie aufmerksam von dir. Die müssen wir natürlich sofort köpfen.«

Ich grinste fröhlich Zustimmung. Der Dummbartel war wirklich berechenbar. Kumpelhaft legte er mir den Arm um die Schulter und schob mich ins Wohnzimmer. Nur die Lampe auf dem protzigen Louis-seize-Schreibtisch brannte. Er mußte tatsächlich gearbeitet haben. Etliche aufgeschlagene Aktenordner und dicht mit Zahlenkolonnen übersäte Papiere bedeckten die Tischplatte. Im überquellenden Aschenbecher glimmte eine halbgerauchte Zigarette. Auf das stilgerechte Besucherstühlchen, das so wertvoll aussah, wie es unbequem war, mußte ich mich setzen. Er selbst ließ sich in seinen bequemen, hochlehnigen Chefsessel hinterm Schreibtisch fallen. Sofort griff er wieder fahrig zur Zigarettenschachtel. Tief inhalierend breitete er beide Arme in erklärender Geste aus.

»Du siehst ja selbst, mir läßt die finanzielle Situation des Verlages auch spät abends keine Ruhe. Ich kann die Bücher rauf und runter rechnen, wie ich will, es bleibt bei einer verdammt angespannten Lage.«

Als wollte er das unangenehme Kapitel beenden, schlug er den vor ihm liegenden Akter zu.

»Aber jetzt bist ja du da mit der rettenden Nachricht. Gemeinsam werden wir den Karren schon aus dem Dreck ziehen. Haben wir doch immer so gehalten, oder?«

Für die widerliche Anschleimerei hätte ich ihm am liebsten gleich was auf die Nuß gegeben.

»Genau, Arno, ein Freund, ein guter Freund, das ist das Beste, was es gibt auf der Welt.«

Einen Moment schien er sich zu fragen, ob ich ihn verarschen wollte. Der luzide Moment ging vorbei. Schon war das schmierige Lächeln wieder da.

»Genauso ist es. Dann laß doch mal sehen, was du auf der Pfanne hast.«

Aber noch bevor ich mit der leeren Diskette wedeln konnte, die ich in der Brusttasche hatte, sprang er schon wieder auf und eilte, Schwenker und Korkenzieher zu holen. Großzügig schenkte er ein.

»Auf unseren kommenden Reichtum.«

Er kippte, ich nippte.

Sofort griff ich zur Flasche und füllte sein Glas nach. Seine rechte Augenbraue ging nach oben.

»Du nicht? Bist doch sonst kein Freund von Traurigkeit.«

»Ich hab in letzter Zeit ein bißchen mit Gicht in den Fingergliedern zu tun. Nichts Gravierendes. Aber der Arzt hat mir geraten, mich, was Alkohol angeht, etwas zurückzuhalten.«

Schien ihm einzuleuchten.

»Armer Kerl. Na ja, wir werden halt alle älter. Ich sollte eigentlich auch ein bißchen kürzertreten.«

Wirst du ja, und zwar schon bald, von Treten kann dann überhaupt keine Rede mehr sein, hätte ich am liebsten laut gesagt. Ich betete allerdings, daß er nicht sofort den Asketen raushängen ließ.

»Laß dir durch mich bloß nicht den Spaß verderben«, beeilte ich mich, ihn von seinen abstinenzlerischen Einsichten abzubringen, »schließlich gibt's was zu feiern. Du willst doch nicht unhöflich sein, wo ich extra deinen Lieblingsstoff besorgt habe.«

Er grinste mich an und hob sein Glas.

»Keine Sorge, ich laß mich schon nicht hängen, bei ›Danton‹ verliere ich den Kopf«, witzelte er, »und was auf dem Tisch steht, das wird leergemacht, ist doch Ehrensache.«

Fröhlich zog er sich eine weitere Dosis des tödlichen Cocktails rein. Ich sah's mit Wohlgefallen. Um vom Thema abzulenken, berichtete ich, daß meine Schreibblockade über Nacht der Kreativität gewichen sei. Arno schluckte den Blödsinn, ohne nachzufragen.

Wieso war mir in all den Jahren nie aufgefallen, mit was für einer Schlichtausführung ich es da zu tun hatte?

Ich zog jetzt alle Register, malte unseren vermeintlich vor der Tür stehenden Erfolg in den schillerndsten Farben aus. Ich wußte ja, was Arno hören wollte. Eine ganze Romanserie wolle ich schreiben, log ich dreist.

Er freute sich. Mit meiner vorgeblichen Begeisterung riß ich ihn regelrecht mit. Von Inhalten wollte er inzwischen gar nichts mehr wissen. Wir jonglierten mit Auflagenzahlen, spekulierten über weitere Übersetzungen in andere Sprachen. Ich konstatierte befriedigt, daß ich es geschafft hatte, sein Raffke-Hirn auf die Funktionen eines Taschenrechners zu reduzieren. Dem würde bald der Stecker rausgezogen werden.

Zwischendurch schenkte ich ihm immer wieder ein. Arno, sichtlich froh darüber, die bedrückenden Gedanken über seinen maroden Verlag verscheuchen zu können, nahm brav seine Medizin. Ich beobachtete ihn wie ein Versuchsleiter das Labortier. Langsam wurde ich unruhig. Bereits eine Dreiviertelstunde war vergangen, und immer noch keine Ausfallerscheinungen. Die mordende Krankenschwester hatte ihren Opfern das Kaliumchlorid injiziert. Was, wenn es oral eingenommen keine Wirkung tat? Nicht auszudenken. Arno wirkte jedenfalls immer fröhlicher, statt abgespannt.

Die Sorge war unbegründet. Das Ende kam plötzlich und undramatisch. Ein kurzer Schnaufer, hektischer Griff zur Herzgegend, verebbendes Röcheln. Das war's. So, als wolle er es sich bequemer machen, sackte er etwas in sich zusammen. Das Ticken der Standuhr wirkte in der Stille plötzlich überlaut. Ich hörte es gern. Das Leben ging weiter, für mich begann es jetzt erst richtig.

Trotzdem blieb ich geschlagene zehn Minuten sitzen und starrte in Arnos immer noch geöffnete Augen. Wenn es stimmt, daß die Züge von Toten die Schönheit inneren Friedens annehmen, war Arno eine Ausnahme. Sein erschlaffendes Gesicht wirkte grotesk. Zu allem Überfluß bahnte sich auch noch ein ekliger Speichelfaden der Schwerkraft folgend seinen Weg gen Kinn. Ich hatte genug. Rasch stand ich auf, ging um den Schreibtisch und suchte an seinem Handgelenk den Puls. Vergeblich. Arno war hin. Definitiv.

Das Aufspüren seiner Hausbar war eine Kleinigkeit. In einem auf antik getrimmten, aufklappbaren Globus wurde ich fündig. Mit dem Taschentuch zog ich am nur halbhineingestoßenen Korken eine Flasche »Danton« heraus, trug sie zum Schreibtisch und vertauschte sie mit meinem Geschenk. Zufrieden betrachtete ich das Bild. Überquellender Aschenbecher, Schnapsflasche und traurige Bilanzen. Auch dem Mißtrauischsten mußte sofort klar sein, was hier gelaufen war: Von Bluthochdruck geplagter Verleger, in Folge Alkohol- und Tabakmißbrauchs wegen geschäftlichen Ruins dahingerafft. Ein Schuft, wer Böses dabei denkt.

Mein Blick blieb an Arno hängen, oder besser gesagt an dem, was einmal Arno gewesen war. Was blieb, war nur eine schlaffe Hülle. Das Mysterium des Todes sprang mich an. Konnte man den Geist eines Menschen, seine Seele einfach so ausknipsen wie eine Glühbirne? Und wenn nein, wo blieb sie? Für einen Moment erheiterte mich die groteske Vorstellung, daß Arnos Geist hier noch irgendwo wütend herumflatterte. Übermütig drohte ich mit ausgestrecktem Zeigefinger zur Decke.

»Arno, Arno, so kann's gehen. Du hättest die Verleger-Regel Nummer eins beachten sollen: Nie Krimi-Autoren dumm kommen, schließlich sind sie mordsmäßige Fachleute.«

Beschwingt verließ ich, die Wohnungstür achtsam mit dem Ellenbogen auf- und wieder zuklinkend, ungesehen das Haus. Auf dem Nachhauseweg entledigte ich mich noch an einem Altglascontainer der chloridhaltigen Flasche und meines Schwenkers. Bisher war alles nach Wunsch gelaufen. Der Rest war nur noch ein Kinderspiel.

Gegen Mitternacht erreichte ich den von Kneipen umlagerten Kornmarkt in Wesel. Ich war hundemüde. Aber für den unwahrscheinlichen Fall, daß Arnos Hausarzt keinen natürlichen Tod bei ihm diagnostizierte und die Polizei einschaltete, wollte ich auf Nummer Sicher gehen. Also noch eine kleine Anstrengung vor dem Schlafengehen.

Aus einem Irish Pub schlug mir Gefiedel und Geflöte entgegen. Live-Musik, prima. Ich schob mich in das proppevolle Lokal. Meine sonst schmerzlich beklagte Unscheinbarkeit kam mir heute zugute. Ich griff mir von irgendwoher einen Bierdeckel und drängte mich zu den Toiletten durch. Niemand beachtete mich. In einer der Kabinen wartete ich eine Viertelstunde ab. Auf den Bierdeckel machte ich dreißig Striche. Dann wandte ich mich an einen der vielen, gehetzten Kellner und lallte ihm vor, daß ich mein Portemonnaie vergessen hätte. Minuten später stand ich dem Geschäftsführer gegenüber. Der notierte sich Namen und Adresse aus meinem Ausweis, behielt den Deckel ein und ließ mich, nachdem ich versprochen hatte, gleich am nächsten Tag zu zahlen, endlich gehen.

Ein wenn auch nicht perfektes, so doch brauchbares Alibi. Um dreißig Biere zu konsumieren, mußte ich mich seit dem Essen im »Berliner Tor« ganz schön rangehalten haben. Für einen Mord zwischendurch in einer der Nachbarstädte blieb da wirklich keine Zeit. Der Wirt würde es bestätigen.

*

Der Dienstag begann in gespannter Erwartung. Ich rechnete die ganze Zeit damit, daß irgend etwas passieren würde. Nichts. Ich machte die letzten Kartoffeln aus und legte auf der freigewordenen Fläche ein neues Erdbeerbeet an. Hatte man Arnos Leiche vielleicht noch gar nicht entdeckt? Schwer vorstellbar, ich wußte schließlich, daß er eine Zugehfrau beschäftigte. Außerdem mußte sein unangekündigtes Nichterscheinen im Büro für Irritationen gesorgt haben. Es drängte mich, im Verlag anzurufen, um die Angelegenheit etwas zu forcieren, war allerdings klug genug, es dann doch nicht zu tun.

Ich säte noch einige Reihen Endiviensalat, aber die Gartenarbeit, die mich sonst immer von drückenden Gedanken ablenkte, wollte mir nicht von der Hand gehen. Kurz entschlossen räumte ich die Geräte weg und machte mich mit dem Fahrrad zur Stadtbücherei am Rathaus auf, neben dem Kiosk am Rhein einer meiner regelmäßigen Anlaufpunkte. Das kostenlose Studium der überregionalen Tageszeitungen dort sollte mich auf andere Gedanken bringen.

Ich kam einen Tick zu spät. Die Frankfurter Rundschau war bereits vergriffen. Ich kannte die Gewohnheit des älteren Herrn gut, der sie mir weggeschnappt hatte. Vor einer Stunde würde er das Blatt nicht aus der Hand legen. Mein Blick fiel auf eine Ausgabe von »Psychologie heute«, die irgendwer achtlos auf einem der Lesesessel zurückgelassen hatte. In der Rückschau kann ich dem scheinbar unbedeutenden Vorgang nur schicksalhafte Bedeutung beimessen. Obwohl das Blatt überhaupt nicht in meinen gewohnten Lektürekanon paßte, setzte ich mich und begann zu lesen.

»Scherben und anderes Glück« war der Artikel überschrieben, an dem ich mich festbiß. Die Autorin, eine Systemtherapeutin, vertrat die Ansicht, daß Problem und Lösung nicht als voneinander getrenntes Gegensatzpaar, sondern als Einheit begriffen werden müßten. Krise als kritischer Übergang, Krise als Risiko oder Chance. Fazit: Das Problem ist die Lösung. Ein faszinierender Gedanke.

Zur Untermauerung ihrer These führte sie etliche Fallbeispiele aus ihrer Praxis an. Alles leuchtete mir vollständig ein. »Das Problem ist die Lösung«. Ein Gedanke, der für mein Leben die entscheidende Weichenstellung bedeuten sollte.

Ich ließ das Heft sinken und verfiel in tiefes Grübeln. Was war denn meine Krise? Ganz klar, die Rolle der ewig Zu-kurz-Gekommenen, was zu einem heftigen Konflikt mit Arno, der in den Ereignissen des gestrigen Abends gipfelte, geführt hatte. Das Bild des Verhaßten, wie er schlaff und mausetot in seinem Sessel hing, blitzte vor meinem geistigen Auge auf. War schon nicht schlecht, er hatte es verdient. Aber mein eigentliches Problem, die hartnäckige Schreibblockade, war durch Arnos Tod nicht gelöst. Ich hatte mir nur etwas Luft verschafft.

Ich stierte die junge Bibliothekarin am Schreibtisch gegenüber blicklos an, ohne mir meiner Aufdringlichkeit bewußt zu werden. Irgendwann wurde es ihr zuviel. Sie stand errötend auf und machte sich an den Regalen zu schaffen. Das geräuschvolle Zurückschubsen ihres Drehstuhls fiel – klickerdiklack – mit der entscheidenden synaptischen Transmission hinter meiner Stirn zusammen. Heureka. Es war, als würde die Sperrwand einer Schleuse hochgezogen. Erst nur gemächliches Plätschern, dann ergoß sich der angestaute Druck in tosendem Sog.

Mich hielt nichts mehr in dem Bücherbunker. Genau wie mein Vorgänger ließ ich das Heft achtlos auf dem Sitz zurück und stürmte fast im Laufschritt ins Freie. Schreibblockade ade. Ich wußte, was ich zu tun hatte. Zwanzig Minuten später saß ich zwischen Salat und Blumenkohl am Gartentisch und hackte in den Laptop, daß es eine Lust war. Schreiben als Sucht. Ich aß nicht, ich trank nicht. Selbst durch eine ganze Karnickelfamilie, die ungehemmt Erntedank im Salatbeet feierte, ließ ich mich nicht aus dem Konzept bringen. Erst als die Sonne hinter die Kläranlage gerutscht war, stand ich auf und ging in die Laube, aber nur, um dort sofort rauschhaft weiterzuarbeiten.

Gegen Mitternacht war ich fertig. Nach relativ kurzer Zeit hielt ich nun endlich das in Händen, was wochenlang Ziel vergeblichen Mühens gewesen war. Ein fertiges Romantreatment, das mir am Vorabend sicher schulterklopfende Anerkennung und Arno ein ungestörtes Weiterleben eingebracht hätte. Ironie des Schicksals. Aber was scherte mich das Gestern.

Der begangene Mord und seine möglichen Folgen waren zur Marginalie geworden. Das einzige, was zählte, war die Tatsache, daß ich die Schreibblockade gebrochen hatte. Und der Stoff, den ich da verwurstet hatte, war vom Feinsten. Ein Psychothriller, spannend und mit Tiefgang. Kein Aufguß des ersten Erfolgs, wie man von mir erwartet hatte. Trotzdem, das Buch würde ein Knaller werden, davon war ich überzeugt.

Vorsichtshalber speicherte ich den Schatz auf einer Diskette, dann schaltete ich das Laptop ab. Trotz der mit Macht einsetzenden Müdigkeit fühlte ich mich glücklich und entspannt wie lange nicht mehr. Ich brauchte keine Arnos mehr. Ich war mir sicher, diesmal den Erfolg ganz allein durch eigene Kraft und Kreativität zu zwingen. »Das Problem ist die Lösung«. Mit dem Gedanken an die tiefe Wahrheit dieser Einsicht schlief ich angezogen auf dem Sofa ein.

III.

Ich fieberte dem Termin in Arnos Büro um zehn entgegen, obwohl ich natürlich genau wußte, daß er mich versetzen würde. Nach der langen Ungewißheit hatte ich nun einen triftigen Grund, endlich nachzuhören, was sich aus meiner Tat ergeben hatte.

Ich überarbeitete noch einmal mein Treatment, formatierte und druckte es aus. Die Geschichte überzeugte mich nach wie vor. Lediglich über den Schluß war ich mir noch nicht ganz im klaren. Sollte ich meinen Protagonisten, einen ambivalenten Finsterling mit durchaus sympathischen Anteilen, davonkommen oder scheitern lassen? Man würde sehen.

Rechtzeitig machte ich mich mit dem Bus ins linksrheinische Kevelaer auf. Das altehrwürdige Verlagshaus lag schräg gegenüber der Basilika in unmittelbarer Nähe der Kerzenkapelle. Obwohl ein morgendlicher Werktag mitten in der Woche, waren bereits zahlreiche Fromme auf dem Weg zur Marien-Kapelle, um dort ihrem Dank, ihren Wünschen und Hoffnungen Ausdruck zu verleihen. August, hohe Wallfahrtszeit. In das kleine Niederrhein-Städtchen zog es Pilger aus ganz Europa. Heine hatte einst über das Gnadenbild gereimt, selbst der Papst war nach Kevelaer gewallfahrtet, um an dem legendenumwobenen Ort zur heiligen Jungfrau zu beten. Ich selbst hegte wenig heilige Gedanken.

Gegen zehn betrat ich das Verlagshaus und merkte, noch ehe ich mit irgend jemandem gesprochen hatte, daß etwas in der Luft lag. Die ältliche Empfangsdame – eigentlich war sie mehr Mädchen für alles und guter Geist des Betriebs – war nicht an ihrem Platz. Ich ging einfach durch, Richtung Arnos Büro. Ich stieß auf sie, als ich an der Teeküche vorbeikam. Gemeinsam mit der Lektorin war sie in ein erregtes Gespräch vertieft. Die beiden hätten mich gar nicht bemerkt, also meldete ich mich selbst.

»Morgen zusammen. Ist Arno schon an Deck? Wir haben um zehn einen Termin.«

Es riß die Frauen herum. Die Lektorin – alterslos, halbe Lesebrille, Schneiderkostüm, dem Klischee eines bibliophilen Charakters entsprechend – hatte sich als erste gefaßt.

»Ja, wissen Sie denn noch gar nicht, was passiert ist?«

Ich verneinte stumm. Die ältere fummelte ein Taschentuch aus dem Ärmel und begann, unterdrückt zu schluchzen.

»Arno ist tot. Herzanfall, in seiner Wohnung. Muß bereits Montagabend passiert sein.«

Ich gab mich, die erwarteten »Neins«, »Achs« und »Ohs« ausstoßend, gebührend betroffen. Die Lektorin, begierig darauf, einem scheinbar Uninformierten Details der Sensation mitteilen zu können, ließ ihre Kollegin sofort stehen. Eine Hand an meinem Ellenbogen führte sie mich ab.

»Gehen wir doch in mein Büro«, sie hörte gar nicht mehr auf, geschlagen mit dem Kopf zu schütteln, »es ist ja alles so furchtbar.«

Ich hatte durchaus gegenteilige Empfindungen. Als ich endlich vor ihrem Schreibtisch saß, hätte ich am liebsten nach einem kleinen Cognac gefragt. Möglicherweise wäre mir das aber als Pietätlosigkeit ausgelegt worden, also ließ ich es. Doch auch ohne Cognac versetzten mich die Informationen der Lektorin in Hochstimmung. Alles war so gelaufen, wie ich es erhofft hatte. Die Putzfrau hatte Arnos Leiche Dienstagmorgen gefunden, der herbeigerufene Hausarzt hatte anstandslos Herzversagen attestiert.

»Er litt unter zu hohem Blutdruck, müssen Sie wissen.«

Sie schüttelte schon wieder ihren Kopf.

»Die vielen Zigaretten, und getrunken hat er in letzter Zeit auch mehr, als seiner Gesundheit zuträglich war.«

Sie beugte sich etwas über den Schreibtisch und bedachte mich über den Brillenrand hinweg mit tieftraurigem Dackelblick.

»Den Todesstoß hat ihm aber wahrscheinlich die verzweifelte geschäftliche Situation des Verlages gegeben.«

Ich hob in gespieltem Erstaunen die Brauen, schwieg aber.

»Ihnen kann ich es ja sagen, der Verlag ist praktisch pleite. Montagabend hat sich Arno noch einmal die Bücher mit nach Hause genommen. Die Einsicht in die Ausweglosigkeit der Lage hat er wohl nicht verkraftet.«

»Ist ja merkwürdig«, hakte ich ein, »dabei hatten wir beide noch hochfliegende Pläne.«

Ich ließ sie den mitgebrachten DIN-A4-Umschlag sehen.

»Hier, das Treatment für einen neuen Roman. Heute wollten wir darüber sprechen. Er hat mir angedeutet, sogar einen amerikanischen Verlag für das Projekt interessiert zu haben.«

Sie nickte wissend.

»Die Geschichte mit Random House. Er hat mächtig geheimnisvoll getan, mir gegenüber aber doch einiges durchblicken lassen. Offensichtlich hat er sich viel von der Sache versprochen. Aber das kommt ja nun alles zu spät. Ich rechne fest damit, daß nach Arnos Beerdigung am Freitag schon in der kommenden Woche Konkursantrag gestellt wird.«

Ihr kamen tatsächlich die Tränen.

»Gut, daß das sein Vater nicht mehr erleben muß. Der Verlag existiert seit über hundert Jahren. Und jetzt das Aus.«

Ein bißchen weinte sie wohl auch um ihren Arbeitsplatz. Wer wollte es ihr verdenken? Trotzdem meinte sie, plötzlich mich trösten zu müssen.

»Machen Sie sich mal keine Sorgen, bei Ihrem Ruf werden Sie rasch einen anderen Verleger für Ihr Buch finden.«

»Darum geht es doch jetzt gar nicht«, wehrte ich ab, »mit Arno habe ich den wichtigsten Menschen in meinem Leben verloren.«

Dann sülzte ich, daß es nur so triefte. Von unserer alten Schulfreundschaft, der gemeinsamen Studienzeit, unserer Seelenverwandtschaft und dem gegenseitigen geistigen Befruchten. Während ich log, daß sich die Balken bogen, lauschte sie ergriffen, als säße ihr der Herr Pastor persönlich gegenüber. Irgendwann merkte ich, wie sich Erstaunen in ihren Blick stahl. Hatte ich zu dick aufgetragen?

»Das ist ja merkwürdig.«

Ich war sofort in innerlicher Hab-acht-Stellung. Sie sah mich befremdet an.

»Entschuldigen Sie, daß ich es anspreche, aber Ihr Sprachfehler, er ist weg.«

Ein Engel ging durch den Raum. Ich lauschte dem eigenen Redefluß nach und war überrascht. Sie hatte recht. Ich verbat mir spontanen Jubel.

»Ist wahrscheinlich der Schock und die übergroße Trauer.«

*

Ich hatte den perfekten Mord begangen. So richtig stolz konnte ich darauf jedoch nicht sein. Worauf auch? Wurde die angebliche Perfektion doch lediglich an den Fähigkeiten der Ermittler gemessen. Die hatten sich in meinem Fall auf das Urteil eines senilen Provinz-Arztes verlassen und den Mord nicht einmal als solchen erkannt. Alles war so einfach gegangen, daß ich mich selbst darüber wunderte. Ähnliches kam wahrscheinlich öfter vor, als man sich landläufig vorstellte. Das Getue um die angebliche Unmöglichkeit des perfekten Mordes wurde wohl nur deshalb veranstaltet, um diese Tatsache zu verschleiern.

Stolz war ich allerdings darauf, meinen Entschluß so konsequent in die Tat umgesetzt zu haben. Ich hatte endlich mein Schicksal in die eigenen Hände genommen und war dabei, auch kommendes Glück erfolgreich zu schmieden. Die Schreibblockade war jedenfalls weg. Mich drängte es zurück an den Laptop.

Die Tage bis zu Arnos Beerdigung vergingen wie im Flug. Ich igelte mich regelrecht im Schrebergarten ein. Keine Besäufnisse am Kiosk, keine Leserituale in der Bücherei mehr. Das Wildkraut in den Gemüsebeeten entwickelte sich ungestört. Ich arbeitete wie ein Besessener an der Ausführung meines Treatments. Als der Tag gekommen war, an dem man Arno begraben und damit auch den wichtigsten Beweis meiner Tat ganz offiziell verschwinden lassen sollte, hatte ich bereits die ersten fünfzig Seiten fertig. Ich ging zu der Trauerfeier wie zu einem Freudenfest. Für Arno markierte sie das Ende, für mich den Anfang.

Wie es sich für eine zünftige Beerdigung am Niederrhein gehörte, regnete es in Strömen. Großer Auftrieb auf dem Reeser Friedhof. Über hundert Menschen ließen sich naßregnen. Eine Blaskapelle intonierte Chopins Trauermarsch. Im Instrument des Tubisten schnorchelte es bereits nach wenigen Minuten.

Nachdem der Pfarrer den Verstorbenen eingesegnet hatte, hielt einer von Arnos Verleger-Freunden eine kurze Ansprache. Ich weiß nicht, was mich damals ritt, plötzlich trat auch ich ans offene Grab und formulierte aus dem Stegreif eine ergreifende Leichenrede auf »meinen leider viel zu früh verstorbenen Freund, die markante Verlegerpersönlichkeit, der eine kaum zu schließende Lücke in der deutschen Literaturszene hinterlassen würde«. Kein Rumstottern, ich sprach so geschliffen wie Arno selig in besseren Tagen. Daß die Trauergäste nicht begeistert klatschten, war alles.

Auf dem Weg zu Streuselkuchen, Korn und Beerdigungskaffee sprach mich plötzlich jemand von der Seite an. Es war Waller. Mir fuhr der Schreck in die Glieder, als hätte mich der Inkasso-Beauftragte der Russenmafia gestellt. Ich war mir sicher, jetzt würde es Druck geben. Aber Waller gab sich überaus freundlich.

»Wie kommen Sie denn mit dem neuen Roman voran?«

»Geht so«, druckste ich lahm herum, »bin ein bißchen in Verzug. Den anvisierten Termin kann ich unmöglich einhalten.«

»Verstehe. Der Zeitdruck und jetzt auch noch der tragische Tod Ihres Freundes, so was kann die Kreativität ganz schön ausbremsen.«

Ich war platt. Hatte Waller die Profession gewechselt, vom beinharten Agenten ins Seelsorgefach? Mitnichten, er klärte mich sofort auf.

»Leider muß ich Ihnen mitteilen, daß aus unserem Geschäft, so, wie besprochen, nichts wird.«

Ich machte sofort auf erstaunte Betroffenheit. Waller hob entschuldigend die Arme.

»Arnos Verlag geht in Konkurs, damit sind unsere Absprachen erst mal hinfällig. Hat man Ihnen denn noch nichts gesagt?«

Ich verneinte stumm. Waller legte mir tröstend die Hand auf den Arm.

»Machen Sie sich mal keine Sorgen, Sie sind einfach zu gut, um nicht doch noch international groß rauszukommen. Bin mir sicher, wir zwei finden noch zusammen. Aufgeschoben ist schließlich nicht aufgehoben.«

Mir fiel ein Stein vom Herzen. Innerlich beschwingt, aber ernst im Ton, begann ich ihm von meinem neuen Roman zu erzählen.

Waller hörte interessiert zu. Als wir am Friedhofsausgang angelangt waren, kam er mit einem Vorschlag raus, der mich vollends glücklich machte.

»Leider hab ich jetzt keine Zeit mehr, aber was Sie mir erzählt haben, ist so spannend, daß ich unbedingt mehr darüber wissen will. Lassen Sie uns in der nächsten Woche doch zusammen essen gehen.«

Schon hatte er seinen Terminkalender heraus.

»Wie wäre es Dienstagabend um acht?«

Ich nickte schlicht, schüttelte ihm aber zum Abschied überschwenglich die Hand. Ich konnte es kaum fassen, eins fügte sich aufs

Trefflichste zum anderen. Vielleicht gab's ja doch so etwas wie eine höhere, ausgleichende Gerechtigkeit.

*

Der Kontakt zu Waller lohnte sich tatsächlich. Mit seiner Hilfe landete ich ein paar Monate später einen noch größeren Erfolg als mit »Griff aus dem Dunkel«. Der finanziellen Sorgen war ich ledig. So war es mir ein besonderes Vergnügen gewesen, bei der Zwangsversteigerung von Arnos Penthouse in Rees zuzuschlagen. Ich übernahm Wohnung und das ganze Inventar, veränderte nichts. An seinem protzigen Schreibtisch würde ich meinen nächsten Roman, für den ich mir allerdings Zeit lassen wollte, schreiben. Ich schlief in seinem Bett, drang mit meinen Klamotten in seine Schränke, genoß von seiner Terrasse den herrlichen Blick in die Flußauen. Mit der Aneignung seines persönlichen Besitzes vollzog ich den letzten Schritt zum vollständigen Sieg über ihn. Selbst nach Wochen überkam mich beim Durchschreiten der Räume noch das Gefühl eines Feldherrn bei der Einnahme feindlichen Territoriums. Nach zahlreichen schmachvoll verlorenen Schlachten hatte ich den Krieg gewonnen.

Öffentliche Anerkennung, Geld, ich hatte alles, was ich Arno immer geneidet hatte. Fast alles. Leider spielte sich in meinem Schlafzimmer nicht im entferntesten das ab, was sich Arno an Programm geboten hatte. Nach wie vor beschränkte sich mein Sexualleben auf indirekte Teilhabe. Ich hatte mich damit abgefunden und alte Gewohnheiten wieder aufgenommen.

Das Haus lag unweit in der Stichstraße eines Wohnviertels. Die Bewohnerin war mir irgendwann bei einem meiner abendlichen Pirschgänge aufgefallen, als sie im Vorgarten die Blumen wässerte. Etwa mein Alter, dunkles Langhaar, T-Shirt und Jeans spannten genau an den richtigen Stellen. Nicht gerade eine Brigitte-Schönheit, aber ich fand sie umwerfend. Mein Interesse war sofort geweckt. Mit geschultem Auge nahm ich die vielen kleinen, untrüglichen Zeichen wahr, die mir sagten, daß sie allein lebte. Ich entschloß mich, sie öfter zu besuchen.

Der Garten hinterm Haus mußte einmal sehr gepflegt gewesen sein, inzwischen hatten ihm aber die lange nicht mehr beschnittenen Gehölze einen Urwald-Touch verliehen. Die Gute war mit der Gartenarbeit offensichtlich überfordert. Ein Umstand, der mir durchaus entgegenkam.

Der umfriedende Zaun stellte selbst für einen Unsportlichen wie mich kein ernst zu nehmendes Hindernis dar. Das Beste aber war ein solides Baumhaus, das jemand in der Krone eines Ahorns für ein Kind gezimmert haben mußte. Ich kombinierte, daß die Frau geschieden und Papa das Sorgerecht fürs Kind zugesprochen worden war. Mir war das ziemlich schnuppe.

Das verwaiste Baumhaus wurde jedenfalls schnell zu meinem Stammplatz, die Frau mir immer vertrauter. Von meinem Posten hatte ich einen idealen Blick auf Wohn- und Schlafzimmer. Sie mußte Lehrerin oder so was sein. Stundenlang konnte ich ihr dabei zusehen, wie sie konzentriert am Schreibtisch arbeitete. Selbst wenn sie sich vor dem Fernseher entspannte, wurde es mir nicht langweilig. Geradezu Sternstunden waren es aber, wenn sie ihr Cello zwischen die muskulösen Schenkel nahm und den Bogen in geradezu lasziven Bewegungen darüberstrich.

Die Frau übte einen merkwürdig prickelnden Reiz auf mich aus. Ich begann mir vorzustellen, wie es wohl wäre, bei ihr sein zu können, wußte aber immer, daß es bei dem Wunsch bleiben würde. Es schmerzte nicht. Ich brauchte die Distanz. Schließlich konnte ich ihr auch so nahe sein, hatte sie für mich ganz allein. Ihr Muttermal am Po war mir inzwischen genauso vertraut wie ihre Angewohnheit, lesend im Bett Unmengen von Obst zu vertilgen. Langsam entwickelte sich aus dem anfänglich rein voyeuristischen Interesse tiefe Zuneigung. Ich war glücklich und liebte sie, auf meine Weise.

Unsere Beziehung hätte noch lange so weitergehen können. Leider begann sie mich zu betrügen. Ich hätte es wissen müssen.

Der Typ war mir auf Anhieb unsympathisch. Vielleicht, weil er mich in seiner selbstsicher zur Schau gestellten Smartheit so sehr an Arno erinnerte. Die Hoffnung, daß es sich um eine Eintagsfliege handeln würde – einen Seitensprung hätte ich ihr vielleicht verziehen –, zerrann schnell. Er kam immer öfter und begann, mich aus meiner

Phantasierolle zu drängen. Als er das erste Mal ihr Schlafzimmer betreten durfte, hätte ich liebend gern eine Handgranate durchs Fenster geworfen. Aber wie immer, wenn man so was dringend braucht, hat man es gerade nicht zur Hand. Ganz gegen meine sonstige Gewohnheit hatte ich keine Lust, mir das sich anbahnende Schauspiel anzutun. Geschlagen verließ ich den Ort stillen Glücks, um nie wiederzukehren.

*

Etliche Wochen später trafen wir noch einmal aufeinander. Als Frühaufsteher holte ich mir jeden Morgen um sechs die ersten, noch warmen Brötchen vom Bäcker. Irgendwann stand sie plötzlich neben mir am Verkaufstresen. Zum ersten Mal hörte ich den Klang ihrer Stimme. Es traf mich wie ein Stromstoß. Sie wählte eine Rosinenschnecke. Ich hatte es gewußt, ihr Lieblingsgebäck, schließlich kannte ich sie gut. Wie am Band gezogen folgte ich ihr.

Sie war mit dem Fahrrad unterwegs. Auf dem Gepäckträger klemmte eine grüne Plastikgießkanne. Obwohl ich mir geschworen hatte, mich nicht mehr um die untreue Schnepfe zu kümmern, radelte ich wie unter Zwang hinterher. War sie zu ihrem Lover unterwegs?

Als der Friedhof in Sicht kam, wußte ich Bescheid. Klar, die Gießkanne. Jetzt hätte ich eigentlich abdrehen können, da war nichts Interessantes mehr zu erwarten. Und dennoch. Ich ließ ihr einen Vorsprung, bevor auch ich auf den Friedhof bog. Sie war verschwunden. Vergeblich suchte ich noch ein Weilchen zwischen den unübersichtlichen Reihen, als ich mich plötzlich vor Arnos Grab wiederfand.

Ein protziger Stein, aber das Unkraut wucherte hoch. So recht schien sich niemand um die Grabpflege zu kümmern. Gefiel mir. Die Frau hatte ich bereits vergessen.

»Tja, Arno, so kann's gehen.«

Ich begann, in Moll zu rezitieren, als könne er mich hören:

»Schweigen und kühler Rasen deckt manchen wilden Traum.«

Nachsatz in fröhlichem Dur:

»Und keiner, der mähen kommt«, prustete ich in den frühen Morgen.

Ich hatte dafür gesorgt, daß Arno dort einsachtzig tief lag und war selbst die Erfolgsleiter ganz nach oben gestiegen. Während ich auf das ungepflegte Grab starrte, begann ich einen inneren Dialog mit dem Toten.

Eigentlich müßte ich dir dankbar sein, alter Junge. Daß das zweite Buch zum internationalen Erfolg geworden ist, geht auch auf dein Konto. Ja, ehrlich. Weißt du noch, was du mir damals geraten hast, als mir nichts einfallen wollte? Nein? Aber Arno. »Schreib über das, was du selbst erfahren hast«, war dein Ratschlag. Toller Tip, hab ich mich dran gehalten. Ich hab einfach über dich und mich geschrieben. Klar, nicht einfach eins zu eins übersetzt, natürlich bißchen verfremdet. Aber an das Grundmotiv hab ich mich ziemlich exakt gehalten: Stets Ausgenutzter rächt sich drastisch an gesellschaftlichem Schwergewicht. Da konnten sich natürlich breiteste Leserschichten mit identifizieren. Die Wirklichkeit ist eben fesselnder als jede Fiktion. Einer von den Feuilleton-Seppeln hat sogar eine düstere Metapher auf das deutsch-deutsche Verhältnis daraus gelesen. Zum Schießen.

Ein Geräusch riß mich aus meinen Gedanken. Jemand kratzte, für mich unsichtbar, hinter einem großen Lebensbaum in der Nähe. Ich wandte mich zum Gehen. Das Triumphgefühl verflüchtigte sich. Eigentlich hatte ich gar keinen Grund, hier, wenn auch nur innerlich, den dicken Max zu geben, drückte mich doch seit längerem bereits wieder das gleiche Problem wie damals: Ich wußte nicht, was ich schreiben sollte. Keinerlei Idee für einen neuen Romanstoff. Und in dieser Richtung mußte bald was passieren. Irgendwann würde ich das Eingemachte verfrühstückt haben. Aber die sich abzeichnende erneute Schreibblockade stimmte nicht gerade hoffnungsvoll. Da half weder Arnos Erfolgstip noch die Erkenntnis, daß die Wirklichkeit allemal die Fiktion schlägt. So spannend war mein Leben nun mal nicht.

Als ich den Parallelweg erreichte, blieb ich abrupt stehen. Keine zwei Meter entfernt kniete die Frau, eifrig an einer Doppelgruft beschäftigt. Sie hatte mich noch nicht bemerkt. Über ihren gebeugten Rücken hinweg konnte ich die Inschrift auf dem Stein entziffern. Sie war also nicht geschieden, sondern Witwe. Da lagen ihr Mann und der kleine Sohn. Wahrscheinlich ein tragischer Unfall. Statt Mitgefühl spürte ich Zorn. Sie werkelte hier doch nur so eifrig, um nach außen den schönen Schein aufrechtzuerhalten. Falsche Schlange. Zu Hause wartete bereits der geile Beschäler. Sie betrog nicht nur mich, sondern besudelte auch noch das Andenken ihrer Toten. Schlampe.

Während ich auf ihren zarten Nacken starrte, begann eine Idee langsam Gestalt anzunehmen. Warum nicht mal über Liebe, gebrochene Treue, Erniedrigung, Leidenschaft und Rache schreiben? Starkes Thema. Mich erfaßte freudige Erregung. Wie würde ein betrogener Liebhaber wohl vorgehen, um das Objekt seiner Rache verschwinden zu lassen?

Am Ende der Reihe hatte der Friedhofsgärtner bereits am Vortag eine Grube für eine demnächst stattfindende Beerdigung ausgehoben. Als ich den am Rande des entstandenen Erdhügels steckenden Spaten bemerkte, wußte ich, wie meine Figur vorgehen würde. Rein ins Loch mit der Leiche, bißchen Erde drüber, fertig. Bei der anschließenden Beisetzung würde niemandem auffallen, daß die Grube nicht ganz so tief wie üblich war.

Die sich in meinem Kopf drehenden Gedanken nahmen immer mehr Fahrt auf. »Das Problem ist die Lösung«, »Wirklichkeit schlägt Fiktion«, »Schreib, was du selbst erfahren hast«. Ich stoppte das Karussell, indem ich ein paar Schritte vortrat. Kies knirschte. Erschrocken fuhr sie herum. Wieder schoben sich Bilder übereinander. Ich sah plötzlich in das Gesicht der Indianerin, die mich auf Arnos Fete so gedemütigt hatte. Wie ähnlich sich die beiden waren. Warum war mir das vorher nie aufgefallen? Das gab den Ausschlag. Sie mußte sterben. Auf der Stelle. Stellvertretend für all die Frauen, die mich mit ihrer Mißachtung gedemütigt hatten.

Es ging ganz leicht. Sie zappelte nur kurz. Während meine Daumen ihren Kehlkopf zerquetschten, formulierte ich in Gedanken bereits die ersten Sätze des neuen Romans. Er würde wieder ein Bestseller werden, ich wußte es bereits jetzt. Es würden noch viele weitere folgen.

Kornelia Heise-Ernst

Rache ist süß

»Ich bring ihn um, das schwör ich dir. Ich bring ihn um!« Mit verkniffenem Gesicht und weiß vor Wut starrte Mara Thyssen zum Herd, an dem ihre Tante Lisbeth stand und genauso behäbig wie umständlich im Kochtopf rührte. Lisbeth war mit ihren fast Achtzig nicht mehr die Schnellste.

»Ach, Kind«, seufzte sie und füllte eine rötliche Pampe auf einen Suppenteller.

Da stand sie nun in ihrem bunten und viel zu eng gewordenen Nylonkittel, der auf dem Po kräftig aufstippte und dadurch mindestens zehn Zentimeter zu viel von ihren fleischigen Knien zeigte. Mit dem gut gefüllten Teller schlurfte sie quer durch die geräumige Wohnküche ihres kleinen Fachwerkhauses und stellte ihn vor Mara ab.

»Jetzt ißt du erst einmal tüchtig, dann sieht die Welt schon wieder ganz anders aus.« Beruhigend tätschelte sie die Hand ihrer Nichte.

Kommentarlos schob Mara den Teller von sich. Ihre Wut lag noch zu schwer im Magen.

»Ach, Kind. Das hab ich nun extra für dich gekocht: Möhreneintopf durcheinander, richtig lecker und alles aus dem eigenen Garten. Ißt du doch sonst so gern.«

Elisabeth Holtschmidt, genannt Tante Lisbeth, ließ sich ächzend und schwerfällig auf der Kante ihres klobigen Bauernstuhles nieder, damit ihre geschwollenen Füße Halt auf dem Dielenboden finden konnten. Auch für diesen Stuhl hatte sie einfach zu kurze Beine, und darum sah sie sich suchend nach ihrem Fußbänkchen um. Überhaupt war Lisbeth klein und zum Kugeln rund, aber durch ihr sanftes Wesen war sie der liebenswerte Oma-Typ, den nicht nur Kinder mochten. Früher hatte sie einen herrlich prallen Busen, aber in dem, was Natur und Alter ihr gelassen hatten, konnte ein Kinderkopf immer noch so wunderbar Schutz finden, auch wenn heute die Rundungen von einem Mieder gestützt werden mußten.

Aber Mara war kein Kind mehr. Sie war eine erwachsene Frau von Ende Dreißig und, wie Tante Lisbeth ihrer Verbitterung entnehmen konnte, mal wieder ausgesprochen unglücklich verheiratet.

Aber als Niederrheinerin wußte Tante Lisbeth ganz genau, da half nur eins: tüchtig was futtern, denn Essen hielt Leib und Seele zusammen.

»Oder willst du lieber ein leckeres Schnittchen haben? Ich kann dir auch ein Rosinenstütchen mit guter Butter machen und frischem Holländer drauf. Rübenkraut ist auch noch da. Nee? Willst du nicht? Aber so geht das doch nicht. Du siehst schon richtig elend aus.« Besorgt musterte die alte Dame die frauliche Figur ihrer Nichte. »Kind, du fällst mir ja noch ganz vom Fleisch!«

Mara fand das keineswegs. Fett wurde sie, jährlich ging sie mehr auseinander – genau wie Tante Lisbeth. Genervt schloß sie sekundenlang ihre übermüdeten Augen. Tante Lisbeth sollte endlich Ruhe geben.

»Soll ich uns ein Täßken Kaffee aufschütten?«

Das war im Moment genau das, was Maras Magen nun überhaupt nicht vertrug.

»Ich trinke einen Tee mit dir«, lenkte sie ab, damit ihre Tante auch wirklich Ruhe gab.

Hocherfreut leuchteten Lisbeths Knopfaugen auf. Es ging doch nichts über eine schöne Tasse Tee! Bedächtig watschelte sie zum Herd zurück und machte sich an die Arbeit. So schnell konnte Tante Lisbeth nichts aus der Ruhe bringen – nicht einmal Maras Drohungen.

Eigens für ihre Lieblingsnichte holte sie ihre gutgehüteten Sammeltassen mit Rosenmuster und grünem Rand aus dem Küchenbüfett. Richtig alte Schätzchen und Erinnerungsstücke an ihre Mutter.

Die Teekanne tropfte. Lisbeth wischte die kleine Pfütze mit ihrer schwieligen Hand von der Wachsdecke und putzte sich dann den Handballen an einem nicht mehr ganz sauberen Lappen aus ihrer Kittelschürze ab.

Von alledem bekam Mara nichts mit. Finster starrte sie durch die verwitterten Sprossenfenster auf die Turmuhr der Pfarrkirche St. Michael von Wachtendonk – kurz vor vier. Gleich würde der Glockenschlag ertönen. Dumpf und voll. Jede Viertelstunde einmal, jede volle Stunde die komplette Uhrzeit.

Ihre Tante nahm das Schlagen der Glocken nur noch selten wahr. Es gehörte zu ihrem Leben wie der sonntägliche Kirchgang, die Zusammenkünfte der Straßengemeinschaft mit dem Püttrecht und das Kränzen bei Festivitäten.

Mara lauschte dem zu früh einsetzenden Gebimmel des Glockenspiels am Rathaus, zu hoch im Ton, unangenehm fürs Ohr – und dann noch als Big-Ben-Schlag! Das paßte zu diesem historischen Ortskern wie die Faust aufs Auge. Dabei gab es so schöne Lieder und Melodien, die mit dem Niederrhein und seinem Menschenschlag viel besser harmonierten. Zum Beispiel die Ballade vom Klanten-Tött:

Dä Klanten-Tött, dä Klanten-Tött,
dä hät en Drietmaschien, die flöt.
Fiderallala, Fiderallala, Fiderallalalala …

Auch die letzte Strophe fügte sich nahtlos ins Kleinstadtleben ein, so als hätte der Dichter an Gesetzgebung und Verwaltung im Rathaus gedacht:

No-n halt ens endlich ö-er Schnut,
mech hängt dän Dries dän Hals erut.
Fiderallala, Fiderallala, Fiderallalalala ...

Die Glocke des Kirchturms schlug nun die volle Zeit an und wurde vom Schlag der Pendeluhr übertönt.

Aus ihren Gedanken gerissen drehte Mara den Kopf, ließ die Atmosphäre der alten Wohnküche mit all ihren verführerischen, aber auch muffigen Düften wirken. Seit ihrer Kindheit hatte sich hier nichts verändert: Die Küchenzeile in Kunststoff stammte aus den frühen sechziger Jahren und paßte so gar nicht zum gutgepflegten Küchenbüfett aus Weichholz. Und das alte Sofa mit dem viel zu hohen Küchentisch und den vier Stühlen davor war einfach nicht kaputtzukriegen.

Auf dem Sofa lagen – sorgsam ausgerichtet und schaurig spießig – drei bestickte Kissen mit dem unvermeidlichen Knick in der Mitte. Darüber bimmelte die Pendeluhr, deren Schlagwerk sich nach dem vierten Ton beruhigte. Außerdem zierten zahlreiche Schwarzweißfotos die vergilbten Tapeten. Erinnerungen an liebe Menschen, die längst nicht mehr waren, wie Oma Fienchen, Tante Thea oder Onkel Friedel. Er war Tante Lisbeths ganz, ganz große Liebe gewesen, wie sie stets betonte. Nach seinem Tod hatte sie sich mehr und mehr von Freunden und Nachbarn zurückgezogen.

»Ich bringe diesen Mistkerl um!« Trotzig warf Mara den Kopf mit den rotblonden Haaren in den Nacken.

»Das letzte und vorletzte Mal hast du das auch gesagt.«

»Aber diesmal wird er dran glauben!« Überreizt drehte Mara ihren Ehering.

»Hier, Kind, trink. Danach sieht die Welt bestimmt schon wieder ganz anders aus«, wiederholte Tante Lisbeth lächelnd, und ihr Gesicht wirkte durch den einfallenden Sonnenstrahl noch rosiger als sonst.

Lisbeth hatte eben für alle Lebenslagen einen Tee und eine Lösung. Auch wenn sie sich schon lange nicht mehr unter junge Leute mischte, verfügte sie über eine gehörige Portion Lebenserfahrung, und auf den Kopf gefallen war sie auch nicht. Allerdings waren ihre

Ratschläge mitunter genauso antiquiert wie einfach, aber stets lieb gemeint.

Vorsichtig nahm Mara ihre randvolle Tasse, blies behutsam die Dampfwölkchen über die Wachsdecke hinweg. Auch sie durfte in keinem properen Niederrhein-Haushalt fehlen. Dann probierte Mara das heiße Gebräu. Wenig begeistert verzog sie das Gesicht.

»Was ist denn das für eine Kalorienbombe? Ist dir der Zuckertopf ausgerutscht?«

»Meine Kräuter-Spezialmischung mit viel Kandis. Sie räumt den Magen auf und verhilft dem Kopf zu vernünftigen Gedanken.« Lisbeth ließ sich wieder schwerfällig auf der Stuhlkante nieder. Das lange Stehen war einfach nichts mehr für ihre alten Beine.

»Bitteres muß mit Süßem vertrieben werden.«

»Diesmal irrst du, liebe Tante. Diesmal wird nichts vertrieben, diesmal wird beseitigt!«

»Ach, Kind«, seufzte Tante Lisbeth erneut und neigte ihren runden Kopf mit den grauen Dauerwellenlöckchen, durch die die Kopfhaut hell durchschimmerte, besorgt zur Seite.

»Ich weiß, was du sagen willst. Und ich habe deine Ratschläge vom letzten Mal beherzigt: Ich habe über mein Vorhaben gründlich nachgedacht und nicht nur eine Nacht darüber geschlafen, sondern gleich sieben Nächte, und mein Entschluß steht fest!«

Tante Lisbeth sah Mara prüfend an. In der Tat, sie hatte sich verändert. War sie nach dem ersten Seitensprung ihres Mannes verzweifelt und tränenüberströmt zu ihr gekommen, weinte sie beim zweiten Seitensprung zuerst wegen der neuen Enttäuschung und danach vor Wut. Das war vor knapp zwei Jahren gewesen. Jetzt weinte Mara nicht, und ihre Wut wich allmählich süßen Rachegedanken. Das Kind war also durchaus lernfähig.

»Was hast du vor?«

»Ich werde ihn umbringen!«

Lächelnd neigte Lisbeth ihren Kopf zur anderen Seite und atmete tief durch die Nase ein. Dann nahm sie ihre Tasse fest in beide Hände, als wollte sie sich ihre vom Möhrenputzen rissig und braun gefärbten Finger daran wärmen, und sah schweigend in den aufsteigenden Dampf.

Minutenlang waren in der Wohnküche nur das Ticken der alten Pendeluhr zu hören und die Kinder, die vor dem Haus auf der untersten Steinstufe, dem »Dörper«, spielten.

»Warum läßt du dich nicht scheiden?« fragte Lisbeth vorsichtig.

»Scheidung?« Fast sah es so aus, als fiele Mara bei dem Gedanken an Scheidung aus allen Wolken. »Nach allem, was passiert ist? Das kannst du nicht verstehen, du warst schließlich glücklich verheiratet. Als Geschiedene gehe ich leer aus!« Dann versuchte sie, ihr rachsüchtiges Lächeln zu verbergen. »Nur als Witwe geht es mir finanziell wieder richtig gut.«

»Aber du hast doch gearbeitet und immer gut verdient. Zusätzlich hast du auch noch deine kleine Erbschaft.«

»Ha-ha!« Mara betonte jede Silbe. Das rachsüchtige Lächeln war verschwunden. »Hätte ich diesem Mistkerl doch nie eine Vollmacht gegeben! Alles hat er durchgebracht, alles, alles, alles ... versoffen und verhurt. Mein ganzes Geld ist weg, einfach futsch!« Schrill stieß sie diese Sätze hervor. Als sie den tadelnden Blick ihrer Tante auffing, dämpfte sie ihre Stimme. Sie hatte vergessen, daß Lisbeth keine lauten Töne mochte.

Außerdem war es bei den alten und schlechtschließenden Sprossenfenstern mit der einfachen Verglasung besser, etwas leiser zu sprechen. Die Nachbarn scherten sich zwar nicht, aber sie hatten Ohren ...

Lisbeth lächelte nachsichtig. Maras Eltern hatten damals schon gewußt, warum sie ihre Tochter vor dieser Heirat gewarnt hatten. Und daß sich das Mädchen dann so gar nicht um ihre Finanzen gekümmert hatte, war Dummheit. Pure Dummheit.

»Aber der Gipfel der Unverschämtheit kommt erst noch: Du weißt, daß ich immer Kinder haben wollte, aber ihm zuliebe bisher darauf verzichtet habe. Zuerst war es seine Ausbildung, dann mußte er seine Karriere aufbauen. Anschließend wollte er sein Leben genießen, und jetzt fühlt er sich zu alt.«

In Lisbeths sanftem Blick lagen keine Vorwürfe. Sie konnte Mara gut verstehen.

»Sagen wir es doch, wie es ist: Mit mir will er keine Kinder, und meine biologische Uhr tickt und tickt – und bald ist sie abgelaufen.

Er hat mein ganzes Geld auf den Kopf gehauen, und seit über einem Jahr hat er eine andere. So eine Schlange mit einem gebärfreudigen Becken, die dauernd auf die Sonnenbank geht.« Mara schäumte wieder vor Wut und Neid. Sie selbst war leider mehr der sonnenempfindliche, rothaarige Typ mit hellhäutigem, leicht sommersprossigem Teint.

Tante Lisbeth versuchte, ruhig zu bleiben, nur ihre leicht wippenden Löckchen verrieten ihre innere Anspannung.

»Nicht genug, daß mich dieser Mistkerl belogen und betrogen hat. Da kauft dieser Schuft seiner Freundin auch noch eine Wohnung! Das mußt du dir mal vorstellen: eine Wohnung – und alles von meinem Geld!« Maras Stimme wurde wieder lauter.

»Ach, Kind, das tut mir ja so leid.«

»Ich finde, daß ich noch nicht zu alt bin, um etwas ganz Neues anzufangen.« Plötzlich lächelte Mara süffisant. »Und ich habe herausgefunden, wo er sein Geld angelegt und versteckt hat. Dieser Mistkerl soll für alles büßen, was er mir angetan hat. Für alles, alles, alles!«

»Aber ...«

»Kein Aber, Tante Lisbeth. Ich hoffe, du kannst dich noch daran erinnern, daß du mir einmal erzählt hast: Bei Geld hört die Freundschaft auf.«

Als ehemalige Buchhalterin hatte Lisbeth ein durchaus gesundes Verhältnis zu Geld, und darum ging sie nicht nur mit ihren Finanzen sehr, sehr eigen um. Dunkel erinnerte sie sich an ihren Ratschlag. Aber irgendwie hatte sie das doch ganz anders gemeint und dabei nicht gleich ans Umbringen gedacht. Besorgt wiegte sie ihren Kopf hin und her. Diese Jugend von heute war doch sehr ungestüm.

»Was hast du vor?« fragte sie sanft.

»Ich werde ihn vergiften. Das ist das Einfachste.«

»So, so«, bemerkte Tante Lisbeth und schien nicht abgeneigt zu sein. Sie wippte mit ihrem Oberkörper, spitzte überlegend und zustimmend ihre Lippen.

»Vergiften ... hört sich gut an.« Ihr Tonfall und ihre Haltung hätten genauso zu der Feststellung gepaßt: »Apfelkuchen nach dem Hochamt – das wird Pastörken freuen.«

»Und womit willst du ihn vergiften?«

»Rattengift.«

Weil Tante Lisbeth nur still vor sich hinwippte, wurde Mara unsicher.

»Oder meinst du, ich sollte es mit E 605 probieren?«

»Oh, ich denke, das ist schon in Ordnung, ob Rattengift oder E 605.«

»Aber?«

»Woher willst du das Gift nehmen? Du kannst es natürlich in der Apotheke am Friedensplatz kaufen. Aber dann weiß es der Apotheker, und die eine oder andere Angestellte bekommt es auch mit. Kind, sei bloß vorsichtig, falls noch eine Kundin in der Apotheke ist.« Warnend hob Lisbeth ihren Zeigefinger. »Dann ist das Getratsche bald da. Bist doch auch vom Land – kennst du doch.«

»Und wenn ich es bei uns in Kempen kaufe?«

»Meinst du denn, in der Thomas-, Löwen- oder Enger-Apotheke stellt man dir keine dummen Fragen? Der Apotheker wird sich dein Gesicht schon genau angucken, darauf kannst du dich verlassen. Vielleicht mußt du sogar deinen Ausweis vorlegen. Heutzutage sichern sich alle ab! Also, ich wäre da sehr, sehr vorsichtig! Und falls du es trotzdem bekommst, wie willst du es ihm geben?«

»Ich dachte an seinen Lieblingsnachtisch: Schokoladenpudding mit Vanillesoße.«

»Und was machst du, wenn das Zeug bitter und ekelhaft schmeckt? Stell dir vor, der Pudding schmeckt ihm nicht. Dann läßt er ihn stehen. Oder stell dir vor, er kommt auf die verrückte Idee, endlich ein paar Kilo abzunehmen, und verfüttert den Pudding heimlich an euren Kater.«

»Blöder Flohträger«, knurrte Mara, »rennt auch jeder heißen Katze nach … wie der Herr, so das Gescherr …« Dann siegte ihre Tierliebe. »Ich schütte das Rattengift in sein Bier!«

»Ich weiß nicht«, Lisbeth zögerte, »falls das Zeug einen Beigeschmack hat, wird er es sofort merken.«

»Bist du dir denn sicher, daß es bitter schmeckt?«

»Keine Ahnung, wie es schmeckt.« Entschuldigend zuckte Lisbeth mit den Schultern.

»Ja, aber ich kann es doch nicht selbst probieren, nur um herauszufinden, wie es schmeckt«, warf Mara ein. »Und den Apotheker kann ich unmöglich danach fragen!«

»Siehst du, Kind, einen Menschen zu vergiften, ist gar nicht so einfach.«

»Dann werde ich ihn erschießen.«

Wieder spitzte Tante Lisbeth die Lippen und wippte zustimmend mit dem ganzen Oberkörper. »Ja«, sagte sie bedächtig, »ja, das ist eine ausgesprochen ausgefallene Tötungsart und sehr ungewöhnlich.«

Mara war sich nicht ganz sicher, ob ihre geliebte Tante Lisbeth sich über sie lustig machen wollte. Nein, das würde Tante Lisbeth nie tun.

»Was hast du gegen Erschießen?«

»Nichts, Kind, nichts. Nur daß es laut ist und häßliche Löcher macht, und wenn du Pech hast, hinterläßt es noch häßlichere Flecken auf deinem wunderschönen neuen Teppich. Aber laß nur, die Flecken bekommen wir schon raus.«

»Dann erschieße ich ihn eben in der freien Natur. Bald ist sowieso Jagdzeit, dann fällt der Schuß nicht so auf.«

»Hast du denn schon ein Gewehr?« fragte Tante Lisbeth interessiert und sah ihre Nichte mit kreisrunden Augen aufmerksam an.

»Nein, ich dachte mehr an etwas Kleines, an einen Revolver für die Damenhandtasche. Ein Gewehr ist auffällig und paßt auch nicht so gut in die Tasche.«

»Ich verstehe. Wo willst du den Revolver kaufen? Besitzt du überhaupt einen Waffenschein? Den brauchst du doch, oder?«

»Waffenschein? Nein, ich habe keinen. Aber vielleicht kann ich einen Revolver frei auf der Straße erwerben.«

»Kind!« Jetzt war Tante Lisbeth wirklich entsetzt. »Wir wohnen am Niederrhein und nicht in diesem schießwütigen Amerika. Du willst doch wohl keinen wildfremden Menschen auf der Straße ansprechen? Womöglich noch einen Mann, den du gar nicht kennst? Also, das schickt sich für eine junge Dame nun wirklich nicht!«

»Beruhige dich, Tantchen, beruhige dich. Ich werde keinen fremden Mann auf der Straße ansprechen. Du hast recht, das schickt sich wirklich nicht. Ich werde in einer verruchten Bar in Düsseldorf oder Duisburg nachfragen. Das klappt garantiert. In Filmen werden dort immer Waffen gehandelt.«

Das konnte Lisbeth allerdings auch nicht gutheißen. »Was ist, wenn dir die Kerle in so einer Bar eins über dein hübsches Köpfchen hauen, dir das Geld wegnehmen und dich an einen reichen Scheich verkaufen? Ich bin zwar alt, aber«, und das betonte sie mit erhobenem Zeigefinger, »ich bin nicht von gestern. Ich weiß genau, was in der Welt vorgeht!«

»Tante, bitte! Jetzt übertreibst du aber!«

»Gut, nehmen wir an, du bekommst deine Waffe. Stell dir vor, das Ding ist nicht sauber, so heißt das ja wohl in Fachkreisen, und mit der Waffe wurde schon einmal ein Mord verübt. Stell dir weiter vor, die Polizei stellt ballistische Untersuchungen an. Mit so etwas kenne ich mich aus! Ja, meinst du denn, ich gucke grundlos jeden Freitag den Krimi im ZDF? Und bei Derrick habe ich viel gelernt.« Eifrig gab Tante Lisbeth ihr Wissen preis. »Hast du dir einmal überlegt, was passiert, wenn die Kripo anhand der Spuren auf der Kugel eine Verbindung zwischen deinem toten Mann und einem anderen Toten feststellt, weil beide mit derselben Waffe erschossen wurden? Dann wirst du unschuldig für einen Mord bestraft, den du gar nicht begangen hast! Also, mir würde das gar nicht gefallen, für einen anderen ins Gefängnis zu gehen.«

Mara wurde unsicher und kroch unmerklich in sich zusammen.

»Tante Lisbeth«, sie zögerte, »ich glaube, du hast recht. So eine Waffe kann schon vorher zu einem verdammt heißen Eisen werden, noch ehe ich den ersten Schuß abgefeuert habe.« Sie nahm die Tasse mit dem Kräutertee in die Hand. Mit jedem Schluck schmeckte er weniger süß.

Zufrieden registrierte Lisbeth die Veränderung.

»Aufhängen ist aber auch nicht möglich«, stellte Mara kopfschüttelnd zwischen zwei Schlucken fest. »Der Mistkerl ist zu groß und zu schwer für mich. Ich kann ihn unmöglich aufknüpfen. Und freiwillig wird der sich nie einen Strick nehmen.« Ihre alte Wut war wieder da, und bitter fügte sie hinzu: »Dafür liebt er das Leben zu sehr ... und diese Schlange von der Sonnenbank.«

Tante Lisbeth runzelte die Stirn. Allmählich wurde es eng. Die gängigsten Tötungsarten hatte Mara inzwischen alle verworfen.

»Lisbeth, ich hab's!« Vor Aufregung wippte Mara auf dem Sofa. »Ich werde ihn erstechen, eiskalt und blitzschnell. Ich werde keines von meinen eigenen Küchenmessern benutzen, weil die Polizei die zuerst kontrollieren wird. Also werde ich ein scharfes Fleischermesser in einer Stadt kaufen, in der mich kein Mensch kennt. Ich werde einige Zeit vergehen lassen, damit sich die Verkäuferin garantiert nicht mehr an mich erinnert.«

Gelassen beobachtete Lisbeth, mit welcher Energie ihre Nichte die Tat plante, und hörte schweigend zu.

»Dann werde ich einen geeigneten Augenblick abwarten. Am besten, wenn dieser Mistkerl in der Badewanne sitzt. Er liebt es, ausgiebig in der Wanne zu liegen mit einem Bier und einer stinkenden Zigarre. Und wenn er es am wenigsten erwartet – steche ich zu.« Mara atmete zufrieden durch. »Ja, die Idee mit der Wanne ist genial«, stellte sie erfreut fest. »Dann habe ich später auch nicht das Problem mit den Blutflecken auf dem Teppich.«

»Aber die Polizei wird dich sofort in Verdacht haben.«

»Nicht, wenn du mir ein Alibi gibst und ich die ganze Nacht bei dir war.«

»Wie soll der angebliche Täter ins Haus gekommen sein?«

»Oh, ganz einfach. Ich werde ein oder zwei Tage vorher ein Kellerfenster einschlagen und so einen Einbruch vortäuschen. Sollte ein Nachbar durch den Lärm aufgeschreckt werden oder gar die Polizei alarmieren, kann ich immer noch erzählen, daß ich meinen Hausschlüssel vergessen habe und auf diese Art in mein eigenes Haus gelangen wollte. Das ist nichts Unrechtes. Bemerkt niemand etwas, werde ich einen großen Tannenzweig vor die zerbrochene Fensterscheibe legen, damit es nicht auffällt. Wenn das Schwein tot ist, landet der Zweig ganz unauffällig auf dem Kompost, und ich eile zu dir.«

»Ja, das hört sich sehr gut an. Wie wirst du zu mir kommen? Mit deinem Auto? Du weißt, mit öffentlichen Verkehrsmitteln ist es bis Wachtendonk eine Himmelfahrt, und am Wochenende fährt so gut wie kein Bus. Außerdem könnte man dich im Bus wiedererkennen. Fremde fallen hier sehr schnell auf.«

»Ich werde mit meinem Auto kommen.«

»Ist dein Wagen auch in Ordnung? Ich frage nur, damit du unterwegs keine Panne hast.«

»Keine Sorge, der Golf war erst letzten Monat beim TÜV.«

»Wo wird dein Auto während der Tat stehen?«

»Da, wo er immer steht, vorm Haus natürlich.«

»Hältst du das für klug?«

Mara schlug sich entsetzt an die Stirn. »Du hast recht, dann weiß jeder Nachbar, daß ich zur Tatzeit zu Hause war. Ich werde den Wagen in der Garage verstecken.«

»Und dann wird dich der aufheulende Motor verraten, du wirst deinen Wagen auf der Straße parken und das Garagentor schließen. Hast du schon einmal daran gedacht, daß ein Nachbar neugierig aus dem Fenster sehen kann?«

»Unsere Nachbarn sind aber nicht neugierig. Sie stehen nicht mal hinter der Gardine.«

»Ach Kind, Nachbarn stehen immer hinter der Gardine. Sie sind nicht zu sehen, aber sie bekommen alles mit. Glaub einer alten Frau.«

Mara nahm sich selbst Tee nach. Allmählich merkte sie, daß es gar nicht so einfach war, unbemerkt aus dem Haus zu kommen. Sie mußte sich etwas einfallen lassen.

»Kind, wo läßt du die Tatwaffe?«

»Das Messer werfe ich in die Niers. Sollen sich doch die Fische drum kümmern.«

»Und was machst du mit deiner Kleidung? Sie wird mit Blut bespritzt sein.«

»Nein, wird sie nicht. Ich werde keine Kleidung tragen, wenn er wie immer nach dem Bier und der stinkenden Zigarre verlangt.« Plötzlich stockte sie. »Hoffentlich wird er dadurch nicht mißtrauisch, denn der Mistkerl weiß nicht, daß ich das mit seiner Schlange und der neuen Wohnung weiß, die er von meinem Geld gekauft hat! Er bildet sich also noch immer ein, daß wir eine glückliche Ehe führen. Und bis zu dem Zeitpunkt, wenn ich ihn abmurkse, soll er ruhig in dem Glauben bleiben.«

»Du hast ihm keine Szene wegen seiner neuen Affäre gemacht?«

»Aber nein, liebe Tante, ich bitte dich! Bei allen früheren Affären hat das doch auch nichts genutzt. Und du hast mir doch selbst geraten, andere Wege zu finden.«

Um Tante Lisbeths Augen entstanden kleine Lachfältchen. So entschlossen hatte sie ihre kleine Mara ja noch nie erlebt.

»Gut, dann kaufen wir morgen ein schönes neues Küchenmesser und ein großes Stück dicke Rippe.«

»Dicke Rippe? Wozu in aller Welt brauchen wir ein Stück dicke Rippe?«

»Nun«, Lisbeths blaßblaue Augen zwinkerten verschwörerisch, »es ist sicher besser, vorher zu üben.«

»Du meinst, ich soll auf ein Stück Fleisch einstechen?«

»Na ja, so kann man das auch ausdrücken.«

»Das ... das habe ich ja noch nie gemacht.«

»Kind, da mußt du jetzt durch.«

Mara kam ins Grübeln: »Lisbeth?«

»Ja?«

»Was mache ich, wenn er nicht sofort beim ersten Stich ...« Mara wurde es zusehends mulmiger.

»Tja, dann mußt du wohl oder übel – so oft – bis er – du weißt schon ...«

Mara senkte ihre Nase tief in die Tasse. Allein schon bei dem Gedanken wurde ihr schlecht.

»Ich glaube, ich heuer doch besser jemanden an.«

»Einen Mitwisser?« Tante Lisbeth wurde unruhig. »Damit du womöglich dein Leben lang von dem Burschen erpreßt wirst? Nein, nein, Kind, das kannst du unmöglich wollen!«

Erschöpft sah Mara auf. »Ich bin total unfähig, diesen Schweinepriester so umzubringen, daß ich nicht in den Knast komme. Ich glaube, ich lasse es.«

Tante Lisbeth war erleichtert. Sie hatte gleich gewußt, daß sie sich auf ihre Kräutermischung verlassen konnte. Die hatte bisher immer kleine Wunder bewirkt.

»Siehst du, Kind, so ist das Leben ... trinkste Tee, kannste gleich besser denken.«

»Tante, was würdest du an meiner Stelle tun?«

»Ich?«

Lisbeth war überrascht, daß sie überhaupt gefragt wurde. So schwierige Entscheidungen wollten gut überlegt sein.

Plötzlich kam Leben in die alte Dame, und alle Behäbigkeit war wie weggeblasen. Flugs zog sie das Fußbänkchen heran, klopfte eilig ein Häkelkissen für ihren Rücken in die richtige Position und machte es sich auf ihrem Stuhl so richtig bequem.

Nachdem Mara ihr die Tasse gereicht hatte, blinzelte sie verstohlen die Fotografie von ihrem Friedel über dem Sofa an.

Mara war der Blick nicht entgangen. Tante Lisbeth liebte ihren Mann, den sie früh verloren hatte, noch immer.

»Nun«, Lisbeth thronte wie eine Königin, »Verschwiegenheit ist das oberste Gebot. Wenn du den Mund nicht halten kannst, dann laß es besser gleich sein. Erzähle keinem Menschen, was du vorhast, und am allerwenigsten erzähl es deiner besten Freundin.«

Mara sah ihre Tante überrascht an. Nie im Leben hätte sie so eine Antwort erwartet.

»Dann mußt du bereit sein, fünfzig Jahre deines Lebens zu schweigen und allein zu verbringen. Heirate also nie mehr. Denn falls du heiratest, wird dein zweiter Mann sicher irgendwann Fragen nach deinem ersten Mann stellen. Vielleicht kommt ihm etwas seltsam vor, und er wird dich so lange fragen, bis du dich verrätst. Vielleicht bekommt ihr aber auch eines Tages Streit, und in deiner Wut wirst du dann schreien: ›Wenn du das noch einmal machst, wird es dir wie meinem ersten Mann ergehen‹ … tja, und dann ist es vorbei.«

Mara war für einen Moment sprachlos. »Ja, aber«, fragte sie dann, »wie kommst du auf fünfzig Jahre?«

»Ganz einfach: Mord verjährt nach fünfzig Jahren.«

Mara schüttelte den Kopf. »Die Strafverfolgung verjährt bei Mord nach dreißig Jahren.«

Jetzt war es Tante Lisbeth, die verwundert aufblickte. »Bist du dir sicher?«

»Ja, das weiß ich ganz genau. Aber was würdest du noch tun?«

Lisbeth zupfte eine Fluse von ihrer Schürze, dann lächelte sie sanft.

»Mach deinem Mann eine Freude.«

»Soll ich Selbstmord begehen?«

»Aber, aber, wer wird denn gleich?« Lisbeths Lächeln wurde beschwichtigend, und die kleinen Lachfältchen um ihre Augen vertieften sich. »Geh in ein kleines Geschäft, in dem dich jeder kennt, und kauf etwas Nettes für deinen Mann.«

»Ich soll was?« Mara schrie fast.

»Kauf nicht irgendwas. Kauf etwas Besonderes, an das man sich später erinnern wird. Und teuer muß es sein! Richtig teuer. Laß dich unbedingt beraten. Und ganz nebenbei erzählst du dann der Verkäuferin, für welchen Anlaß du das Geschenk brauchst.« Tante Lisbeth dachte nach und schnippte dabei eine weitere Fluse von ihrem Kittel. »Am besten eignen sich Verkäuferinnen. Sie haben mehr Sinn für Romantik als Männer. Erzähl ihnen, daß das Geschenk eine Erinnerung an euren ersten Kuß ist oder an eure erste Verabredung.« Sie geriet ins Schwärmen. »Eine Erinnerung daran, wie er auf Knien um deine Hand anhielt. Erzähl auch, was er gesagt hat und welches Kleid du damals anhattest.«

»Was ist das für ein Unsinn?« ereiferte sich Mara. »Kein Mensch erinnert sich an so einen Quatsch!«

»Kind«, tadelte Lisbeth, »erfinde irgendein rührendes, kitschiges, romantisches Erlebnis: vom Kränzen bei der Blechhochzeit oder beim Maibaumfahren. Langweilige Hochzeitstage hat fast jeder. Und eine Verkäuferin wird sich bestimmt an diesen verliebten Zuckerguß erinnern. Und erzähle auch allen anderen Menschen, die es hören oder nicht hören wollen, wie verliebt ihr beide nach all den Ehejahren noch seid.«

»Achtzehn Jahre Hölle.«

»Gut – dann erzählst du eben allen ein Ammenmärchen: von achtzehn Jahren Harmonie und Glückseligkeit.«

»Was soll der Unsinn?« Mara blinzelte Lisbeth mißtrauisch an. Sie hatte hoffentlich keinen Anfall von Verkalkung bekommen.

»Kind, und immer lächeln, nicht vergessen: Lächeln und Sanftmut gehören unbedingt zusammen.«

»Ich verstehe kein Wort. Ich soll für diesen Mistkerl Geschenke kaufen, wie eine verliebte Gans jedem auf die Nase binden, wie glücklich wir noch sind? Einen Teufel werde ich tun! Diesen Mistkerl werde ich durch den Fleischwolf drehen!«

»Eins nach dem anderen«, sagte Tante Lisbeth. »Auf die Tötungsart kommen wir später.«

»Dann verrate mir bitte, was das Ganze soll.«

»Ganz einfach: Die Polizei wird Nachforschungen anstellen, falls ihr etwas auffällt. Da ist es immer gut, wenn Freunde, Nachbarn oder Bekannte bestätigen können, wie gut sich die Eheleute verstanden haben und wie glücklich sie waren.« Tante Lisbeth wurde ungewohnt ironisch, als sie mit schräggelegtem Kopf sagte: »Welche liebende Ehefrau wird ihren Mann schon umbringen?«

Mara sah ihre Tante verblüfft an. Die hatte es ja faustdick hinter den Ohren! Und wie sie so dasaß: quicklebendig und agil. Mit jedem Satz wurde sie dynamischer, und plötzlich wirkte sie um Jahrzehnte verjüngt.

»Und was schlägst du vor, wie ich den Mistkerl«, Mara stockte und wechselte rasch die Tonlage von giftig zu zuckersüß, »ich meine natürlich: Wie kann ich meinen lieben, guten Mann in die ewigen Jagdgründe für Schürzenjäger befördern?«

Auch hier wußte Tante Lisbeth Rat: »Das hängt von seinen Gewohnheiten ab. Nimmt er lebenswichtige Medikamente? Dann eignen sich Kapseln besonders gut. Dosiere sie höher oder fülle sie mit Traubenzucker. Steht er kurz vor dem Herzinfarkt, wenn er sich aufregt? Sorge für Streß! Repariert er gern Elektrogeräte? Bewundere ihn für sein Können – besonders, wenn der Stecker im Gerät ist! Und dann sorge dafür, daß versehentlich der Strom eingeschaltet wird.«

Lisbeth genoß es sichtlich, in ihrem Alter noch nützlich zu sein. Dafür hörte Mara um so erstaunter den Ausführungen zu. Das tägliche Leben war ja eine Gefahrenquelle in Reinkultur! Phantastisch, welche Möglichkeiten sich ihr boten. Warum war sie nicht selbst darauf gekommen?

»Sehr schön ist auch, wenn bei Sturm Dachziegel vom Dach fallen und es durchregnet«, erläuterte Lisbeth weiter. »Mit ein paar Handgriffen kannst du da wunderbar nachhelfen. Und mit Schmierseife unter den Sohlen passieren dann ganz furchtbare Unglücke, besonders, wenn Laien bei Regen aufs Dach steigen. Aber wechsel bitte rechtzeitig seine Schuhe! Ach, Kind, es gibt so herrliche Unfälle.«

Während Lisbeth eifrig ein Beispiel nach dem anderen aufzählte, hörte Mara mit weit aufgerissenen Augen zu.

»Du wirst eine wunderschöne trauernde Witwe sein. Genau wie ich damals«, schloß Lisbeth versonnen und seufzte zufrieden.

Gedankenvoll sah Lisbeth das Bild von ihrem geliebten Friedel an. Vor zweiundvierzig Jahren hatte sie ihn auf dem kleinen Wachtendonker Friedhof beerdigt, gleich rechts neben dem Eingang der St.-Sebastianus-Kapelle.

Sie erinnerte sich, als wäre es erst gestern gewesen: Jeder Bewohner im Ortskern hatte und hat seine festgelegten direkten Nachbarn: je einer links und rechts vom Haus, und auf der anderen Straßenseite waren es drei. Im Trauerfall hatte dann der Nachbar, der am nächsten zur Kirche wohnte, die Aufgabe, die anderen unverzüglich zu informieren. Damals war Spützens Hein ihr Kirchennachbar gewesen, war von Tür zu Tür gegangen und hatte alles organisiert.

Die Straßengemeinschaft war zum Rosenkranzbeten in der Kapelle des Kinderheims St.-Josef-Stift zusammengekommen, und nach festgelegtem Ritual hatte der Püttmeister die Fürbitten gesprochen.

Drei Tage später hatten die engsten Nachbarn den Sarg zur letzten Ruhestätte getragen, gefolgt von Verwandten, Freunden und der Straßengemeinschaft. Selbst die Mitglieder der Katholischen Arbeitnehmerbewegung und die Schützen der St.-Sebastianus-Bruderschaft hatten ihrem Friedel feierlich das letzte Geleit gegeben und ihre Fahnen zum letzten Gruß über das offene Grab gesenkt.

Ja, die Beerdigung von Friedel war sehr, sehr schön gewesen – und so feierlich. Und erst die vielen Kränze und Blumen! Gott, waren da viele Blumen. Ja, Friedel hatte wirklich eine schöne Beerdigung – wirklich schön!

Je mehr Zeit seit der Beisetzung verstrichen war, um so verklärter wurden Lisbeths Erinnerungen.

»Sag mal, Tante Lisbeth, wie starb eigentlich Onkel Friedel?«

»Ach«, seufzte Lisbeth aus tiefstem Herzen und begann, das Tuch aus ihrer Kittelschürze zu kneten, »das war ganz tragisch. Er hatte einen Unfall.« Ihr Lächeln wirkte traurig, nur ihre Augen funkelten. »Er arbeitete damals bei Hoffacker & Sohn als Maler. Eines Tages stürzte er vom Gerüst. Und dabei war das nur fünf Meter hoch. Das mußt du dir mal vorstellen: nur fünf Meter! Aber es hat gereicht. Friedel war sofort tot.«

»Sein Tod hat dich sehr getroffen, nicht wahr?«

»O ja – sehr.« Lisbeth seufzte erneut, legte nachdenklich eine kleine Pause ein und begann, das Tuch zu streicheln. »Mein Friedel war eine richtige rheinische Frohnatur: Er liebte das Leben, die Kneipenbesuche, das Vereinsleben und schlanke Frauen.« Bedauernd zuckte sie mit den Schultern. »Nur mein Baldriantee machte ihn immer so müde und unvorsichtig. Da ist er dann wohl ausgerutscht. War ja auch so fisseliges Wetter an dem Tag.«

Thomas Hesse, Thomas Niermann

Provokative Therapie

Das Morgenrot, es streute seine Rosen in den Schluß der langen Nacht. Die Liedzeile kam Bierbaum sofort nach dem ersten Augenaufschlag des Tages in den Sinn. Der kleine Weltausschnitt, den er vom Bett aus durch das weit geöffnete Schlafzimmerfenster sehen konnte, stimmte ihn lyrisch. Ihm war nach Singen. Über dem Scherenschnitt des nahen Aaper Busches meldete sich die Sonne strahlend zur Frühschicht, ließ das Lippe-Flüßchen aufglitzern, das in seinem tief in die Landschaft gekerbten Bett dem nahen Rhein entgegen mäanderte. Vom angrenzenden Feld die friedvolle Melodie eines nagelnden Dieselschleppers. Aus dem angehängten Güllefaß sprudelte es kaskadenhaft in den frühen Morgen. *»Und aus den Wiesen steiget ...«* Wunderbar. Wieder einmal beglückwünschte sich Bierbaum zum Kauf des alten Försterhauses. So vornehm abgelegen und doch stadtnah. Selbst die scharfe Belästigung der Geruchssinne subsumierte er freundlich unter »würzige Landluft«. Weit blähte er die Nüstern. Herrlich, ein Tag zum junge Götter zeugen.

Der Gedanke bekam Nahrung, als er seinen Blick vom Fenster weg der anderen Zimmerhälfte zuwandte. Vor der verspiegelten Tür des Schlafzimmerschranks stand seine Frau Vera und bürstete, den Kopf weit nach rechts gebeugt, ihr langes, blondes Haar. Sie war nackt, mußte gerade aus der Dusche gekommen sein. Im Dreieck zwischen ihren Schulterblättern perlten noch einige Wassertropfen. Mein Haus, meine Frau, mein … Tatsächlich drängte sich kurz das Bild seines mitternachtsblauen Mercedes-Cabriolets dazwischen, und das kam ihm überhaupt nicht komisch vor. Drei Dinge braucht der Mann. Was das beste war, auch seine Frau vermochte, obwohl ihre Erstzulassung viel weiter als die des Benz zurücklag, seine Leidenschaft immer noch stets aufs neue zu entfachen. Er näherte sich der zierlichen Person vor dem Spiegel, umfaßte ihren schlanken Leib von hinten und küßte ihr ein paar Tropfen aus dem Nacken. Aber das mit der Leidenschaft war in letzter Zeit eine ziemlich einseitige Sache. Vera wehrte ihn mit ärgerlichem Schulterschütteln ab.

»Nun laß doch.«

Bierbaums loderndes Begehren erstarb so abrupt wie die Flamme eines ausgeknipsten Schneidbrenners. Schon hatte sich Vera Jeans und ein farbfleckiges T-Shirt übergestreift. Sie drängte sich an ihm vorbei. »Bin im Atelier.«

Bierbaum sah ihr geschlagen hinterher. Von wegen junge Götter zeugen, so wurde das nie was. Das morgendliche Hochgefühl war dahin. Plötzlich roch es durchdringend nach Jauche. Er schloß das Fenster.

*

Bierbaum parkte seinen Wagen in der Tiefgarage unter dem Großen Markt in Wesel. Gleich darüber, in der Trapp-Zeile hatte seine Firma, eine aufstrebende Unternehmensberatung, ihre Räume. An der Glastür des Aufgangs hielt er noch einen Moment inne und betrachtete zufrieden sein Spiegelbild. Drahtiger Vierziger im korrekten Business-Anzug, Energie und Zuverlässigkeit verströmend. Klasse. Er war schon ein toller Hecht, eigene Firma in bester Lage, und wenn der Termin gleich mit einem erfolgreichen Abschluß endete, war die Zukunft des Unternehmens endgültig gesichert. Kokett strich er sich das Haar zurück und schenkte sich ein Siegerlächeln, dann eilte er dynamisch treppan. Der morgendliche Triebstau war vergessen.

Kaffee, Mineralwasser, Cognac, alles da. Er überprüfte noch einmal den Overheadprojektor, rückte am Flip-chart, da knackte es auch schon in der Gegensprechanlage.

»Die Herren von Brink-Chemie wären dann da.«

Er ließ bitten. Rascher Blick zur Uhr. Pünktlich wie die Maurer. So hatte er es gern. Der Vorstand hatte gleich drei Vertreter entsandt. Deutlicher Vertrauensvorschuß, recht so. Er sollte das Management des Chemieunternehmens auf innerbetriebliche Reibungsverluste durchleuchten. Stichwort Qualitätssicherung. Sein Lieblingsthema. Er legte sich mächtig ins Zeug, redete wie ein Wirtschaftsprof. Coaching, Motivationstraining, Monitoring, Lean-Management, malte verschiedenfarbige Kreise und Verweise und pikste bunte Papp-Pfeile auf das plakatgroße Papier des Flip-chart. Die Vorstandsfritzen waren begeistert. Nach drei Stunden hatte er sie restlos überzeugt, den Auftrag so gut wie in der Tasche. Er verabschiedete die Herren mit dem Versprechen, sein Konzept bereits in den nächsten Tagen einzureichen.

Wieder allein im Büro öffnete er weit das Fenster und sah, tief Luft schöpfend, auf den Großen Markt hinab. Er war vollkommen ausgepowert, aber glücklich. Von jetzt an konnte es nur noch weiter bergauf gehen. Vom Dom begann das Glockenspiel zu bimmeln: *Üb immer Treu und Redlichkeit.* Eine schöne Melodie. Auftrag und Mahnung. Prompt fiel ihm wieder seine Frau ein. Kleiner Dämpfer. Aber im Moment war er in Macher-Laune. Vielleicht sollte er Vera überraschen. Blumen, schickes Abendessen, Komplimente, das ganze Programm eben. Danach konnte man den morgendlichen Versuch noch einmal wiederholen. Er beschloß, sich für den Rest des Tages frei zu geben. Nach dem Erfolg von eben glaubte er, sich das durchaus leisten zu können.

*

Noch bevor er das Haus betrat, wußte er, daß er Vera nicht antreffen würde. Ihr Nissan stand nicht an seinem Platz im Carport, die Jalousien hinter den großen Fenstern des Ateliers im Garten, einem umgebauten Stall, waren heruntergelassen. Auf dem Küchentisch fand er einen Zettel mit der lapidaren Mitteilung: »*Bin bei einer Freundin. Kann später werden.*«

Es hatte mal eine Zeit gegeben, da hatte so etwas wie »Tausend Küsse!« oder »Fühl Dich gedrückt!« darunter gestanden. Vorbei, plötzlich ging ihm auf, wie lange schon. Enttäuscht knüllte er den Zettel zusammen, warf die Blumen achtlos in die Spüle. Was sollte er jetzt machen? Zurück ins Büro? Er hatte keine Lust dazu. Genauso gut konnte er hier arbeiten, die Unterlagen für das Konzept hatte er dabei. Etwas ratlos sah er sich um. Die aufgeräumte Küche wirkte wie frisch aus dem Möbelhaus. Die Zugehfrau, die täglich für ein paar Stunden kam, hatte sie in einem geradezu antiseptischen Zustand hinterlassen. Kühle hauchte ihn an. Im ganzen Haus war es totenstill. Nur das Ticken des antiken Regulators war aus dem angrenzenden Wohnraum zu vernehmen. Hier ist kein Leben, stellte er ein wenig erschrocken fest. Wohlstandsgruft. Der Regulator tickte. Ihm kam es plötzlich vor, als würde ihm mit jedem Pendelausschlag ein Stückchen von seiner Restlebenszeit geschnitten. Erstaunt spürte er dem leichten Angstgefühl nach. Torschlußpanik? Statistisch hatte er die Lebensmitte zwar bereits überschritten, aber dafür war es doch wohl noch zu früh. Es handelte sich wohl eher um eine ganz normale Midlife-crisis. Als die Sache einen Namen hatte, bekam er das diffuse Unbehagen in den Griff. Kinder, was hier fehlte war fröhliches Kinderlärmen. Er sehnte sich plötzlich nach einem klassischen Familienleben, nach jemandem, der ihm auf kurzen Beinen und »Papa, Papa« brüllend entgegentobte, wenn er nach Hause kam. Eine Vorstellung, für die in seinem Yuppie-Leben bisher kein Platz gewesen war. Sicher, Vera hatte immer ein Kind gewollt, nach seinem hartnäckigen Abblocken dann aber irgendwann aufgehört, davon zu sprechen. Ihm war es nicht einmal aufgefallen. Das mußte anders werden. Er entschloß sich, das Thema gleich heute abend wieder ganz oben auf die Tagesordnung zu setzen.

Der Hunger meldete sich. Außer einem morgendlichen Müsli hatte er nichts gegessen. Suchend sah er sich um. Vera hatte natürlich nichts gekocht. Wozu auch? Sie aßen nur noch selten zusammen. Er gab sich einen Ruck und machte die Espressomaschine startklar. Im Frosterfach des Kühlschrankes stapelten sich die Fertiggerichte. Achtlos griff er zu und schob irgendwas in die Mikrowelle. Minuten später saß er im angrenzenden Eßzimmer und löffelte mißmutig die Pampe. Gegenüber hing eins von Veras großformatigen Werken. Abstrakte Malerei. Für ihn nur ein einziges Gekleckse. Vera hatte es längst aufgegeben, ihm ihre Arbeiten zu erklären. Ein weiterer Punkt, der sie trennte. Zu dieser Welt hatte er keinen Zugang, hatte sich auch nie darum bemüht. Ihm wurde überdeutlich, wie fremd sie sich geworden waren. Vera lebte praktisch draußen in ihrem Gartenatelier. Ein Wunder, daß sie noch nicht ihr Bett dort aufgeschlagen hatte. Er war seit Monaten nicht mehr in ihrer Werkstatt gewesen.

Bierbaum hatte von Selbstzweifeln genug. Nur raus aus dem Stimmungstief. Er wechselte in sein Arbeitszimmer und vertiefte sich am Schreibtisch in die mitgebrachten Unterlagen. Vera und sein Eheproblem rückten sofort weit in den Hintergrund. Er arbeitete mehrere Stunden konzentriert, dann hatte er seine Konzeption gedanklich umrissen. Gern hätte er seine Vorstellungen jetzt in den PC eingegeben, Brink-Chemie erste Ergebnisse gemailt. Doch der Rechner stand zerlegt unter dem Schreibtisch. Er hatte sich vorgenommen, das Teil persönlich aufzurüsten, der neue, superschnelle Athlon-Prozessor war allerdings noch nicht geliefert worden. Ihm fiel Veras Laptop ein. Das Ding war wahrscheinlich im Atelier. Er eilte in den Garten.

Der Schlüssel lag versteckt auf einem Balken unter der Dachtraufe. Wenigstens soweit kannte er sich aus. Als er das halbrunde Stalltor aufstieß, schlug ihm Lösungsmittelgeruch entgegen. Im Dämmer konnte er überall Leinwand bespannte Rahmen, zum Teil verhängt, ausmachen. Auf der Staffelei dicht am Fenster irgendwas Farbenfrohes. Hatte sie anscheinend gerade in der Mache.

Veras Laptop lag aufgeklappt zwischen zerdrückten Farbtuben, verschmierten Lappen und Pinseln auf dem Arbeitstisch. Daneben ihr Handy, per Kabel mit dem Laptop verbunden. Bierbaum war überrascht. Sie ging von hier aus online? Unnötig und teuer. Warum nutzte sie nicht den ISDN-Anschluß im Haus? Neugier vermischte sich mit Mißtrauen. Mit wem tauschte sie sich aus? Hatte sie etwas zu verbergen? Er schaltete das Laptop ein. Ohne Gewissensbisse rief er Veras E-mail-Verzeichnis auf. Es war leer. Er versuchte es im Eingangsordner und wurde fündig. Die Nachricht war am frühen Morgen eingegangen. Vera mußte vergessen haben, sie zu löschen, wie sie es sonst ganz offensichtlich tat. Er begann zu lesen.

Liebste! Ein Tag ohne Deine Zärtlichkeit ist ein verlorener Tag. Und es sind jetzt schon drei ...

Bierbaum begann sofort alarmiert zu rechnen. Richtig, die Nacht auf Sonntag, da hatte sie angeblich bei einer Freundin übernachtet. Seine Temperatur stieg.

... Kannst Du Dich nicht heute wenigstens für ein paar Stunden von dem Banausen loseisen? Den Mittwoch halte ich mir doch immer frei. Wir könnten zusammen kochen und dann ... Ich sehne mich nach Dir. Dominique.

Liebste! Dominique! Bierbaum schien der Boden unter den Füßen zu schwanken. Schlagartig sackte ihm das Blut in die Beine. Um seine Ehe stand es schlimmer als befürchtet. Vera hatte bereits ein Verhältnis, tat mit einem anderen, was sie ihm, dem Banausen, seit Wochen verweigerte. Erst essen und dann *»Na, Du weißt schon«*. Er wußte, konnte es sich jedenfalls bildhaft vorstellen. Dominique! So hießen doch bloß Weicheier, Flachwichser, Warmduscher. Und so einem warf sich Vera an den Hals. Wahrscheinlich auch so ein verkrachter Provinz-Picasso. Bierbaum schwelgte in Gewaltphantasien. Im Farbeimer ersäufen, Pinselstiel ins Auge, an die Staffelei kreuzigen ... Er rief sich zur Ordnung. Führte doch zu nichts.

Wieder etwas ruhiger, versuchte er sich an die Riege ihrer Malerfreunde zu erinnern, die Vera ab und an auf Parties um sich scharte. Unter den selbstverliebten Kulturfreaks hatte er sich immer unwohl gefühlt und sich meistens schnell verdrückt. An einen Dominique konnte er sich jedenfalls nicht erinnern. Wozu auch? Die analytische Abteilung in Bierbaums Hirn übernahm wieder die Regie. Es brachte nichts, den Typ zu identifizieren. Rache? Das war was für tumbe Machos und für die Lösung des Konflikts absolut kontraproduktiv. Aber irgendwie mußte er reagieren. Bloß wie?

Bierbaum schloß die Anwendung und schaltete das Gerät aus. Er mußte hier raus. Es war zwar unwahrscheinlich, aber keinesfalls wollte er beim Schnüffeln ertappt werden. Bis er sich im klaren darüber war, was er tun sollte, war es besser, wenn Vera nicht mitkriegte, daß er von ihrem Geheimnis wußte. Er schloß sorgfältig wieder ab und legte den Schlüssel an die Stelle, an der er gelegen hatte. Was er jetzt brauchte, war Kaffee, schwarz, und seine Pfeife. Mit dem Kolben im Mundwinkel konnte er besser denken. Nachdem er sich mit beidem versorgt hatte, ließ er sich auf der Terrasse hinterm Haus nieder und starrte reglos, nur hin und wieder ein paar Rauchwölkchen absondernd, in die Landschaft. Kein Auge für deren Reize, auch Brink-Chemie war vergessen. Ausschließliche Priorität hatte jetzt allein die Chemie ihrer Ehe. Er zog nüchtern Bilanz.

Liebte er Vera? Die Frage zog direkt die nächste nach sich. Konnte man jemanden lieben, der einem fremd geworden war, der einen darüber hinaus betrog? Wohl nicht. Kühles Erkennen. Was ihn an Vera band, reduzierte sich auf schlichtes körperliches Begehren und das sentimentale Festhalten an bürgerlicher Konvention. Seinen sexuellen Kohldampf konnte er auch bei einer anderen stillen, und mit Sentimentalitäten wollte er sich nicht länger aufhalten. Die Ehe war gescheitert. Warum tauschte er Vera also nicht einfach aus?

Bierbaum ging die Pfeife aus. Ein Omen? Er konnte und wollte das Projekt Vera nicht so einfach zu den Akten legen. Das lag weniger an ihrer Person als daran, daß er ein Scheitern nicht akzeptierte. Projekte, die er einspielte, wurden nicht gegen die Wand gefahren, das wäre ja noch schöner. Daß er sich von einer Malerpfeife wie diesem Dominique den Rang ablaufen ließ, kam erst recht nicht in die Tüte. Unerträgliche Vorstellung. Er würde kämpfen. Für einen Bierbaum zählte nur Sieg, nicht Platz.

Die Pfeife qualmte, auch Bierbaum stand wieder unter Dampf. Der kämpferische Entschluß hatte ihn innerlich aufgerichtet. Volle Fahrt voraus. Es gab schließlich noch einen guten Grund, die Angelegenheit nicht einfach schleifen zu lassen, und der war rein ökonomischer Natur: Eine Scheidung würde kostspielig werden, das Haus sich kaum halten lassen. Außerdem steckte Veras Erbteil in seiner Firma. Der Gedanke an eine Trennung war also völlig abwegig. Er würde sich nichts wegnehmen, sich nicht von irgendeinem Dominique ins Portemonnaie greifen lassen. Was also sollte er machen? Er ging das Problem gewohnt pragmatisch an. Was hatte der Typ, das er nicht hatte? Ging es um Sex? Bierbaum hielt sich selbst für eine Kanone im Bett. Also weiter. Dieser Dominique teilte wahrscheinlich Veras Interessen. Okay, kleiner Vorteil, aber nur ein vorübergehender. Bierbaum beschloß, sich gleich morgen in der Stadtbücherei ins Thema Malerei einzulesen. Dann war da noch der Faktor Zeit. So, wie er sich seinen Konkurrenten vorstellte, hatte diese faule Malersocke wahrscheinlich jede Menge davon für Vera. Das war schon schwieriger. Aber wenn er die Sache mit Brink-Chemie vom Tisch hatte, könnte er etwas kürzer treten. Trip in die Toscana, Florenz, Kunst und Kultur gucken. Würde Vera bestimmt gefallen. Für alle Fälle hatte er noch ein As im Ärmel: Die Sache mit dem Kind. Wenn er es schaffte, das rasch auf den Weg zu bringen, war jede Menge verlorenes Terrain zurückerobert. Er hatte ja sowieso vorgehabt, noch heute abend daran zu arbeiten.

Seine Geduld wurde auf eine harte Probe gestellt. Vera kam erst gegen Mitternacht nach Hause. Bierbaum war vorbereitet. Die mitgebrachten Rosen warteten, nett in einer Vase drapiert, im Schlafzimmer. Sich an Tips aus dem Maggi-Kochstudio erinnernd hatte er darüber hinaus den sonnigen Süden schon mal kulinarisch an den Niederrhein geholt. Spaghetti Napoli. Sollten laut Tütenaufdruck wie beim Lieblingsitaliener schmecken. Klasse Ouvertüre, Liebe ging schließlich durch den Magen. Als er ihren Wagen vorfahren hörte, entkorkte er den Chianti und zündete die Kerze an.

Vera starrte Mann und ungewohntes Stilleben im Eßzimmer wie eine Erscheinung an.

»Was ist denn hier los, erwartest du noch Besuch?«

Bierbaum sendete, passend zum Menü, ein kokettes Papagallo-Grinsen.

»Mitternachtsdinner für zwei, Schätzchen. Kleine Überraschung für dich.«

Schätzchen schüttelte nachsichtig den Kopf.

»Unser Hochzeitstag ist erst in zwei Monaten.«

Vera kam gar nicht erst ins Eßzimmer, wandte sich bereits der Treppe zu. Über die Schulter rief sie: »Lieb gemeint, aber ich hab schon gegessen. Außerdem muß ich morgen früh raus. Du entschuldigst mich.«

Vorhang. Knarrende Treppenstufen aus dem Off. Bierbaum kippte geschlagen sein Weinglas. Den ersten Akt hatte er vergeigt. Blöde Idee, das mit dem Essen. Der Pinsel hatte ja bereits für sie gekocht. Mißmutig blies er die Kerze aus, dann straffte er sich. So schnell gab er nicht auf. Rasch unter die Dusche, bißchen frisch machen. Er würde Vera schon davon überzeugen, daß es keinerlei Grund gab, erotischen Prickel aushäusig zu suchen.

Als er das Schlafzimmer betrat, hatte sie ihre Nachttischlampe bereits gelöscht. Er tappte an ihre Betthälfte und versuchte, die Decke zurückzuschlagen. Ihr Arm hielt eisern dagegen.

»Du, laß mal, nicht heute abend, bin total erledigt.« Zutritt verweigert. Bierbaum, nackt im Dunkel, kam sich saublöd vor. Total erledigt? Logisch! Den ganzen Nachmittag Hoppelpoppel mit dem Maler-Fuzzi, so etwas schlauchte natürlich. Dominique hatte wahrscheinlich mächtig den Pinsel geschwungen. Bierbaum drängte es, nietzschemäßig zu reagieren, aber im ganzen Haus natürlich keine Peitsche. War vielleicht auch besser so. Brachte ja nichts, eine Szene zu machen. Als Coach von Führungskräften kannte er sich da aus. Also, Ruhe bewahren. Keinerlei Verlangen mehr, auf seine ehelichen Rechte zu bestehen. Stumm wandte er sich seiner Betthälfte zu.

»Könntest du noch die Blumen rausstellen? Der Geruch macht mir Kopfschmerzen.«

Die Schnepfe ließ wirklich nichts aus. Wütend entsorgte er das Angebinde gleich durchs geöffnete Fenster. Vera muckte sich nicht. Bierbaum fühlte sich kastriert.

Noch lange lauschte er ihren regelmäßigen Atemzügen. Die Sache ließ sich schwieriger an als gedacht. Mit ein bißchen Kunstinfo aus der Stadtbücherei, Wochenendtrips und den üblichen Tricks aus der Charmeur-Klamottenkiste war es nicht getan. Er durfte jetzt keine Fehler machen. Der Karren steckte schon zu tief im Dreck. Vor allen Dingen mußte er dafür sorgen, daß die Ehekrise sein Denken nicht zu sehr besetzte. Er hatte so was schon einmal erlebt, während des Studiums, Knatsch mit einer Freundin, ausgerechnet in einer Prüfungssituation. Damals hätte er fast das Examen vermasselt. Ähnliches konnte er im Augenblick überhaupt nicht gebrauchen. Der Auftrag von Brink-Chemie verlangte seine volle Konzentration. Trotzdem wußte er bereits jetzt, daß er nach dem heutigen Fiasko morgen im Büro nichts auf die Reihe bringen würde.

Erst als der Morgen graute, kam ihm der rettende Einfall: Supervision. Na klar, bei Teamschwierigkeiten half der neutrale Blick eines am Konflikt Unbeteiligten. Er mußte sich einen kompetenten Supervisor suchen. Mit seiner Hilfe würde er den Beziehungsclinch wie kommende Arbeitsbelastung erfolgreich meistern. Professionelle Herangehensweise. Plötzlich konnte er schlafen.

*

»Lieber Herr Bierbaum, wir sehen uns jetzt zum dritten Mal, und jedesmal klagen Sie in epischer Breite über ihre untreue Frau und ihre daraus resultierende Arbeitsblockade. Jetzt reicht's.«

Bierbaum klappte überrascht den Mund zu. Die ihm gegenübersitzende Psychologin hatte bisher immer einfühlsam zugehört, wenn er über seine Probleme schwadronierte. Jetzt zog sie die Zügel an.

»Es nutzt nichts, sich weiterhin wohlig im Selbstmitleid zu suhlen. Werden sie endlich aktiv.«

Ganz schön keß. Aufkommender Ärger. Schließlich bezahlte er fürstlich. Bierbaum betrachtete die Psychologin mit neu erwachtem Interesse. Frau Dr. Müller, elegantes Kostüm, Designerbrille, Typ strenge Lehrerin, aber attraktiv. Die Schlichtheit ihres Namens wurde durch den Doktortitel und eine lange Latte erstklassiger Referenzen mehr als wettgemacht. Sie war ihm durch einen Kollegen, der sie einmal als Expertin zu einem Coaching-Seminar bei DaimlerChrysler hinzugezogen hatte, als äußerst kompetent empfohlen worden.

»Es ist Zeit, den Knoten zu durchschlagen. Verhalten Sie sich endlich wie ein Mann, gehen Sie in die Offensive.«

Bierbaum hatte sich schon wieder gefaßt. Sie hatte ja recht. Seit drei Wochen ging es in Sachen Brink-Chemie nicht mal mit halber Kraft voran, und mit Vera war er auch noch keinen Schritt weitergekommen. Er grinste die Psychologin wissend an.

»Provokative Therapie, was? Jetzt setzen Sie die Daumenschrauben an.«

Sie schenkte ihm ein strahlendes Lächeln.

»Ich sehe, Sie kennen sich aus. Aber das macht gar nichts. Sie werden sehen, es funktioniert trotzdem.«

»Wie sollte sich Ihrer Meinung nach denn ein Mann in meiner Situation verhalten? Brüllen, auf den Tisch hauen, die Möbel geraderücken?«

»Von mir aus, alles ist besser als dieses passive Dulden. Schluß mit der beleidigten Leberwurst. Zeigen Sie, daß Sie Veras Mißachtung verletzt. Reagieren Sie ruhig mal etwas ruppiger. Machen Sie sich rar, das erhöht Ihren Wert.«

Er bedachte sie mit einem ironischen Blick.

»Das aus dem Munde einer Frau, ich bin überrascht.«

Sie blitzte überlegen zurück.

»Ich betreue nicht den Kummerkasten bei der Emma-Redaktion. Ich bin Ihr Coach, um Sie beruflich schnell wieder fit zu machen. Falls Sie damit ein ethisches Problem haben, empfehle ich Ihnen eine klassische Paartherapie. Dafür bin ich dann aber nicht die Richtige.«

Gefiel ihm, gefiel ihm sogar sehr. Wer war er denn? Schließlich betrog Vera und nicht er. Sie war es doch, die ihn behinderte, mit seiner ganzen Kraft das Geld zu verdienen, von dem schließlich auch sie lebte, mit dem sie ihr lächerliches Hobby bestritt. Also, Hierarchiediffusion beenden, klarmachen, bei wem die Richtlinienkompetenz lag. Vielleicht würde Vera ja zur Vernunft kommen, wenn er ihr zeigte, wer der Herr im Hause war.

Voller Vorsätze verließ Bierbaum die Praxis. Frau Doktor war wirklich ihr Geld wert.

*

»Sehen wir uns heute abend, Vera?«

»Liebend gern, Dominique, schön, daß du anrufst. Ich kann allerdings noch nicht sagen, ob ich hier weg kann. Mein Mann ist jetzt immer auffällig viel zu Hause und belegt mich zunehmend mit Beschlag.«

»Was ist denn in den Ignoranten gefahren, der ist doch sonst immer nur zum Schlafen aufgelaufen.«

»Ich weiß es auch nicht. Manchmal hab ich das Gefühl, er will mich kontrollieren.«

»Meinst du, er hat Verdacht geschöpft?«

»Ich wüßte eigentlich nicht wie. Und trotzdem, er ist zwar nicht gerade ein Sensibelchen, aber irgendwie scheint er zu spüren, daß sich hinter seinem Rücken etwas tut.«

»Hat er dich direkt darauf angesprochen?«

»Wo denkst du hin, so ist der nicht drauf. Er bevorzugt eher die indirekte Tour.«

»Nun mach dir mal keine Sorgen, wahrscheinlich bildest du dir das alles nur ein.«

»Vielleicht hast du ja recht, aber in letzter Zeit verhält er sich äußerst merkwürdig, haut regelrecht auf den Putz.«

»Inwiefern?«

»Na, er besteht zum Beispiel darauf, daß ich jetzt abends immer koche und wir gemeinsam essen. Dann hat er mir neulich Kontoauszüge vor die Nase gehalten und an meinen Ausgaben fürs Atelier herumgemäkelt. Das alles in einem Ton, ich kann dir sagen, das bin ich von ihm überhaupt nicht gewöhnt.«

»Ist ja wohl 'ne Frechheit. Was versteht denn der Spießer von der Kunst? Der will dich gängeln. Paß bloß auf, daß du unter seiner Knute nicht zum Heimchen am Herd mutierst.«

»Mit der dämlichen Kocherei könnte ich mich ja noch abfinden. Viel schlimmer sind seine sexuellen Attacken. Er bedrängt mich regelrecht. Neulich fiel sogar das Wort eheliche Pflichten.«

»Ich fasse es nicht, wie im Mittelalter. Wenn ich mir vorstelle, wie seine Spinnenfinger über deinen Körper grabbeln, kriege ich Mordgedanken.«

»Spinnenfinger ist gut, hat er tatsächlich, lang, dünn und behende, mit schwarzen Härchen oben drauf. Aber woher weißt du denn davon? Du kennst ihn doch gar nicht.«

»Brauche ich auch nicht, das haben diese Bürohengste doch alle gemeinsam.«

»Ich weiß nicht, ob er damit nur seine Geilheit kaschieren will, aber er redet jetzt auch dauernd von einem Kind, das wir haben sollten. Ist echt ein Ding, bisher hat er nie eins gewollt.«

»Ach, daher weht der Wind, mit 'nem Kind will er dich an sich ketten. Sieh dich bloß vor, du bist doch keine Zuchtstute.«

»Ich passe schon auf, aber ganz verweigern kann ich mich ihm schließlich auch nicht.«

»Mein Gott, Vera, warum verläßt du ihn nicht einfach? Das muß für dich ja unerträglich sein.«

»Später vielleicht, Dominique. Erst muß das mit der Ausstellung über die Bühne. Kö-Galerie, das ist meine große Chance. Im Moment kann ich das Atelier einfach nicht aufgeben. Solche Arbeitsbedingungen finde ich so schnell nicht wieder. Ich kenne doch meinen Mann. Wenn ich ihn verlasse, wird er alles tun, um mir das Atelier zu nehmen.«

»Nennt man das nicht Prostitution in der Ehe?«

»Das ist gemein. Gerade du müßtest doch wissen, was die Ausstellung für mich bedeutet.«

»Entschuldige, Liebes, war nicht so gemeint. Mir ist einfach die Vorstellung, wie du dich diesem Kretin hingibst, unerträglich. Also, was ist, sehen wir uns heute?«

»Ich melde mich später noch mal bei dir. Gerade fährt sein Wagen vor. Ich muß Schluß machen.«

*

Bierbaum ging es schlecht. Er kriegte Vera nicht in den Griff. Das Zähnezeigen, die neue eheliche Deutlichkeit, alles hatte nichts genützt. Vera entzog sich ihm immer mehr. Sie reagierte wie Gummi auf jeden seiner Vorstöße und zentrierte sein Denken damit immer mehr auf den häuslichen Konflikt. Er war besessen von dem Entschluß, die Frau keinem anderen zu überlassen. Inzwischen war die Sache zur Nagelprobe auf seinen Selbstwert geworden. Vera hatte sein Ego ganz schön eingebeult. Noch schlimmer war die Tatsache, daß der Konflikt ihn gedanklich so besetzte, daß er kaum Kapazitäten für seine beruflichen Verpflichtungen frei hatte. Wenn sich da nicht bald etwas änderte, drohte der wichtige Auftrag bei Brink-Chemie in einem Desaster zu enden.

Obwohl die Sitzungen bei der Psychologin bisher zu keinen greifbaren Ergebnissen geführt hatten, fieberte er ihnen inzwischen geradezu entgegen. Er brauchte einfach jemanden, mit dem er über seine Befindlichkeit sprechen konnte. Außer Frau Dr. Müller stand dafür niemand zur Verfügung. Möglicherweise verständnisvolle Berufskollegen hatte er alle auf seinem steilen Weg nach oben weggebissen, Freundschaften stets nur unter dem Aspekt der Kosten-Nutzen-Rechnung gepflegt. Bis auf den professionellen Kontakt war er mit seinem Problem allein. Während er auf Frau Doktor wartete, die noch einmal kurz den Raum verlassen hatte, betrachtete er das Bild an der Wand hinter ihrem Schreibtisch. Groß, bunt, natürlich abstrakt. Warum holten sich Menschen bloß freiwillig so eine optische Beleidigung ins Haus? Das Gekleckse hätte von Vera sein können. Seine Gedanken nahmen die gewohnte Richtung: Vera, seine Obsession.

Die Psychologin kehrte zurück und nahm hinter ihrem Schreibtisch Platz. Bierbaum begann sofort, sich den angestauten Frust von der Seele zu reden. Sie schüttelte milde lächelnd den Kopf.

»Wir scheinen uns mißverstanden zu haben. Als ich Ihnen riet, Ihrer ehelichen Rolle neues Gewicht zu verleihen, meinte ich nicht damit, daß sie sich als Kontrolleur betätigen sollen. Ich schlug doch im Gegenteil vor, sich rar zu machen, um Ihren Wert zu erhöhen.«

Bierbaum leuchtete das vollständig ein. Trotzdem, war gar nicht so einfach.

»Ich kann die Vorstellung einfach nicht ertragen, wie sie in den Armen eines anderen liegt, während ich im Regen stehe.« Verständnisvolles Nicken von der anderen Schreibtischseite. Sachlich:

»Wann haben Sie das letzte Mal mit Ihrer Frau geschlafen?«

Bierbaum wand sich wie ein Aal, die Anwort war ihm peinlich. Frau Doktor blickte insistierend.

»Ist schon über zwei Monate her. An Initiativen meinerseits hat es allerdings nicht gefehlt.«

Entsprach nicht gerade seinem maskulinen Sieger-Image. Er suchte in ihrem Blick nach Geringschätzung, aber da war nur professionelles Interesse.

»Gradmesser für das Funktionieren einer Ehe ist das Funktionieren der ehelichen Sexualität. Es sei denn, beide Partner verzichten einvernehmlich. Das ist bei Ihnen offensichtlich nicht der Fall. Vera hat einen Lover, und Ihre Abstinenz ist ja nicht selbstgewählt. Sie sollten also versuchen, das in den Griff zu kriegen.«

Binsenweisheit. Was glaubte die denn, was er in den letzten Wochen die ganze Zeit versucht hatte?

»Peppen Sie Ihr eingeschlafenes Sexleben ein bißchen auf, gehen Sie auf Veras Wünsche ein.«

Leicht gesagt. Veras Wünsche bestanden im Augenblick vor allem darin, in Ruhe gelassen zu werden.

»Raus aus dem alten Trott, bringen Sie frischen Wind ins Schlafzimmer.«

Ja, liebend gern, nicht nur Wind, gleich einen Sturm. Bloß wie?

»Lassen Sie Ihre Phantasie spielen. Überraschen Sie Vera doch einmal.«

Bierbaum kam ins Grübeln, tat es noch, als er bereits wieder auf dem Weg zurück ins Büro war. In der Fußgängerzone hatte er eine Idee, in Höhe des Kaufhofs war sie zum Entschluß gereift. Entschlossen bog er nach links in Richtung Brandstraße ab. Equipment, wer erfolgreich sein wollte, brauchte vor allem erstklassiges Equipment. Beherzt betrat er den Laden mit der blickdichten Frontscheibe. Über der Tür die verheißungsvolle Neonreklame »Erotik-World«.

*

Vera nahm bereits nach dem zweiten Klingeln ab.

»Dominique, wie schön, ich wollte dich auch gerade anrufen. Ich muß unbedingt mit jemandem reden.«

»Wo ist dein Mann?«

»Noch in der Firma, und das ist auch gut so. Er wird immer unerträglicher.«

»Liebes, du bist ja ganz aus dem Häuschen. Was ist denn passiert?«

»Der Typ ist pervers, komplett pervers, und ich naives Schaf hab die ganzen Jahre nichts davon bemerkt.«

»Übertreibst du jetzt nicht doch ein wenig?«

»Von wegen, vor zwei Tagen hat er richtig die Sau rausgelassen. Abends im Schlafzimmer hat er mich mit so widerlichem Kram aus dem Sex-Shop überrascht. Angeblich, um unseren eingeschlafenen Sex zu reanimieren. Als er mich mit Handschellen ans Bett fesseln wollte, bin ich ins Atelier geflüchtet. Seitdem haben wir kein Wort mehr miteinander gesprochen.«

»Ist ja nicht zu fassen. Liebes, du kommst sofort zu mir, der Typ ist doch krank. Deine Sachen können wir später abholen.«

»Nein, Dominique, ich kann hier meine Zelte noch nicht abbrechen. Die Ausstellung, bis dahin muß ich aushalten. Er ist in den letzten Tagen auch immer erst nach Mitternacht nach Hause gekommen, und ich schlafe seit dem Vorfall im Atelier. Keine Sorge, der läßt mich in Ruhe.«

»Dein Wort in Gottes Ohr, nicht daß er dich noch vergewaltigt.«

»Ach was, das ist meine geringste Sorge. Aber nachts mutterseelenallein im Atelier, da hab ich schlicht Angst. In der Gegend ist mehrfach eingebrochen worden. Du weißt, wie abgelegen wir wohnen. Wenn sich erst einmal der Gedanke eingenistet hat, daß da in der Nacht jemand draußen rumschleichen könnte ...«

»Verstehe, verstehe vollkommen. Für die paar Wochen bis zur Ausstellung geb ich dir meine Pistole.«

»Du hast eine Waffe? Wie kommst du denn da dran?«

»Erzähl ich dir ein andermal, ist 'ne lange Geschichte.«

»Ist ja auch egal, mit einer Waffe würde ich mich jedenfalls gleich viel besser fühlen. Ich kann zwar damit nicht umgehen, aber der angeschlagenen Psyche tät's trotzdem gut.«

»Genau, du solltest das Teil aber nicht mit dir herumtragen, ist viel zu gefährlich. Deponiere es irgendwo im Atelier so, daß du schnell dran kannst. Wie man damit umgeht, erklär ich dir heute abend. Du kommst doch?«

»Worauf du dich verlassen kannst. Ich hab nicht vor, hier noch irgendwelche Rücksichten zu nehmen.«

*

Bierbaum ließ sich ein weiteres Pils in den Hals laufen. Es war bereits das zwölfte. Er brauchte Trost. In letzter Zeit hatte er es sich zur Gewohnheit gemacht, abends auf dem Weg nach Hause in der Kneipe »Zur Linde« am Fusternberg Station zu machen. Meist blieb er bis Toresschluß. Die kleine Stammriege selbsternannter Lokal-Promis, die jeden Thekenneuling erst einmal mißtrauisch taxierte, hatte ihn schnell akzeptiert. Unternehmensberater, durchaus adäquat. Willkommen im Club. Bierbaum lauschte den Erfolgsstories, die man sich gegenseitig kündete, nur mit halbem Ohr. Er selbst konnte diesmal nichts dazu beisteuern. Vor ein paar Stunden hatte er erfahren, daß Brink-Chemie ein anderes Büro beauftragt hatte. Es war zum Heulen. Nicht nur geschäftlich ging es rapide bergab. Vor seinem geistigen Auge blitzte die peinliche Schlafzimmerszene mit Vera auf. Dabei hatte er es doch nur gut gemeint. Verstehe einer die Frauen. Der aufziehenden Depression galt es rechtzeitig entgegenzusteuern. Er orderte gleich eine ganze Bierrunde und vertiefte sich in ein tiefschürfendes Gespräch mit seinem Nachbarn über die Vorteile der S-Klasse. Sofort ging es ihm besser. Achtung, Wärme, Verständnis, so etwas gab es halt nur unter Männern.

Nichts zog ihn heim, aber mit fortschreitender Zeit bröckelte die gesellige Runde immer mehr ab. Irgendwann saß er allein am Tresen. Er zahlte und verließ seufzend die Stätte freundlichen Asyls. Den geliebten Wagen ließ er hellsichtig, aber nur schweren Herzens unbeaufsichtigt zurück. Er hatte einfach zuviel getrunken. Nicht auszudenken, würde er jetzt auch noch einen späten Spaziergänger ummangeln. Eine Beule im Auto, das hätte er im momentanen Stimmungstief psychisch nicht mehr verkraftet.

Es war nicht weit, und frische Luft tat ihm gut. Die Brunnenstraße runter, schon zeichnete sich der Aaper Busch als schwarze Wand ab. Da mußte er durch. Oben sparsamer Sichelmond. Als er den Hohlweg betrat, umfing ihn tiefe Finsternis. Das im Bauch kabbelnde Bier ließ allerdings keinerlei Beklommenheit aufkommen. Nach einigen Minuten nahm er einen schwachen Lichtschein wie einen freundlichen Leitstern wahr. Schnell erkannte er, daß da für ihn nichts Freundliches war. Kam aus dem Gartenatelier. Vera war also noch auf. Eigentlich hatte er vorgehabt, wie jeden Abend still im Haus zu verschwinden. Den Schlüssel schon in der Hand, entschied er sich doch anders. Auf leisen Sohlen schlich er zum Atelier. Im nur Zentimeter breiten Bildausschnitt, den die heruntergelassenen Jalousien da, wo die Bahnen getrennt waren, bildeten, konnte er deutlich Vera erkennen. Hingegossen auf die Chaiselongue, lesend. Ihr langes Haar fächerte sich golden auf der Polsterlehne. Ein schöner Anblick. Selbst ihr schlichtes, fleckiges T-Shirt, das sich im Brustbereich vorteilhaft spannte, kam ihm plötzlich wie eine Kreation der Haute Couture vor. Sich regendes Begehren. Es drängte ihn, ans Fenster zu klopfen, Abbitte zu leisten. Statt dessen tat er einen alkoholbedingten Ausfallschritt und trat gegen eine Gießkanne. Leises Scheppern. Sofort wollte er sich zurückziehen, aber Veras Reaktion hielt ihn noch einen Augenblick am Fenster fest. Wie von der Tarantel gestochen sprang sie auf, wirbelte zum Arbeitstisch. Ihre Hand verschwand zielsicher in einem unordentlichen Lappenbündel, um sofort wieder zu erscheinen. Die Pistole wirkte verdammt echt und bedrohlich. Dann erlosch das Licht.

Wozu brauchte Vera eine Waffe? Bierbaum faßte es nicht. Er lief ein paar Meter auf dem Gartenweg zurück und verursachte bewußt ein paar Geräusche.

»Vera, ich bin's. Schläfst du schon?«

Das Licht im Atelier flammte wieder auf.

»Jetzt nicht mehr. Was ist denn?«

»Wollte dir bloß sagen, daß ich wieder da bin.«

»Okay, gute Nacht.«

Gern hätte er noch ein wenig nachgehakt, erkannte aber, daß das jetzt wohl nicht der richtige Moment war. Er mit scharfer Alkoholfahne, sie mit scharfer Waffe. Nicht die besten Voraussetzungen, um ihre abgerissene Kommunikation wieder in Gang zu bringen. Er wandte sich ab.

»Schlaf gut, Vera.«

Noch im Bett ging ihm das Bild seiner Frau, die bedrohliche Pistole in der Hand, nicht aus dem Kopf. Sah nicht nach baldiger Konfliktlösung aus. Qualitätssprung. Eine der Seiten hatte aufgerüstet.

*

»Aber lieber Herr Bierbaum, ich würde das nicht Nachspionieren nennen.«

Die Psychologin schüttelte energisch den Kopf.

»Das braucht Ihnen in Ihrer Situation überhaupt nicht peinlich zu sein. Daß sie sich darum kümmern, was Ihre untreue Gattin in ihrem selbstgewählten Gartenexil so treibt, hätte ich aus psychologischer Sicht geradezu von Ihnen erwartet.«

Bierbaum bedachte Frau Doktor mit dankbarem Blick. Die Sitzungen bei ihr taten ihm wohl. Nachdem der Auftrag von Brink-Chemie vergeigt und Vera praktisch ausgezogen war, hätte er den Kontakt zu ihr ja eigentlich abbrechen können. In dieser Hinsicht brachte er nicht viel.

Trotzdem behielt er seine regelmäßigen Besuche bei. Es war ähnlich wie bei den Prostituierten, deren Dienste er gelegentlich in Anspruch nahm. Er bezahlte, und dann ging es ausschließlich um ihn und seine Bedürfnisse. Kein lästiges Sich-um-den-anderen-Kümmern, da mußte kein Interesse geheuchelt werden. Klare Verhältnisse. Fand er gut. Auch bei Frau Doktor.

»Sie wissen allerdings, daß ich für lösungsorientierte Ansätze stehe. Betrachten wir also die Fakten, Herr Bierbaum.« Die Psychologin richtete sich auf und begann, an den Fingern abzuzählen.

»Ihre Frau hat einen Lover, zieht sich vor Ihnen ins Gartenhaus zurück und bewaffnet sich. Sie will sich schützen. Vor ihnen?«

Bohrender Blick. Bierbaum wich ihm aus. Er hatte von dem kläglich gescheiterten Versuch, seine geheimen SM-Wünsche auf Vera zu projizieren, nichts erzählt. Hielt er auch jetzt nicht für nötig. Die Annahme, daß Vera sich deswegen bewaffnete, um sich vor ihm zu schützen, war einfach absurd. Er reagierte gereizt.

»Vor mir? Quatsch, ich bin doch kein Gewaltmensch.«

Sie sah ihn nachdenklich an.

»Nun gut, so, wie Sie mir Ihre Frau geschildert haben, glaube ich ausschließen zu können, daß sie sich bewaffnet hat, um selbst aktiv zu werden. Trotzdem sollten Sie die Pistole zur Sicherheit an sich nehmen. Aber die Frage bleibt, wenn nicht vor Ihnen, vor wem will sie sich dann schützen?«

»Das liegt doch auf der Hand. Wir wohnen recht abgelegen. Nachts allein im Gartenhaus, da hat sie einfach Angst. Erst neulich ist in unserer Gegend mehrfach eingebrochen worden.«

Frau Doktor nickte freudig wie eine Lehrerin, wenn der Primus die richtige Antwort gewußt hat.

»Richtig, Herr Bierbaum, Vera zittert nachts allein vor Angst. Sie könnte sich ja Ihren, den Schutz des Hauses suchen, sie zieht es aber vor, sich zu bewaffnen. Was will uns das sagen?«

Bierbaum zuckte, inzwischen leicht genervt, die Achseln.

»Daß sie die Trennung von ihnen endgültig vollzogen hat. Die Pistole ist das Symbol dafür. Als äußeres Zeichen wird sie demnächst die Scheidung verlangen.«

Kompletter Blödsinn. Bierbaum sprang erregt auf. Die Psychologin breitete beschwichtigend die Arme aus.

»Beruhigen Sie sich, ich will Ihnen doch nichts, bin doch auf Ihrer Seite. Ich coache Sie, damit Sie Herr der Lage bleiben. Also betrachten wir nüchtern die Fakten.«

Bierbaum ließ sich ergeben auf den Sitz zurückfallen. Lief heute nicht so, wie er sich das vorgestellt hatte. Frau Doktor kannte keine Gnade.

»So, wie sich Ihr Eheproblem inzwischen entwickelt hat, halte ich eine Fortführung der Beziehung für ziemlich ausgeschlossen. Lösungen müssen aber nicht immer darin bestehen, einen vormaligen Zustand wiederherzustellen. Manchmal ist eine klare Zäsur hilfreicher.«

Bierbaum ventilierte heftig, wollte widersprechen. Sie ließ ihn nicht zu Wort kommen.

»Gehen Sie auf Ihre Frau zu, finden Sie eine einvernehmliche Lösung, bei der Sie die Regeln diktieren, bevor es Ihre Frau tut. Nur so können Sie Ihr Gesicht wahren.«

Bierbaum war platt. Die Psychologin riet ihm die Scheidung. Nein, sie drängte ihn geradezu. Das war doch völlig unprofessionell. Plötzlich war ihm absolut unverständlich, was ihn an der Frau so fasziniert hatte. Kein Wunder, daß er mit der Lösung seiner Probleme nicht vorangekommen war. Ihm fiel es wie Schuppen von den Augen. Die Frieda hatte doch überhaupt keine Ahnung. Komplett unfähig. Ihre Vorgehensweise, ein einziger Humbug. Hatte sie ihn nicht auch dazu gebracht, sich mit dem Sex-Shop-Gedöns total zu blamieren? Niemand anderes als sie war dafür verantwortlich, daß er sich nicht mehr auf seine Arbeit konzentrieren konnte. Und der hatte er sein Herz ausgeschüttet, für den ganzen Mist auch noch teuer bezahlt. Er sprang wütend auf.

»Jetzt reicht's mir aber, man könnte ja fast glauben, daß Sie es darauf anlegen, Vera und mich auseinanderzubringen. Mich sehen Sie nicht wieder.«

Frau Dr. Müller lächelte nur überheblich. Dafür hätte ihr Bierbaum gern eine gesemmelt. Türen schlagend stürmte er aus der Praxis.

*

Bierbaum hatte seinen Platz am Tresen früher als gewöhnlich eingenommen. Kein weiterer Gast in der »Linde«. Gespräche, die der freundliche Wirt einfädeln wollte, blockte er mundfaul ab. Gedanklich war er immer noch bei der Szene mit der Psychologin. Der Abstand von einigen Stunden ließ ihn das Vorgefallene inzwischen etwas nüchterner betrachten. Schwer drückte die Sorge, Dr. Müller könnte mit ihrer Einschätzung, daß Vera über kurz oder lang die Scheidung verlangen würde, möglicherweise recht behalten. Wäre eine Katastrophe. Abgesehen davon, daß es für ihn eine unerträgliche Vorstellung war, als schmachvoll sitzengelassener Ehemann durch die Welt zu laufen, konnte er sich eine Scheidung gerade nach dem Fiasko mit Brink-Chemie einfach nicht leisten. Wenn Vera ihr Geld aus der Firma zog, war er ruiniert. In die Sorge mischten sich Gewaltphantasien. Diesmal kreisten sie um Vera. Am besten wäre es, er würde dem untreuen Frauenzimmer einfach den Hals umdrehen.

Noch ein Bier. Er schob den Gedanken beiseite. Schließlich war er kein Gewaltmensch. Hatte er heute doch schon einmal behauptet, aber wieso war er sich da eigentlich so sicher? Der Gedanke drängte sich erneut nach vorn. Albern. Aber zumindest theoretisch konnte man die Sache ja mal durchspielen.

Die Zutaten für einen Mord waren vorhanden. Einsam wohnende Malerin von Einbrecher erschossen, während Ehemann in Kneipe saß. Klang doch plausibel. Die Vorstellung zog ihn immer mehr in ihren Bann. War ja nur ein gedanklicher Spaß. Er trieb ihn weiter.

Stilles Rechnen. Von hier nach Hause, rasch Vera eins zwischen die Augen verpassen und wieder zurück an den Tresen. Wenn er den Wagen benutzte, brauchte er dafür bestimmt keine Viertelstunde. Im abendlichen Kneipentrubel würde es nicht auffallen, wenn er sich mal kurz hinten raus verdrückte. Prima Alibi. Eigentlich wäre alles ganz einfach.

Die Pistole. Er mußte Veras Pistole an sich bringen. Hatte Frau Doktor ihm doch auch geraten. Einer ihrer wenigen wertvollen Tips. »Zur Sicherheit«, hatte sie gesagt. Er mußte grinsen. Ganz genau, die Sicherheit seiner wirtschaftlichen Existenz würde Veras Ableben auf jeden Fall befördern. Wenn die Psychologenschnepfe wüßte. Spaßig.

»Halt mal ab, ich schau später wieder rein.«

Er zahlte. Warum warten? Das mit der Pistole wollte er doch sowieso erledigen. Der Rest konnte ja ein launiges Gedankenspiel bleiben. Trotzdem blickte er, nachdem er hinterm Steuer seines Wagens Platz genommen hatte, auf die Uhr. Dann drückte er auf die Tube.

Er brauchte fünf Minuten. Kein Nissan, Vera war erwartungsgemäß nicht zu Hause. Gut so. Er fand die Pistole, wo er sie vermutete, unter dem Lappenbündel im Atelier. Obwohl das im Fernsehen immer so leicht aussah, hatte er einige Mühe, bis das Magazin aus dem Griff sprang. Schien voll geladen zu sein. Messingfarbene Projektile schimmerten böse. Befriedigt ließ er die Waffe in der Innentasche seines Jacketts verschwinden und verließ rasch das Atelier.

Das ungewohnte Gewicht, das bei jedem Schritt an seine Brust tippte, machte ihm deutlich, daß er bereits mit Verve dabei war, die Theorie in die Praxis münden zu lassen. Die Erkenntnis erschreckte ihn nicht. Im Gegenteil, nach allem, was passiert war, schien ihm dieser letzte Schritt geradezu zwingend. Vera hatte sich schließlich alles selbst zuzuschreiben. Einen Bierbaum betrog man nicht ungestraft.

Er machte Kaffee und setzte sich mit Pfeife auf die Terrasse. Während süßliche Qualmwölkchen im Abendlicht vernebelten, ging er noch einmal jeden Schritt des geplanten Mordanschlags durch. Eigentlich konnte nichts schiefgehen. Zufrieden verschränkte er die Hände im Nacken und sah aus zusammengekniffenen Augen in die bereits tief stehende Sonne. Beschlossene Sache: Für Vera würde sie nicht wieder aufgehen.

*

»Dominique, er hat die Pistole.«

»Von wo rufst du an?«

»Von zu Hause, ich bin im Schlafzimmer. Wollte mir ein paar Sachen holen. Er kommt gerade aus dem Atelier, scheint mich zu suchen. Die Pistole hat er in der Hand. Ich kann es durchs Fenster deutlich sehen.«

»Wie kommt er an die Waffe?«

»Ich hab keine Ahnung. Er hat sie jedenfalls. Dominique, ich habe Angst.«

»Ruhe bewahren, Liebes. Mach das Licht aus und behalte ihn im Auge.«

»Dominique, Dominique, er hat was gemerkt. Jetzt schaut er genau zu mir hoch.«

»Telefonierst du übers Handy?«

»Ja.«

»Okay. Versteck dich irgendwo, wir bleiben in Kontakt.«

»Jetzt kommt er aufs Haus zu. Dominique, er hat was vor.«

»Hab keine Angst, Liebes. Ich habe dir verschwiegen, daß ich zu deinem eigenen Schutz die Pistole so manipuliert habe, daß sich kein Schuß lösen kann.«

»Na, hör mal.«

»Jetzt zeigt sich doch, daß das verdammt richtig war. Nimm dich trotzdem in acht.«

»Du, er geht den Kellerabgang runter.«

»Was macht er da?«

»Ich kann ihn nicht mehr sehen. Warte mal ...«

»Vera? Vera, bist du noch dran?«

»Er hat das Kellerfenster eingeschlagen. Warum? Er hat doch einen Schlüssel.«

»Liebes, hör mir jetzt mal ganz genau zu. Ich vermute, daß er einen Einbruch vortäuscht und dich umbringen will. Keine Panik, die Waffe ist ja unbrauchbar. Ich hole Hilfe. Die Polizei wird in ein paar

Minuten da sein. Bitte sag später nichts zu der Pistole. Du weißt von nichts. Ist das klar? Sonst lande ich gleich mit im Knast.«

»Er ist bereits im Haus, Dominique, er kommt die Kellertreppe hoch.«

»Versteck dich, es ist gleich vorbei.«

*

Bierbaum entsicherte die Waffe. Kühl und schwer lag sie in der Hand. Ein geiles Gefühl. Überlegenheit, Macht. Er stieg ruhig die Kellertreppe hoch. Das Erdgeschoß lag im Dunkeln.

»Vera, bist du zu Hause?«

Nichts. Er blieb einen Moment lauschend stehen, dann wandte er sich dem Treppenaufgang zu. Auch oben Finsternis. Lediglich durch ein Schlüsselloch glomm es schwach. Der Lichtpunkt wies ihm den Weg. Sie war also noch im Schlafzimmer. Ein überlegenes Grinsen stahl sich in sein Gesicht. Entschlossen trat er mit erhobener Waffe ein.

»Hallo Vera, mein Schatz, jetzt ist Zahltag ...«

Schön gesagt, aber der markige Satz verfehlte seine Wirkung. Keine Vera. Rasch überprüfte er die wenigen Versteckmöglichkeiten im Raum, vergaß auch nicht unterm Bett nachzuschauen. Vergebens. Da hörte er, wie im Bad am Ende des Flurs die Dusche aufgedreht wurde. Er eilte. Einen Moment verharrte er vor dem Duschvorhang. Hitchcock- Assoziationen, »Psycho«. Dann streckte er den Pistolenarm und schlug mit der Linken den Vorhang zurück. Überraschung. Niemand da, dessen Blut er hätte in den Abfluß gurgeln lassen können. Hinter ihm wurde die Tür zugeschlagen. Der Schlüssel drehte sich im Schloß. Verdammt, die Schnepfe führte ihn an der Nase herum. Schon hörte er leichtfüßiges Trappeln auf der Treppe nach unten. Bierbaums Temperatur stieg. Er hatte keine Zeit für Katz-und-Maus-Spielchen. Wenn er die Sache nicht rasch über die Bühne brachte, war sein schönes Alibi im Eimer. Er legte seine ganze Kraft in den Tritt. Häßliches Splittern. Die Tür knallte gegen die Flurwand. Bierbaum brach hinaus und rannte, jede zweite Treppenstufe überspringend, nach unten. Im Wohnzimmer hatte er sie. Langsam kam er näher. Sie zog sich hinter das frei im Raum stehende Sofa zurück, tänzelnd, als wolle sie Fangen spielen. Angst im Blick. Bierbaum genoß es. Er hob die Waffe.

»Mit Dominique ist jetzt Schluß, du Schlampe.«

Klick. Das folgenlose Aufprallen des Schlaghebels fiel mit dem klirrenden Auffliegen der gläsernen Terrassentür zusammen. Klick, klick.

»Waffe weg, Polizei!«

Bierbaums Kopf ruckte irritiert, sein Finger führte die immer gleiche Bewegung aus. Klick, klick, klick. Zwei Zentner uniformierte Lebendmasse flogen heran. Bierbaum riß es von den Beinen. Tief grub sich seine Nase in den flauschigen Wollteppich. Die Pistole landete polternd irgendwo im Dunkel. Starke Arme rissen seine Hände nach hinten, dann spürte er das kühle Metall der Handschellen, die sich um seine Gelenke schlossen. Ihm dämmerte, daß er wohl so bald nicht dazu kommen würde, seinen Deckel in der »Linde« zu bezahlen.

»Er wollte mich umbringen, er ...« Vera brach in hemmungsloses Schluchzen aus. Ein Kollege des Recken, der immer noch auf Bierbaums Rücken kniete, stützte sie.

»Beruhigen Sie sich, es ist vorbei. Gleich kommt ein Arzt, der sich um Sie kümmern wird.«

Plötzlich war der Raum voller Leute. Taschenlampen blitzten auf. Das sich nähernde Signalhorn eines Notarztwagens. Endlich kam jemand auf die Idee, die Deckenleuchte einzuschalten. Bierbaum erwachte wie aus einem bösen Traum. Keine Erleichterung. In was für eine Lage hatte er sich da bloß hineinmanövriert? Bizarr.

*

Duisburg, Landgericht, zweiter Prozeßtag. Der Staatsanwalt: »Da die Herkunft der Waffe, die sich im Besitz des Angeklagten befand, nicht geklärt werden konnte, und sich keinerlei Anhaltspunkte für die vom Angeklagten behauptete eheliche Untreue seiner Frau ergeben haben – ich verweise hier auf die Recherchen der Kriminalpolizei, die den geheimnisvollen, angeblichen Geliebten Dominique nicht ausfindig machen konnte – muß die Einlassung des Angeklagten, er habe die Waffe seiner Frau entwendet, um sich vor einem Mordanschlag ihrerseits zu schützen, als reine Schutzbehauptung gewertet werden. Ich darf daran erinnern, daß sich ausschließlich die Fingerabdrücke des Angeklagten auf der Pistole befinden.«

Bierbaum hätte sich ohrfeigen können. Er hatte das Ding vorab gewienert, um Veras Fingerspuren zu tilgen. Dann war er nicht mehr dazu gekommen, seine eigenen zu beseitigen.

»Die Einlassung des Angeklagten läßt sich darüber hinaus durch keinerlei erkennbares Motiv seitens seiner Frau erhärten. Das Motiv des Angeklagten hingegen liegt klar auf der Hand ...«

Der Staatsanwalt fixierte ihn durchdringend. Bierbaum schwante Übles.

»Seine Frau wollte ihn wegen seiner abnormen, sexuellen Veranlagung verlassen. Ich verweise auf die dem Gericht vorliegenden Beweisstücke.«

Mußte sich um den Kram handeln, den er im Sex-Shop erstanden hatte. Peinlich. Im Zuschauerraum wurde es sofort mucksmäuschenstill. Bierbaum wurde heiß. Doch der Staatsanwalt ging nicht weiter auf Details ein.

»Weil er begründete Sorge haben mußte, daß sich seine Frau auch finanziell aus seiner Firma zurückziehen würde, beschloß er, sie umzubringen. Lediglich die für ihn nicht voraussehbare Ladehemmung der Waffe hat die Ausführung des Plans verhindert.«

Und so ging es munter weiter. Bierbaum spürte förmlich, wie sich die Schlinge um seinen Hals immer weiter zuzog.

»Sie erwarten doch nicht, daß ich mich für verrückt erklären lasse und dazu noch freiwillig meine Zustimmung gebe?« Bierbaum war erregt vom Tisch, einem der wenigen Möbelstücke im kargen Besuchsraum der Justizvollzugsanstalt Dinslaken, aufgesprungen. Sein Anwalt, ein prozeßerfahrener Fuchs, kannte das. Gelassen wartete er den Ausbruch ab.

»Ihre Therapeutin, Frau Dr. Müller, hat sich diskret an mich gewandt ...«

»Die ist nicht meine Therapeutin. Sie hat mich in einer beruflich schwierigen Situation gecoacht, mehr nicht.«

Der Anwalt winkte gelassen ab.

»Ist doch egal, wie wir es nennen. Die Frau hat wegen Ihres Falles diffuse Schuldgefühle. Sie ist jedenfalls der Meinung, daß Sie mehr Hilfe als Strafe verdienen.«

Bierbaum platzte endgültig der Kragen.

»Wie kommt dieses unfähige Suppenhuhn dazu. Ich werde sie wegen Schweigepflichtsverletzung verklagen.«

»Konzentrieren Sie sich lieber auf die Anklage gegen Sie. Die Anregung der Frau ist jedenfalls Gold wert.«

Bierbaum tippte sich gegen die Stirn. Der Anwalt zog die Zügel an:

»Die Alternative ist eine Verurteilung wegen eines mit Vorsatz geplanten Mordanschlags aus niederen Motiven. Sie fahren für mindestens zehn Jahre ein. Da kann Sie kein Anwalt der Welt raushauen. Schließlich hat die Polizei Sie bei der Tat gestellt.«

Bierbaum, Zornesröte im Gesicht, wollte etwas erwidern, aber der Anwalt kam ihm zuvor.

»Wissen Sie, wie es im Knast zugeht? Um das durchzustehen, müssen Sie verdammt gute Nerven haben.«

Vor Bierbaums geistigem Auge blitzten plötzlich Horrorszenen aus amerikanischen Gefängnisstreifen auf. Er setzte sich wieder. Der Anwalt legte ihm begütigend die Hand auf den Arm.

»Vertrauen Sie mir. Lassen Sie sich von einem unabhängigen Fachmann psychologisch begutachten. Kooperieren Sie. Das kann für uns nur von Vorteil sein.«

*

Der kleine Weltausschnitt, den Frau Dr. Müller vom Bett aus durch das weit geöffnete Schlafzimmerfenster sehen konnte, stimmte sie lyrisch. Ihr war nach Singen. Über dem Scherenschnitt des nahen Aaper Busches meldete sich die Sonne strahlend zur Frühschicht, ließ das Lippe-Flüßchen aufglitzern, das in seinem tief in die Landschaft gekerbten Bett dem nahen Rhein entgegen mäanderte. Tiefes Glücksgefühl. Das alte Försterhaus war ein wahres Kleinod in traumhafter Lage. Einzug ins Paradies. Stilles Glück an der Seite eines geliebten Menschen. Vor der verspiegelten Tür des Schlafzimmerschranks stand Vera und bürstete, den Kopf weit nach rechts gebeugt, ihr langes, blondes Haar. Sie war nackt, mußte gerade aus der Dusche gekommen sein. Im Dreieck zwischen ihren Schulterblättern perlten noch einige Wassertropfen. Dr. Müller näherte sich der zierlichen Person vor dem Spiegel, umfaßte ihren schlanken Leib von hinten und küßte ihr ein paar Tropfen aus dem Nacken. Der Funke der Leidenschaft sprang über.

»Dominique, du bist ja unersättlich.«

Vera wandte sich lächelnd um. Ihre Münder trafen sich. Widerstandslos ließ sie sich von Dominique zurück ins Bett ziehen. Hochfest der Lust. Später lagen sie aneinandergekuschelt wie zwei zufriedene Katzen nebeneinander. Vera, den Kopf in Dominiques Armbeuge, sah nachdenklich aus dem Fenster. »Ist schon merkwürdig.«

»Was, Liebes?«

»Daß mein Mann angeblich so schwer psychisch krank sein soll.«

»Professor Leid hat ihn doch begutachtet. Eine Koryphäe, er weiß wovon er spricht. Ich habe gelegentlich beruflich mit ihm zu tun.«

Dominique verbat sich ein Grinsen. Wie sie den senilen Zausel mit angeblichen Fakten über Bierbaum munitioniert hatte, zum Schießen. Der Trottel war ihr Doktorvater gewesen und hatte jede Information seiner Lieblingsstudentin begierig aufgesogen. Kein Wunder, daß er Bierbaum rasch für schuldunfähig hielt. Aber davon brauchte Vera nichts zu wissen. Die machte sich immer so schnell ein Gewissen. Zu gut für diese Welt.

»In letzter Zeit hat er sich schon recht merkwürdig verhalten«, überlegte Vera weiter.

Dominique hätte Vera sagen können, warum. Sie mußte den Kopf wegdrehen, um ihre gute Laune zu verbergen. Daß sich der angeschlagene Bierbaum ausgerechnet ihre Praxis ausgesucht hatte, war ein Umstand, den man nur als Fingerzeig des Schicksals interpretieren konnte. Sie hatte ihn verstanden. »Na, siehst du. Und da wo er jetzt ist, wird ihm bestimmt geholfen. Glaube mir, die Psychiatrie ist besser als ihr Ruf.«

Vera runzelte die Stirn.

»Trotzdem, vielleicht hätte ich vor Gericht besser die Wahrheit über uns, auch über die Herkunft der Waffe, sagen sollen.«

Dominique fuhr hoch.

»Sag mal, spinnst du? Die Männerjustiz hätte uns zwei doch sofort mit Wonne an den Pranger gestellt, den ganzen Fall wie das Komplott zweier hinterlistiger Lesben aussehen lassen.«

Vera nickte grimmig Zustimmung.

»Da hast du wohl recht. Männer können es einfach nicht verkraften, wenn sie von Frauen schlicht nicht gebraucht werden.«

»Genau, und an der objektiven Tatsache, daß der kranke Typ dich schließlich umbringen wollte, hätte ein unsinniges Outing vor Gericht doch nichts geändert.«

Vera war schon restlos überzeugt. Lachend knuffte sie Dominique in die Seite.

»Zum Schreien komisch, wie immerzu nach meinem angeblichen Geliebten geforscht wurde. Wenn ich's recht bedenke, hab ich eigentlich gar nicht gelogen. Auf die Idee, daß es sich bei dem mysteriösen Dominique um eine Frau handeln könnte, ist keiner gekommen.«

»Eklatanter Mangel an Phantasie«, freute sich Dominique, »ist typisch für die selbsternannten Herren der Schöpfung. Es kann einfach nicht sein, was ihrer Meinung nach nicht sein darf.«

Vera küßte die Freundin zärtlich aufs Ohr.

»Schön hier mit dir. Ich hab das Gefühl, ein ganz neues Kapitel aufzuschlagen.« Ihr Blick verlor sich in der Landschaft.

»Merkwürdig, irgendwie tut er mir doch leid. Wir beide hier so glücklich, und er …«

Dominique rollte mit den Augen.

»Du bist wirklich unverbesserlich. Aber gut. Ich hab ja schon gesagt, daß ich des öfteren mit Professor Leid zusammenarbeite. Ich verspreche dir, mich um deinen Mann zu kümmern. Falls es da irgendeine Wendung zum Besseren gibt, werde ich Leid veranlassen, sich für ihn einzusetzen. Zufrieden?«

Frau Doktor war es nie so bewußt wie in diesem Moment, daß die Heilung bei bestimmten Patienten dauern konnte. Für manche war es sogar besser, wenn sie für immer in der Obhut einer geschlossenen Abteilung blieben. Bierbaum schien ihr ein solcher Fall zu sein.

»Küß mich, Vera.«

Kornelia Heise-Ernst

Raffzahn

»Du? Was willst du denn hier?«

Ralf Jung starrte den Mann an, der ihm gegenüberstand. Er hatte nicht damit gerechnet, daß er ihn jemals wiedersehen würde. Mit Entsetzen erkannte er die immer noch große Ähnlichkeit: die gleichen markanten Gesichtszüge, die gleichen blaugrauen Augen mit den Lachfältchen und die gleichen dunkelblonden, leicht angegrauten Haare, im Nacken kurzgeschnitten. Allerdings trug sein Gegenüber sein Haar brav mit Mittelscheitel, und statt eines gepflegten Schnäuzers ließ er Stoppeln sprießen. Was Ralf sah, war für einen Dreitagebart mindestens zwei Tage zu jung. Und dann erst die Kleidung: Zweckmäßig war geschmeichelt für die ausgewaschene Jeans und das ausgebeulte braune Cordsakko. Von seinem Geschmack war das so weit entfernt wie der Papst von der Pille. So stand er nun vor ihm: Volker, sein Zwillingsbruder, Weichei und Mutters Liebling. Die alte Wut kam wieder hoch.

Volker Jung war ebenfalls verblüfft über die Ähnlichkeit, die sich in den fünfzehn Jahren nicht verloren hatte. Nur sah Ralf blendend aus, gepflegt, mit locker nach hinten gefönten Haaren. Außerdem steckte er in teuren Freizeitklamotten. Das seidene Halstuch fand Volker allerdings affig. Da stand er nun endlich vor ihm: Ralf, der ältere Zwilling, Kronprinz, Vaters Liebling und Erbe. Die alte Wut kam wieder hoch.

»Also, was willst du?« wiederholte Ralf spröde und verbarrikadierte die ohnehin nur einen Spaltbreit geöffnete Tür mit dem rechten Fuß.

»Guten Tag, Ralf.«

»Wir haben uns damals alles gesagt. Es ist besser, wenn du wieder gehst.«

»Ralf«, versuchte es Volker mit einem milden Lächeln, das seine Nervosität überspielen sollte, »können wir das Vergangene nicht vergessen und noch einmal von vorn anfangen? Ich habe damals verdammt viele Fehler gemacht, und das tut mir schon lange sehr, sehr leid. Ich habe mich geändert und bin gekommen, um mit dir Frieden zu schließen.« Demonstrativ streckte er seine Hand aus.

Ralf biß die Zähne so fest aufeinander, daß sie knirschten. Geändert will Volker sich haben, dachte er verächtlich, das glaubt er doch wohl selbst nicht! Sein Lieblingswort »verdammt« hatte er jedenfalls beibehalten, wie vermutlich alle anderen Macken auch. Volker kam sicherlich nicht grundlos. Wahrscheinlich hatte er vom Verkauf der Fabrik gehört und wollte seinen Anteil. Das könnte ihm so passen: All die Jahre nichts getan, aber kassieren!

»Wir sind doch Brüder, und das Leben ist viel zu kurz«, startete Volker einen neuen Versuch und nahm zögernd seine ausgestreckte Hand zurück. »Ich habe in der letzten Zeit viel über uns nachgedacht, und gerade an einem Tag wie heute sollte keiner von uns allein sein. Du weißt, was heute für ein Tag ist?«

Ralf dachte nach. Wenn er sich nicht irrte, war es der dreißigste April. Sie hatten also nicht Geburtstag, der war erst im Juli.

»Heute ist Mutters Todestag«, half Volker nach und verzog den Mund zu einem gequälten Lächeln. »Da kommt man schon ins Grübeln.«

Angestrengt musterte Ralf seinen Bruder. Sollte er sich geirrt haben und Volker ging es gar nicht um Geld, sondern tatsächlich um familiäre Bande? Sein Bruder könnte ihm spielend seine Zukunftspläne durchkreuzen. Vielleicht war es gerade darum besser herauszufinden, was er wollte, um dann per Anwalt rechtzeitig dagegen anzugehen. Immer noch mißtrauisch ließ er Volker eintreten.

»Schön hast du es hier.« Volker sah sich in der Flachdach-Villa aus den frühen sechziger Jahren um. Etwas renovierungsbedürftig vielleicht, aber dafür ruhig in Forstwald, am Stadtrand von Krefeld, gelegen.

»Gemietet«, warf Ralf kurz angebunden ein, damit Volker nicht auf falsche Gedanken kam. Gleichzeitig zog er die Tür zur Küche zu. Das benutzte Frühstücksgeschirr, das nicht mehr in die Spülmaschine paßte, störte seinen Ordnungssinn.

»Entschuldige die Unordnung, aber meine Haushälterin ist vor einem Monat in Rente gegangen.« Er fragte sich sofort, warum er sich entschuldigte.

Volker wunderte sich, wo in diesem sterilen Wohnzimmer die Unordnung sein sollte. Hier lag nichts herum, die Fenster waren nicht verschmutzt, nur ein wenig Staub bedeckte die supermodernen Möbel aus Esche. Wahrscheinlich hatte Ralfs ehemalige Haushaltshilfe noch alles auf Hochglanz gebracht, bevor sie ihn verließ. In diesem Zimmer gab es keinen Nippes und noch nicht einmal persönliche Dinge, die auf die Vorlieben des Bewohners schließen ließen. Ralf sollte mal in seine Wohnung gucken, er würde glatt umkippen beim Anblick des Durcheinanders von Büchern, Zeitungen und angesammeltem Kitsch.

»Der Garten ist sehr schön«, bemerkte er, um eine peinliche Stille zu vermeiden, und trat näher an die riesige Schiebetür zur Terrasse. »Ich liebe Gärten mit altem Baumbestand. Die hier sind doch bestimmt an die vierzig Jahre alt. Es muß Spaß machen, in so einem Garten zu arbeiten.«

»Darum kümmert sich ein Gärtner. Ich habe keine Zeit für solche Dinge. Und du?« fragte Ralf, um von seiner Situation abzulenken.

Volker drehte sich langsam um, wollte antworten, sah aber den Teller aus Meißner Porzellan auf der Anrichte, den ihre Mutter über alles geliebt hatte und der sogar nicht in das moderne Ambiente paßte.

»Mutters Teller. Daß du den noch hast.«

»Natürlich habe ich ihn noch. Die anderen Sachen hast du doch alle bekommen.« Wieder ergriff das tiefe Mißtrauen Besitz von Ralf. Was wollte Volker? Wollte er ihm auch noch den letzten Teller abluchsen? Dabei hatte Volker damals alles bekommen, was noch etwas wert gewesen war, während er sich den hinterlassenen Schulden verpflichtet gefühlt hatte.

»Ich habe ein paar Fotos von früher mitgebracht. Vielleicht möchtest du sie haben?« Volker griff in seine Jackeninnentasche.

Die Bilder, die er ihr entnahm, waren die einzigen Aufnahmen, auf denen sie gemeinsam zu sehen waren. Alle anderen Fotos hatte Volker damals aus Wut vernichtet. Nie, aber auch nie wieder wollte er etwas mit seiner Familie zu tun haben. Bei der Gelegenheit hatte er seinen Bruder gleich mit für tot erklärt. Außer Volker kannte niemand diese Aufnahmen. Nicht einmal Irmgard hatte er in all den Jahren die Fotos gezeigt, ja, er hatte ihr nicht einmal von der Existenz seines Zwillingsbruders erzählt.

Zögernd nahm Ralf die Bilder, blätterte.

»Setz dich. Darf ich dir etwas anbieten? Cognac, Kaffee, Tee?«

»Tee. Aber ich möchte dir keine Umstände machen.«

»Das macht keine Umstände. Ich trinke immer um diese Zeit Tee. Welche Sorte bevorzugst du?«

»Friesisch. Aber ich trinke auch jede andere Sorte, die du da hast.«

Komisch, dachte Ralf, beide waren Teetrinker und »Friesisch« mochte auch er am liebsten.

Während sie Tee tranken, sah sich Ralf die Fotos genauer an. Erinnerungen kamen auf an eine anfänglich glückliche Kindheit. Bis Volker sich einen Virus zugezogen hatte. Seitdem hatte er gekränkelt, war von ihrer Mutter verhätschelt worden, wofür ihr Vater kein Verständnis gezeigt hatte. Er war sehr streng gewesen und hatte preußischen Gehorsam und Disziplin verlangt.

Er hatte einen Nachfolger für seine Kugellagerfabrikation gebraucht, der genauso hart arbeiten würde wie er selbst. Der verzärtelte Volker hatte nicht in dieses Bild gepaßt. Und je strenger ihr Vater reagiert hatte, um so ausgleichender und milder wurde ihre Mutter. Immer häufiger hatte sie dabei für Volker Partei ergriffen. Ralf hatte sich vernachlässigt gefühlt und in dieser Zeit die Nähe und Anerkennung des Vaters gesucht. Schon bald wurde er auch von dessen Geschäftsfreunden als Kronprinz gehandelt.

Ihre Wege hatten sich allmählich getrennt, besonders, als sie verschiedene Schulen besuchten. Ralf hatte nicht nur das Abitur, sondern auch das Vordiplom des Maschinenbau- und Betriebswirtschaftsstudiums glänzend bestanden, während Volker die Mittlere Reife erst nach einer Ehrenrunde gerade noch geschafft hatte. Widerwillig hatte er dann die aufgezwungene Ausbildung als Schlosser im väterlichen Betrieb begonnen.

»Von der Pike auf lernen«, hatte ihr Vater das genannt. Und Volker hatte alles gehaßt, was der Vater für ihn als gut befunden hatte. Statt dessen hatte er sich in der Rolle des Proleten gefallen.

Als ihre Mutter überraschend mit gerade mal fünfundvierzig Jahren gestorben war, waren sie knapp zwanzig gewesen. Volker hatte danach seine Ausbildung abgebrochen und die väterliche Firma sowie Elternhaus im größten Krach verlassen. Die Familie war zerbrochen.

Wenige Jahre später hatten sich die Brüder nach dem Tod des Vaters noch einmal getroffen. Es gab Streit um das scheinbare Erbe. Für Außenstehende hatte es damals im Hause Jung nach Wohlstand und Reichtum ausgesehen – Schulden in Millionenhöhe waren eben nicht immer sichtbar. Und das alles, weil Jung senior Probleme hatte, mit den neuen Technologien und ihrer Entwicklung Schritt zu halten. Achtundzwanzig war Ralf, als er die völlig marode Produktion übernommen hatte. Technisch und wirtschaftlich war die Firma am Ende.

Geschickte Unternehmensstrategie, Produktionsumstellung, Innovationen und ein zweites Standbein in der Computerentwicklung hatten dafür gesorgt, daß der Betrieb aus den roten Zahlen gekommen war. Aber das hatte Ralf fünf Jahre harte Arbeit gekostet. Er hatte in dieser Zeit nur noch für seine Firma gelebt: ohne Urlaub, ohne Freizeit, ohne Privatvergnügen.

Aber dann hatte er es endlich geschafft. Eine der größten Kugellagerfirmen hatte ihn aufgekauft. Bei dem Angebot hatte er einfach nicht nein sagen können.

Ralf war zäh, ein kühl kalkulierender Planer und Macher, und so hatte er den äußeren Rahmen für sein neues Leben bereits gesteckt: Das Haus an der Côte d'Azur war gekauft, nächsten Monat konnte er einziehen, und für die gesellschaftlichen Kontakte hatte er die Adresse einer Gräfin in der Tasche, die sich hauptberuflich um Partys und millionenschwere, aber einsame Herren kümmerte. Sein Bruder Volker war in seinem neuen Leben allerdings nicht eingeplant.

»Oh, ich habe auch noch andere Fotos, Moment.« Volker suchte in seiner Brieftasche, entnahm ihr ein paar sorgfältig ausgesuchte Bilder.

Die beiden ersten Fotos zeigten ein älteres Reihenhaus, liebevoll hergerichtet. Ralf schätzte sofort den Wert: zweihundertfünfzigtausend maximal, je nach Lage und unterkellert etwas mehr – höchstens dreihunderttausend. Eine stolze Summe für einen Schlosser. Brauchte sein Bruder Geld für die Hypotheken?

»Dir scheint es ja richtig gut zu gehen.« Ralf gab die Fotos zurück.

»Ich kann nicht klagen. Das hier ist mein Garten, selbst entworfen und angelegt, auch der Teich. Die Goldfische solltest du mal sehen.«

Also arbeitslos mit viel Zeit für solche Sperenzchen wie Gartenarbeiten, schoß es Ralf durch den Kopf. »Arbeitest du immer noch als Schlosser?« wollte er daher wissen.

Du hast dich nicht geändert, dachte Volker. Du denkst, ein Schlosser kann sich ein Reihenhaus mit Garten nicht leisten. Er wußte, warum er diese arrogante Seite seines Bruders immer schon gehaßt hatte. Aber er rief sich zur Ordnung. Schließlich war er hier, um das Kriegsbeil zu begraben und Frieden zu schließen. Immerhin hatte er im Streit das Elternhaus verlassen, und wenn er ehrlich war, war er zeitlebens neidisch auf seinen älteren Zwillingsbruder gewesen, der von beiden die besseren Nerven, Durchsetzungsvermögen und diesen unglaublichen Charme besaß.

»Ich habe noch einmal die Schulbank gedrückt und bin dann zur Fachhochschule nach Krefeld, Maschinenbau, genau wie du«, antwortete er.

»Du arbeitest als Ingenieur?« Ralf war erstaunt.

»Lehrer, Studienrat. Das Studium ließ mich einfach nicht los. Und du? Was macht die Fabrik? Existiert sie überhaupt noch?«

»Hat den Besitzer gewechselt.«

»Das tut mir leid. Es war ja damals schon abzusehen, daß die Banken eines Tages alles schlucken werden.«

Beim Stichwort Banken war Ralf erneut alarmiert. Es geht also doch um Geld! Eigenartig, daß Volker damals, als es ums Erben ging, gar nicht sehen wollte, daß die Firma pleite war. Gerafft hatte er, was er kriegen konnte. Was nicht niet- und nagelfest war, hatte er eingesackt. Hatte immer nur allen vorgejammert, daß er an der Basis seine Knochen kaputtgeschuftet habe.

Andererseits fand Ralf die Bemerkung des Bruders seltsam, besonders wie er sie gesagt hatte: *Banken alles schlucken werden.* So ein Unsinn! Wußte er denn wirklich nicht, daß er mit Gewinn verkauft hatte? Oder tat er nur so scheinheilig, um jetzt nach Jahren noch einmal zu kassieren?

Zu dumm, daß sein Vater einen Passus in sein Testament eingebaut hatte, der den Verkauf der Firma betraf: Danach sollte Volker fünfzehn Prozent vom Verkaufserlös erhalten unter der Voraussetzung, daß dieser beruflich deutlich mehr erreichen würde als nur seine Facharbeiterprüfung. Offenbar war ihm das gelungen.

Ralf schluckte nervös. Verdammt noch mal! Volker war damit berechtigt, eins Komma zwei Millionen abzustauben!

»Und was arbeitest du jetzt?« erkundigte sich Volker freundlich.

Ralf zögerte. Sollte Volker doch keine Ahnung vom Verkauf haben? Er hätte keine Skrupel, seinen Bruder dumm sterben zu lassen.

»Bin zur Zeit ohne«, sagte er lapidar, was in seiner momentanen Situation nicht einmal gelogen war.

»Das tut mir leid«, sagte Volker, und es klang ehrlich. »Hast du finanzielle Schwierigkeiten? Falls du Hilfe brauchst, laß es mich wissen.«

»Danke, ich komme über die Runden.« Jetzt nur keine Möglichkeiten für weitere Nachfragen schaffen. »Hast du Familie?«

»Ich bin verheiratet. Hier ist ein Foto von Irmgard. Sie war auch der Grund für meinen plötzlich erwachten Ehrgeiz. Die Kleine hat mir ganz schön zugesetzt.«

Ralf hatte keine Lust auf Familienfotos. Volkers Frau sah vermutlich genauso aus, wie man sich eine Irmgard vorstellte: brav und langweilig mit Pagenkopf, Brille und Rüschenbluse. Wahrscheinlich genauso blaß und unscheinbar wie Volkers frühere Freundinnen.

»Nett, sieht wirklich nett aus«, sagte er, obwohl er sich das Bild nur flüchtig angeschaut hatte.

»Und du? Bist du auch verheiratet? Hast du Kinder?« erkundigte sich Volker.

»Nichts von beiden. Mir fehlte die Zeit dafür.«

»Dann lebst du also solo? Kann ich mir gar nicht vorstellen. Die Frauen müssen dir doch zu Füßen liegen, so, wie du aussiehst.«

Ralf schwieg. Es ging Volker nichts an, daß er vor ein paar Jahren auf einem Empfang Martina kennengelernt hatte, die irgendwann bei ihm eingezogen und irgendwann wieder ausgezogen war. Die Firma hatte Vorrang, und welche Frau hielt es schon lange bei einem Mann aus, der rund um die Uhr arbeitete? Nur gut, daß sie bei ihrem Auszug den Opel Corsa in der Garage gelassen hatte. Diese Geste schätzte er besonders, seit man ihm seinen silbergrauen Mercedes der neuen E-Klasse gestohlen hatte.

Ralfs Gesichtszüge verhärteten sich unwillkürlich, als er an Martina dachte. Daß er sich aus verletztem Stolz seitdem von einer Affäre in die nächste stürzte, ging Volker ebenfalls einen Dreck an.

»Dein Single-Dasein kann sich ja noch ändern. Ich kenne ein paar ganz hübsche und nette Lehrerinnen, alle ebenfalls solo! Und Irmgard hat auch noch ein paar nette Freundinnen. Wenn du willst, mache ich euch bekannt.«

Um Gottes willen, bloß nicht! Ralf mußte an die verschrobenen Lehrerinnen aus seiner Schulzeit denken. In Südfrankreich würde er jede Menge knackige und sprühende Strandschönheiten kennenlernen. Und die geplanten Partys auf seiner zukünftigen Yacht würde er sich mit einer zugeknöpften Langweiligen garantiert nicht vermiesen.

»Ich denke, das werde ich schon allein geregelt bekommen«, winkte er überheblich ab. Damit Volker keine weiteren Fragen stellte, übernahm er die Rolle des Interviewers:

»Welche Fächer unterrichtest du denn?«

»Technologie und Mathe, aber auch schon mal alles andere, was anfällt.«

»Und an welcher Schule?«

»Berufskolleg. Ich wohne und arbeite übrigens in Kempen.«

»Kempen?« Ralf war erstaunt. Nach dem Streit damals wollte sein Bruder nur noch weit weg vom Niederrhein, und nun lebte er ganz in seiner Nähe!

Wenig später erzählte Volker von seiner Arbeit und seinem Privatleben, anfangs noch zurückhaltend, doch dann kam er immer mehr in Fahrt.

»... du mußt uns unbedingt besuchen. Irmgard wird sich freuen, dich kennenzulernen.« Das war natürlich eine satte Lüge, denn Irmgard wußte ja gar nichts von Ralf. »Meine Frau ist übrigens eine ausgezeichnete Köchin.«

Passend zu diesem Stichwort knurrten beiden die Mägen.

»Was hältst du davon, wenn wir eine Kleinigkeit essen gehen?« schlug Volker vor, und weil Ralf zögerte, fügte er sofort hinzu: »Komm, ich lade dich ein.«

Ralf wich aus, hatte kein Interesse, sich mit dem Bruder in der Öffentlichkeit zu zeigen. Außerdem wußte er nicht, in welches Restaurant er mit Volker gehen sollte. Für die Häuser, die er für Geschäftsessen bevorzugte, wie den Krefelder Hof, war Volker ihm nicht gut genug gekleidet. Und die Pizzaszene wollte er sich nicht unbedingt antun.

»Wir können uns auch etwas zu essen bestellen, wenn du nichts dagegen hast. Hier gibt es doch bestimmt einen Schnellimbiß?«

Ralf verzog den Mund. Genauso hatte er Volker eingeschätzt. Fettige Pommes! Widerlich!

Wenig später lieferte der Service aus der Frittenschmiede die Bestellung: Hähnchen mit Krautsalat und die obligatorischen Pommes mit Majo und Ketchup.

Während Ralf den Fahrer bezahlte, holte Volker eine Flasche

Wein aus dem Auto, einen »Vin rouge hyperordinaire« aus dem Supermarkt.

Ralfs Hals war wie zugeschnürt, als Volker die Flasche öffnete. Gift, dachte er spontan. Er will mich zuerst vergiften und dann an mein Erbe!

Volker schenkte ein, probierte. Ralf zögerte, hielt das Glas an die Lippen und tat so, als würde er trinken.

»Hähnchen, lecker! Und wie das schnuppert! Laß das Besteck weg, wir machen es wie früher.« Volker schwang schon die Keule zwischen den Fingern. Und während er sich hungrig darüber hermachte, erzählte er munter und schmatzend von seinem letzten Bildungsurlaub in Griechenland, trank und mampfte zwischendurch seine Pommes.

Er frißt immer noch wie ein Schwein, stellte Ralf fest, während er sich selbst mit spitzen Fingern dem Essen näherte. Volker schenkte sich nach. Nur darum trank auch Ralf vorsichtig einen Schluck. Der Wein war so trocken, das er fast staubte, allenfalls als Essigersatz geeignet. Volkers Appetit war ansteckend, obwohl er den Krautsalat etwas zu laut in sich hineinschaufelte. Ralf zupfte ein größeres Fleischstück von der Hähnchenbrust.

»Genau wie früher. Weißt du noch?« schmatzte Volker mit vollem Mund und wischte sich mit dem Handrücken das Fett vom Kinn. »Damals hast du dir die Keule auch bis zum Schluß aufgehoben.«

Ralf waren diese Kindheitserinnerungen unangenehm, und er fühlte sich weiterhin unwohl in Volkers Gegenwart.

»Na, Ralf, wie sehen deine Zukunftspläne aus? Hast du immer noch den großen Traum: einmal um die ganze Welt mit dem eigenen Schiff? Und los geht's von St. Tropez aus?«

Ralf verschluckte sich, bekam das Fleischstück in die falsche Röhre. Hustete, rang nach Luft, würgte. Dieser falsche Fünfziger, dachte er, weiß genau Bescheid! Spielt hier den Scheinheiligen!

Volker sah den Erstickungsanfall mit Entsetzen. Er sprang auf, um seinem Bruder zu helfen.

»Mensch, Ralf, mach keinen Scheiß!«

Ralf lief krebsrot an, rang weiter nach Luft und versuchte, das trockene Fleisch mit den Fingern aus dem Hals zu ziehen, gestikulierte wild, lockerte das Halstuch und riß an seinem oberen Kragenknopf.

»Keine Panik, keine Panik, das kriegen wir schon hin«, versuchte Volker zu beruhigen, zitterte dabei aber selbst. »Laß mich mal ran.« Gewaltsam schob er Ralfs Finger vom Mund weg und griff selbst in den Hals.

»Los, Junge, spuck es aus! Würg es raus. Du schaffst es!«

Aber auch er konnte nichts ausrichten. Er startete noch einen verzweifelten Versuch der Rettung, indem er Ralf kräftig auf den Rücken schlug.

»Komm schon, komm schon! Du mußt dich nach vorne beugen, den Kopf ganz tief nach unten! Nun mach schon, mach schon!« Volkers Stimme klang gehetzt und wurde krächzig. »Das wird schon rausflutschen.« Er schlug Ralf erneut auf den Rücken.

Es half alles nichts. Ralf röchelte, griff in Panik an seinen Hals. In Todesangst bäumte er sich auf, verdrehte die Augen, bis das Weiße hervortrat. Dann fiel er ohnmächtig zu Boden.

»Atme weiter! Atme weiter! Du darfst nicht aufgeben!« Volker begann hektisch mit einer Mund-zu-Nasen-Beatmung, schwitzte dabei vor Angst und Anstrengung. Er sah, wie Ralfs Gesicht dunkel anlief, sich blau verfärbte.

»Mach keinen Scheiß! Halte durch! Du mußt durchhalten! Der Notarzt kriegt dich schon wieder auf die Beine!« Er rüttelte den Bewußtlosen, sah sich dabei gehetzt nach einem Telefon um. Fand nichts. Fieberhaft und mit klatschnassen Händen knautschte er die Jackentaschen des Bruders auf der Suche nach einem Handy. Jeder lief doch heutzutage mit einem Handy herum, nur wenn wirklich einmal eines gebraucht wurde, war keines da!

Volker sprang auf, hastete zu einer Tür, stieß sie auf und stürmte in ein geräumiges Büro, für dessen exklusive Ausstattung er keinen Blick hatte. Er stürzte auf die gläserne Schreibtischplatte zu und streckte seine Hand zur Telefonanlage aus. Aber auf dem Apparat fehlte der schnurlose Telefonhörer. Er konnte es nicht fassen! Wild schlug er auf das schwarze Plastik ein.

Um vierzehn Uhr dreißig war Ralf Jung erstickt.

*

Geschockt hielt Volker seinen toten Bruder im Arm, wiegte sich rhythmisch hin und her und summte dabei eine eigenartige Melodie. Er merkte nicht, wie ihm die Tränen übers Gesicht liefen.

Erst als das Telefon fiepte, wurde er aus seiner Apathie gerissen. Ein Telefon? Verdammt, wo war der Hörer? Er lauschte auf das Fiepen, prang auf und stürzte in Richtung Küche. Dort nahm er den Hörer vom Frühstückstablett auf, quetschte ihn in seinen Händen und hätte ihn am liebsten an die Wand geschleudert.

»Du verdammtes Mistding!« schrie er. »Du verdammtes Mistding! Mein Bruder könnte noch leben, wenn du da gelegen hättest, wo du hingehörst!«

Zufällig drückte Volker die Sprechtaste.

»Hallo, Herr Jung?« hörte er eine weibliche Stimme seinen Namen rufen.

Seine Bewegung stockte, mechanisch hielt er sich den Hörer ans Ohr.

»Ja?«

»Guten Tag, Herr Jung, hier ist die Reederei Beckmann aus Duisburg. Ich verbinde Sie mit Herrn Beckmann. Einen Augenblick bitte.«

Nach einem Knacken erklang Beethovens »Für Elise« als Pausenfüller.

Reederei? Was hatte Ralf mit einer Reederei aus Duisburg zu schaffen?

»Guten Tag, Herr Jung, Beckmann hier.« Der Stimme nach saß ein gut geschulter Jungdynamiker genau auf der richtigen Position.

»Guten Tag«, flüsterte Volker mit einer Stimme, die ihm nicht zu gehören schien. Er wußte nicht, wie er reagieren sollte.

»Ich habe ausgesprochen gute Nachrichten für Sie!« tönte es an sein Ohr. »Ihre Yacht wird eine Woche früher fertig als geplant. Na, was sagen Sie jetzt?«

Yacht, was für eine Yacht? Wovon redete der Mann?

»Ich ... äh ... ja ... hört sich wirklich gut an«, stotterte Volker.

»Na, das will ich wohl meinen. Jetzt wollte ich Sie fragen, wann Sie zu einer Besichtigung nach Duisburg kommen können?«

Volker brach der Schweiß aus. Was sollte er darauf antworten?

»Ich ... äh ... ich, es tut mir leid, aber das kann ich Ihnen so aus dem Stegreif gar nicht sagen. Mein ... mein Terminplaner liegt noch im Büro, und ich ...«

»Verstehe, Herr Jung. Der vorgezogene Termin kommt jetzt überraschend für Sie. Rufen Sie mich doch bitte nächste Woche an, dann besprechen wir alles weitere.«

Volker war froh, als das Telefonat endlich beendet war. Verdammt, was ging hier vor? Was sollte Ralf in Duisburg besichtigen? Seine Yacht? Hatte Ralf etwa eine eigene Yacht? Wurde sie renoviert oder generalüberholt? Aber das war doch unmöglich! Vater hatte einen Schuldenberg von fünf Millionen hinterlassen! Für ihn, Volker, war es Grund genug gewesen, das väterliche Erbe auszuschlagen. Bloß Ralf war so dämlich, die Schulden anzunehmen. Er hatte sich dem Vater sogar noch über dessen Tod hinaus verpflichtet gefühlt. So ein Unsinn! Er hatte damals Ralf prophezeit: »Junge, laß die Finger davon, oder du kannst dir den Strick nehmen! Den Laden kriegst du nie wieder flott. Selbst mit Umschuldungen wird das eine sterbende Firma bleiben.«

Und jetzt sollte Ralf eine Yacht besitzen? Vielleicht hatte sich dieser Beckmann einen Spaß erlaubt und meinte eine kleine Nußschale zum Segeln. Trotzdem – Volker brauchte Gewißheit, und zwar noch bevor er den Notarzt holte.

Aus Erfahrung wußte er, daß Ralf in solchen Dingen pingelig genau war und alles ganz exakt vermerkte.

Bevor er sich auf die Suche begab, zog er im Wohnzimmer die Vorhänge zu und bedeckte Ralfs Gesicht mit seinem Cordsakko. Danach ließ er im Büro die Jalousien herunter und schaltete die Deckenbeleuchtung ein.

In einem kleinen Aktenschrank fand er verschiedene Ordner, alle säuberlich beschriftet. Es gab tatsächlich einen mit der Aufschrift »Yacht«. Was er darin fand, warf ihn fast um: Obenauf lag ein Kaufvertrag. Die Summe reichte locker für ein schwimmendes Einfamilienhäuschen. Sofort korrigierte sich Volker: Von der Summe könnte man gleich drei von seinen Reihenhäusern kaufen!

Hier ging es nicht um eine kleine Jolle oder um die Reparatur eines alten Kahns! Nein, hier ging es um den Kauf einer funkelnagelneuen Yacht! Wo hatte sein Bruder dafür das Geld hergenommen?

Verdammt noch mal, sollte sein sonst so paragraphentreuer Bruder eine Bank aufgemacht haben? Ihm wurde siedendheiß.

Er blätterte weiter in den Unterlagen, fand Baupläne und Prospekte des Schiffs. Und was er sah, gefiel ihm immer mehr.

Eilig durchwühlte er den nächsten Ordner. Hier ging es um ein Haus in St. Tropez, das ebenfalls erst kürzlich erworben und komplett bezahlt worden war. Den Quittungen entnahm er, daß das Haus renoviert und zum Teil schon möbliert worden war.

Verdammt, wo kam das ganze Geld her?

Aufschluß darüber gaben die Geschäftsunterlagen und Kontobewegungen. Sein Bruder hatte es tatsächlich geschafft, Vaters Firma nicht nur vor der Pleite zu retten, sondern auch noch ganz nach oben zu wirtschaften. Rund acht Millionen waren dabei für Ralf rausgesprungen. Volker stieß einen leisen Pfiff aus.

Plötzlich fiel ihm die längst vergessene Klausel aus dem Testament des Vaters ein. Danach gehörte ihm ... Er begann zu rechnen, dann hielt er sich an den Lehnen des schweren Drehstuhls aus schwarzem Leder fest. Rund eins Komma zwei Millionen gehörten ihm! Eins Komma zwei Millionen! Er war Millionär! Auf einen Schlag Millionär! Nie wieder Schulden.

Ein euphorisches Glücksgefühl durchströmte ihn. Irmgard würde in Ohnmacht fallen. Am liebsten würde er ihr sofort etwas Wunderschönes kaufen. Sie hatte es verdient nach der Schufterei in den letzten Jahren. Und er könnte endlich eine Haushaltshilfe für ihre pflegebedürftigen Eltern einstellen, die Irmgard inzwischen mehr und mehr in Anspruch nahmen. Ja, eine Hilfe wäre gut, dann hätte Irmgard es leichter.

Plötzlich bekam seine Euphorie einen Dämpfer: Ralf hatte die Klausel im Testament gekannt. Aber er hatte ihn nicht über den Verkauf der Firma informiert, hatte ihn nicht gesucht oder suchen lassen. Hatte er ihn nicht sogar an der Tür abwimmeln wollen?

Und plötzlich war sie da, die beißende Gewißheit: Ralf hatte nicht mit ihm teilen wollen! Der immer so korrekte Ralf wollte alles, konnte den Hals nicht voll genug bekommen! Volker lachte auf: den Hals nicht voll genug bekommen! Das paßte! Jetzt hatte Ralf den Hals voll genug bekommen!

Nie hätte er gedacht, daß Ralf so raffgierig sein könnte. Als er, Volker, nach Vaters Tod Mobiliar und Porzellan aus dem Elternhaus mitgenommen hatte, hatte Ralf ihn unverfroren als Raffzahn bezeichnet. Jetzt war die Frage, wer hier der Raffzahn war! Was waren schon die paar Dinge, die er mitgenommen hatte, gegen das, was sich Ralf hier unter den Nagel reißen wollte! Acht Millionen! Acht Millionen! Was waren davon schon eins Komma zwei? Peanuts!

Und jetzt würde er seinen Bruder beerben! Da käme dann noch einmal ein fetter Batzen auf ihn zu, zusätzlich zu Yacht und Häuschen in St. Tropez.

In Volkers Handfläche begann es zu jucken. Als Kinder hatten sie immer gesagt: »Das bedeutet Bargeld.« Wie wahr, wie wahr! Und der Juckreiz wurde immer stärker, je mehr Ordner er inspizierte und durchwühlte.

Es war eine beachtliche Summe, die sein lieber Bruder zusammengehamstert hatte. Auch dieses angeblich gemietete Haus, in dem er sich gerade befand, gehörte Ralf. Dieser Lügner!

Außerdem hatte Ralf vor Jahren drei Lebensversicherungen über je achtzigtausend Mark abgeschlossen. Ausgezahlt werden sollte die erste ab dem fünfzigsten Lebensjahr, und danach gab es alle fünf Jahre die nächste. Wie nett! Jetzt durfte Volker vorzeitig noch einmal zweihundertvierzigtausend kassieren. Das war zwar lächerlich im Vergleich zu dem großen Batzen, aber Kleinvieh macht auch Mist. In freudiger Erwartung rieb er sich die Hände.

Was könnten Irmgard und er sich jetzt alles leisten! Sie wären die Hypotheken für ihr Reihenhaus auf einen Schlag los. Endlich könnte er ihr das Leben bieten, von dem sie immer geträumt hatte. Seine Irmgard in St. Tropez, Nachbarin von Brigitte Bardot – Wahnsinn!

Ralfs Testament aber versetzte ihm einen Schlag. Es war von einem Notar aufgesetzt und so neu, daß die Druckerschwärze noch färbte.

Ralfs ehemalige Haushaltshilfe sollte ein ganz nettes Sümmchen abstauben. Der Rest ging an verschiedene Wohltätigkeitsorganisationen. Und er? Was hatte Ralf ihm zugedacht? Nichts! Gar nichts! Keinen Pfennig. Im Gegenteil. Enterbt hatte er ihn.

Wut stieg in Volker hoch, und vor Aufregung konnte er kaum noch atmen.

Hatte er nicht ein Anrecht auf das Geld? Aber selbst wenn er das Testament gerichtlich anfechten würde, war der Ausgang des Prozesses ungewiß. Wenn er recht bekäme, müßte er immer noch mit anderen teilen. Und was, wenn er nicht recht bekäme? Er sah seinen Geldsegen wie Schnee in der Sonne schmelzen.

Volker setzte den Gedanken in die Tat um, noch bevor er ihn zu Ende gedacht hatte.

Er nahm frische Kleidung aus dem Schrank und tauschte sie gegen seine eigene aus. Er wechselte die Schuhe und band sich ein Halstuch um. Danach legte er seine eigenen Kleidungsstücke neben den Toten und entkleidete ihn nach und nach.

Aus dem Bad holte er einen Rasierapparat und rasierte Ralf den Oberlippenbart ab. Dann bearbeitete er dessen Frisur, zog einen Mittelscheitel und half mit etwas Wasser nach, bis die dunkelblonden Haare nicht mehr so locker frisiert aussahen.

Dann zog Volker seinem toten Bruder Stück für Stück in umgekehrter Reihenfolge die eigenen verschwitzten Sachen an. Er überließ dem Toten großzügig sein Portemonnaie mit rund dreihundert Mark, seinen Paß und Führerschein.

Knapp eine Stunde brauchte er für die Verwandlung, und danach hatte er fast das Gefühl, seinen eigenen Leichnam vor sich zu sehen. Ihm schauderte. Aber es gab kein Zurück mehr. Er würde bekommen, was ihm zustand.

In der Doppelgarage stand nur ein Wagen – ein Opel Corsa. Eigentlich hatte Volker eine Luxuskarosse erwartet, aber der Corsa war immer noch besser als sein uralter BMW, den er jetzt neben den Opel parkte. Sorgfältig verschloß er das Garagentor und schleppte wenig später den Toten auf den Beifahrersitz. Nur gut, daß Ralf genauso schlank geblieben war wie er.

Plötzlich fiel ihm auf, daß Ralfs Hände gepflegter waren als seine. Aber das würde hoffentlich keinem auffallen. Den Plastikteller mit den Hähnchenresten wickelte er in die Papierverpackung und legte alles in seine Schultasche zu seinen Unterrichtsvorbereitungen. Die Tasche stellte er zwischen Ralfs Füße, setzte dem Toten noch einen Hut auf, um das Gesicht zu verdecken, und schloß die Beifahrertür.

Aus der Entfernung begutachtete er sein Werk. Nie im Leben würde jemand auf die Idee kommen, daß im Wagen ein Toter säße – vielleicht ein Schlafender, aber nie ein Toter.

Sollte noch einmal jemand behaupten, er hätte keine Nerven und auch nicht das Format von Ralf! Da war er doch ganz anderer Ansicht: Er war besser als sein Ralf!

Trotzdem schlug Volkers Herz zum Zerspringen, er schwitzte, und sein Blutdruck war reif für eine Überdosis Betablocker.

Im Bad hielt er sein erhitztes Gesicht unter den Wasserhahn. Das kühle Naß erfrischte ihn und ließ ihn ruhiger werden. Danach fönte er sich die Strähnen locker nach hinten, half mit etwas Gel nach. Jetzt fehlte nur noch der Schnäuzer, der ihn endgültig in Ralf verwandeln würde. Sorgfältig rasierte er sich die Bartstoppeln aus dem Gesicht, ließ nur die auf der Oberlippe stehen. Nach spätestens einer Woche würde auch dieses kleine Manko von allein behoben sein.

Er roch an Ralfs herbem Aftershave, klatschte sich dann das Duftwasser ins Gesicht. Vor dem Spiegel übte er verschiedene Gesten und auch den unfreundlichen Gesichtsausdruck, mit dem Ralf ihn begrüßt hatte. Immer weiter schlüpfte er in die Rolle von Ralf. Fast glaubte er es schon selbst – er war Ralf!

In der Innentasche von Ralfs Jackett fand er die Brieftasche mit allen Papieren, probierte vorsichtshalber den Hausschlüssel aus und nahm dann alles an sich. Jetzt konnte nichts mehr schiefgehen.

Bisher war alles reibungslos und ohne Störungen verlaufen, und trotzdem blieb eine Unruhe in ihm, die ihn fast zerriß.

»Ich bin Ralf Jung, ich bin Ralf Jung«, murmelte Volker immer wieder vor sich hin, und die letzten Zweifel an seinem Vorhaben beseitigte er mit dem Satz: »Alles für meine Irmgard.«

Irmgard!

Er schluckte, aber sein Hals blieb trocken. Er mußte sie informieren, ihr die Situation erklären. Aber er verwarf den Gedanken sofort wieder. Irmgard würde dabei nie mitspielen! Dafür war sie viel zu ehrlich und anständig. Und selbst wenn ... sie würde es mit Sicherheit ihren Eltern erzählen, und Schwiegermutter konnte ihre Schnebbelschnut noch nie halten.

Nein, er durfte ihr jetzt noch nichts sagen! Später! Wenn Gras über die ganze Angelegenheit gewachsen war, wollte er sie nachholen.

Aber durfte er Irmgard diesen Schock über seinen vorgespielten Tod zumuten? Sie würde vor Trauer fast umkommen. Und wovon sollte sie leben, wenn er »tot« war? Er konnte sie unmöglich als Witwe unversorgt zurücklassen.

Pension! Sie bekäme seine Pension. Erleichtert atmete er auf.

Es war bereits später Nachmittag, als er mit dem Toten die vertraute Strecke von Krefeld nach Kempen fuhr: Forstwaldstraße, Oberbenrader Straße, Krefelder Weg. Hier fädelte er sich in den fließenden Feierabendverkehr ein. Siedendheiß fiel ihm ein, daß Kollegen oder Schüler seinen Wagen erkennen könnten. Mit der neuen Frisur wirkte er fremd, und auch mit der Kleidung. Schließlich hatte er noch nie ein Halstuch getragen! Und ausgerechnet noch so eines aus flutschiger Seide. Schnell raffte er das Tuch vom Hals und stopfte es in die Jackentasche. Mit den Fingern kämmte er seine Haare zur alten Frisur. Angstschweiß stand ihm auf der Stirn.

Warum war er nur zu dieser Tageszeit losgefahren? Warum hatte er nicht auf die Dunkelheit gewartet? Hoffentlich war das kein Fehler. Er durfte keine Fehler machen!

Kurz vor Kempen stockte der Verkehr in Höhe von Gut Heimendahl, dem bekannten Herrensitz. Von weitem blitzte Blaulicht auf. Verdammt, ein Unfall hatte ihm gerade noch gefehlt. Er wollte wenden, überlegte aufgewühlt die Konsequenzen. Was, wenn die Polizei Verdacht schöpfte? Was, wenn sie ihm folgen würde? Er war kaum noch in der Lage, das Steuer zu halten.

Die Blechkolonne schob sich im Schrittempo in Richtung der Unfallstelle und damit auch näher zu dem Uniformierten, der den stockenden Verkehr regelte. Noch sieben Autos trennten Volker von ihm.

Er warf einen hastigen Blick auf den Toten. Ralf war leicht zur Seite gerutscht und lehnte mit schief auf dem Kopf sitzendem Hut an der Beifahrertür. Er wirkte wie ein Volltrunkener, der in den Seilen hing. Was, wenn der Polizist ihn zur Alkoholkontrolle rechts ranwinken würde? Volker wurde schlecht.

Noch fünf Autos.

Volker zog Ralf auf die Mitte des Sitzes zurück, korrigierte den Sitz des Hutes. Was, wenn Ralf im unpassendsten Moment wieder zur Seite fallen würde oder der Ordnungshüter direkt ins Wageninnere blickte?

Noch ein Auto.

Volker starrte auf den grauen Asphalt, wagte nicht zu atmen. Der Polizist sah an ihm vorbei und winkte ihn eilig mit der Kelle durch.

Geschafft! Seine Knie schlotterten so, daß er kaum in der Lage war, Gas zu geben.

Wo sollte er den BMW mit dem Toten abstellen? Etwa vor sein Reihenhaus in der Dunantstraße im Stadtteil Neue Stadt? Unmöglich! Verflucht, warum hatte er sich darüber nicht schon vorher Gedanken gemacht? Das Risiko, von den Nachbarn erkannt zu werden, war einfach zu groß. Besser, er suchte sich einen Platz vor einem Imbiß.

Wenig später bog er vom Krefelder Weg in die Umgehung Kempener Außenring ein und suchte im Industriegebiet Am Selder eine Pommesbude. In der Nähe der Keksfabrik mit dem Prinzen wurde er fündig. Hier war der ideale Platz. Hier würde ihn sicher keiner stören, wenn er Ralf hinter das Steuer bugsierte. Und danach könnte er in aller Ruhe verschwinden.

Die Pommesbude war geschlossen!

Volker bekam kaum noch Luft. Was, wenn der Imbißstand den ganzen Tag schon geschlossen hatte? Wo sollte der Tote dann das Hähnchen herbekommen haben? Verdacht würde sofort aufkommen!

In seinen Ohren rauschte das Blut. Er konnte nicht mehr klar denken. Mit Vollgas startete er durch, griff noch schnell nach Ralf, damit der nicht wieder wegrutschen konnte. Er raste an der Müllentsorgungsanlage vorbei, bog links ab, holperte über Bahngleise und konnte nicht verhindern, daß Ralf seinen Hut verlor.

Inzwischen befand er sich auf der Kleinbahnstraße. Er hielt, wollte nur kurz durchatmen, sich sammeln und den Hut von der Fußmatte heben. Vor sich sah er das veraltete Schild »Berufliche Schulen«, das den Weg zu den Hintereingängen der inzwischen in »Berufskolleg« umbenannten Lehranstalt wies.

Das war es! Volker hatte den Platz für die Inszenierung seines Ablebens gefunden! Warum war er nicht sofort darauf gekommen? In Gedanken sah er schon die Schlagzeile in allen Gazetten vor sich: »Lehrer im Berufskolleg gestorben«.

Die Kollegen wußten, daß er oft nachmittags und sogar bis in den Abend hinein in der Schule tätig war und im Nebenraum 114a sein Büro hatte. Großmütig gönnte er es sich, dort zu sterben – aufopferungsvoll für Schüler, Schule und Vaterland.

Für einen Moment verfiel er in depressive Stimmung. Nie wieder würde er seine Schüler und die Kollegen sehen können. Dann fiel ihm ein, daß er sich bei seiner netten Kollegin Radmacher mit den Worten verabschiedet hatte: »Ich werde jetzt nur eine Kleinigkeit essen gehen, und dann komme ich später noch mal zur Schule zurück. Falls wir uns nicht mehr sehen – einen schönen Abend. Tschüs, bis nächste Woche.«

Ja, die mütterliche Radmacher würde den Kollegen seine Anwesenheit schon passend erklären, wenn man seinen Leichnam fand.

Ohne weitere Überlegungen setzte Volker den Blinker und bog in die schmale Zufahrt zum Schulparkplatz ein.

Das Schulgebäude sah aus der Vogelperspektive wie drei Schuhkartons aus, die versetzt aneinandergereiht sich an den Ecken berührten, und die den Rattenschwanz für die Turnhalle bildeten. Auffällig roter Klinker und grüne Fensterrahmen bestimmten den Charme dieser Lernfabrik. Nur böse Zungen gaben dem Flachdachgebäude die Bezeichnung »Knast«.

Volker fuhr zum letzten der drei Schuhkartons, parkte dicht am Eingang und inspizierte, mit seiner Schultasche in der Hand, die Umgebung. Die Außenanlage war so tot wie sein Beifahrer. Gehetzt betrat er das Gebäude, stand in der verklinkerten Pausenhalle und lauschte. Nur ein Spatz hatte sich durch die Oberlichter ins Innere verflogen und flatterte verschreckt gegen die großen Fensterscheiben. Eilig schritt Volker auf die Tür seines Klassenraumes zu, entschied sich dann aber doch für den Nebenraum, schloß die blaue

Holztür auf und suchte den Lichtschalter an der roten Klinkerwand. Kalt flackerte das Neonlicht auf, erhellte den schmalen Gang mit den blau gestrichenen Fächern und Schränken.

Er bemühte sich, möglichst geräuschlos bis zum Kern des Nebenraumes vorzudringen, einem Bereich von wenigen Quadratmetern, in dem die inzwischen heimatlosen Heiligtümer aus dem ehemaligen Physiklabor einstaubten. Der Schreibtisch, den ein bereits pensionierter Unterrichtsbeamter dem Kollegium vererbt hatte, war goldrichtig für sein Vorhaben. Er stellte seine Schultasche an die Seite und schob vorsorglich den klobigen Stuhl zurück. Anschließend beeilte er sich, zu seiner eigenen Leiche, wie er sich nun zynisch bezeichnete, zurückzukommen.

Klatschnaß geschwitzt schleppte er Ralf durch das Gebäude, legte ihn im Nebenraum auf den Boden, leicht gekrümmt mit dem Gesicht nach unten, so, wie er zu Hause auch auf dem Boden gelegen hatte. Er stellte den Stuhl in passender Position dazu, entnahm der Schultasche die völlig verschrumpelten Essensreste und wickelte das Papier auseinander. Zufrieden kontrollierte er sein Arrangement. Dann ging er noch einmal zum BMW zurück und verriegelte ihn. Automatisch steckte er den Schlüssel in seine Jackentasche und wollte sich zur Kleinbahnstraße zurückschleichen.

Fieberhaft ging er alle Stationen seiner Aktion noch einmal durch. Alles war bisher perfekt gelaufen. Er hatte keine Fehler gemacht. Und falls er doch etwas falsch gemacht hatte? Ihm wurde flau. Plötzlich wurde ihm bewußt, daß er doch nicht die Nerven hatte, die er gern gehabt hätte. Sein Hemd klebte am Körper, und Schweiß floß in Strömen von seinen Schläfen. Als er nach einem Taschentuch griff, hielt er das Halstuch und zwei Schlüsselbunde in der Hand. Der erste gehörte Ralf und der zweite – zusätzlich mit den Schulschlüsseln bestückt – ihm. Entsetzt wischte er sich die Schweißflut von der Stirn, stellte fest, daß er noch immer wie »Volker« frisiert war. Er mußte sich unbedingt wieder anders frisieren. Er war jetzt Ralf!

Schlüssel – Frisur – Halstuch … Frisur – Halstuch – Schlüssel? Er wurde hektisch, wußte nicht, was wichtiger war, was er zuerst tun sollte.

Er rannte zurück zur Schule. Nicht rennen, nur nicht rennen, ermahnte er sich. Ein rennender Mensch hat etwas zu verbergen und fällt auf. Er drosselte seine Geschwindigkeit, hatte das Gefühl, daß ihm die Beine den Dienst versagen könnten.

Erneut schlich er in den Nebenraum, legte den Schlüsselbund mit den Schulschlüsseln auf den Schreibtisch, lief zur Tür zurück und zog sie leise hinter sich ins Schloß.

Plötzlich hörte er Stimmen und Geklapper. Die Putzfrauen! Die hatte er völlig vergessen! Wie konnte er nur? Seine Nerven lagen blank.

Die Stimmen wurden lauter und auch das Geklapper mit dem Putzwagen, der an die verglasten Pendeltüren zwischen den Gebäudeteilen aneckte.

Wo sollte er jetzt hin? Zurück in den Nebenraum konnte er nicht. Er drückte sich in die Nische davor und atmete erleichtert auf, als sich die Stimmen unerwartet entfernten.

Eilig durchquerte er die Pausenhalle und riß von dem schwarzen Brett noch ein Informationsblatt der SV ab. Draußen kämmte er sich mit Ralfs Kamm hektisch die Haare nach hinten, band sich mit zitternden Händen das Halstuch um und hielt das Infoblatt vor sein Gesicht, als studiere er es im Laufen. So getarnt hoffte er, nicht erkannt zu werden.

Der lange Weg vom Berufskolleg bis zum Bahnhof war für ihn wie ein Spießrutenlauf: Beobachteten ihn nicht alle Passanten? Tuschelten sie nicht hinter seinem Rücken? Warum flüchtete die junge Frau mit dem Einkaufswagen in den Supermarkt? Sah sie ihm sein Verbrechen an? Welches Verbrechen? Er hatte doch niemanden umgebracht!

Sein schlechtes Gewissen pochte. Schnell weg hier.

Vor dem Bahnhofsvorplatz liefen zwei Mädchen auf Inlinern um die Verkehrsinseln für Busse. Er erschrak. Waren das seine Schülerinnen? Warum glotzten sie so und fielen sich kichernd um den Hals? Tuschelten! Hatten sie ihn erkannt? Nein, nein, sie hatten ihn nicht erkannt. Durften ihn nicht erkannt haben!

Volker hastete weiter zu den Fahrplänen auf dem Bahnsteig. Er hatte keine Ahnung von den Zugverbindungen, studierte die Abfahrtszeiten nach Krefeld.

Auch hier, schien es ihm, musterte ihn eine ältere Frau in einem grauen Popelinmantel, die ängstlich ihre Handtasche an sich preßte. Kannte sie ihn? Nur weg hier, nur weg!

Gehetzt kam er an dem Kasten mit der Kinovorschau an der Südseite des Bahnhofes an.

Beobachtete die Frau ihn noch immer? Verstohlen sah er sich um, wich erschrocken zurück und drückte sich in die Anpflanzungen am Bahnhofseingang.

Endlich lief der D-Zug von Kleve kommend ein. Bremsen kreischten. Die Fahrkarte! Er brauchte noch eine Fahrkarte! Aufgeregt wühlte er in Ralfs Portemonnaie nach Münzen, hatte aber als Autofahrer keine Ahnung, wie er den Automaten bedienen sollte.

»Nach Krefeld?«

Er sah in das breite Grinsen eines Jungen, der sich mit wasserstoffblondgefärbtem Haarpinsel und tiefergelegter Hose neben ihm aufgebaut hatte und bereits lässig die Taste mit der richtige Preisstufe drückte. Vor Aufregung brachte Volker keinen Ton heraus, konnte nur knapp nicken.

»Mensch, Alter, du siehst aus, als würde dir der Arsch auf Grundeis gehen. Cool bleiben, immer cool bleiben.«

Im letzten Moment sprang Volker in den Zug

Er zwängte sich an den Mitfahrenden und der Frau mit der Tasche vorbei. Erschöpft drückte er sich in die erstbeste Sitzecke, bückte sich dann aber nach einer zerfledderten Tageszeitung, hinter der er sich besser verstecken konnte, und stopfte das zerknüllte SV-Blatt in den Papierkorb.

Mehrere Leute blieben im Eingangsbereich stehen. Keiner setzte sich zu ihm, aber er hatte das Gefühl, von allen begafft zu werden. Alle starrten, glotzten ... Seine Hände bebten wieder stärker, und auch sein Herz schlug so, daß er kaum noch Luft bekam. Am liebsten wäre er aus dem fahrenden Zug gesprungen.

Im Krefelder Hauptbahnhof konnte er nicht schnell genug den Zug verlassen, eilte zum Ausgang Ostwall und rempelte dabei mehrere Leute an. Nur weg hier! Nur weg!

Auf dem Bahnhofsvorplatz stieg er schnell in ein Taxi, das ihn bis zu seinem neuen Zuhause in Forstwald bringen sollte. Der Taxifahrer schien sich mehr auf ihn als auf die Straße zu konzentrieren. Volker rückte aus seinem Blickfeld, wischte erneut die Schweißflut von seinen Schläfen, die sofort nachströmte.

Aus dem Sprechfunkgerät dudelten Signale, der Fahrer nuschelte ins Mikro, und eine Stimme quäkte etwas, auf das Volker zuerst nicht achtete.

»Verstanden.« Der Fahrer ließ die Sprechtaste los und griff wieder zum Lenkrad.

Verstanden? Was hatte der Fahrer verstanden? Hatte die Taxizentrale die Polizei verständigt?

Entsetzen packte ihn. Was würde aus Irmgard, wenn er im Gefängnis säße? Was würde aus ihren gemeinsamen Zukunftsplänen?

Mehrere Meter vor Ralfs Haus ließ er den Fahrer auf der Forstwaldstraße halten und verzichtete auf das Wechselgeld. Dann hetzte er davon.

Schemenhaft nahm Volker das Auto wahr, das an ihm vorbeifuhr. War das nicht ein Streifenwagen? Weiter, nur weiter! Nur nicht stehenbleiben! Rief da nicht jemand hinter ihm her? Ein Irrtum! Es war sicherlich ein Irrtum! Sein dröhnender Kopf spielte ihm wahrscheinlich einen Streich. Und es war bestimmt nur das Hämmern in seinen Schläfen, das »Herr Jung, Herr Jung!« rief und ihn verrückt machen wollte. Nicht umdrehen, weiter gehen, nur nicht stehenbleiben!

Mit zitternden Händen schloß er die Haustür auf, flüchtete in den Flur und lehnte sich erleichtert gegen die kühle Wand. Gerettet!

Lange stand er wie erstarrt im Dunkeln. Was hatte er getan? Wie konnte er das sich und Irmgard antun? Er war doch bisher auch mit seinem Gehalt ausgekommen und glücklich gewesen. Und jetzt hatte er alles auf einen Schlag aufgegeben: Freunde, Bekannte, seine Arbeit, die er mochte, alles, alles, alles! War das Geld das wert? War er denn wirklich so raffgierig, wie Ralf es ihm immer unterstellt hatte?

Das Schellen an der Haustür schreckte ihn auf. Die Polizei!

Er konnte nicht mehr. Jetzt war ihm alles egal. Mit gesenktem Kopf öffnete er die Tür.

Sein Blick streifte knallig rote, hochhackige Pumps. Dann fiel ihm die Frau auch schon um den Hals und küßte ihn stürmisch.

Wie benommen hielt er still.

»Oh, Ralf, warum hast du dich nicht gemeldet? Ich hab dich so vermißt!«

Entsetzt stieß er die Frau von sich.

»Irmgard! Du?«

Thomas Hesse, Thomas Niermann

Quitt

Keine Torte, keine Geschenke, keine Kerzen und niemand, der »Happy Birthday« sang. Der Tag begann für Thomas Schneider wie jeder andere. Seine Mutter weckte ihn um sieben, bevor sie die Wohnung verließ, um zu einem ihrer vielen Putz-Jobs zu eilen. In der Küche wartete ein schlichtes Frühstück. Brot, Margarine, Marmelade und eine abgestoßene Thermoskanne, schalen Rest-Kaffee enthaltend. Er ignorierte das karge Stilleben. Der Wind sprühte feine Regentropfen gegen das Fenster.

Und doch war dieser graue Tag ein ganz besonderer. Ein Datum, auf das er lange gewartet hatte. Sein achtzehnter Geburtstag. Ab jetzt war er, zumindest juristisch, erwachsen, konnte machen, was er wollte. Nun würde alles anders werden.

Er putzte sich flüchtig die Zähne und bearbeitete anschließend sein Gesicht sorgfältig mit allerlei kosmetischen Produkten. Er betrachtete sich im Spiegel. Es half alles nichts. Die Akne hielt sich seit Jahren standhaft auf den Wangen. Sein größter Kummer. Mädchen schätzten so was nicht. Sex hatte es für ihn bisher nur von Profis gegen Bares gegeben. Und das war knapp. Seine Mißerfolge beim anderen Geschlecht kompensierte er mit Frauenverachtung, seine ästhetischen Defizite und seine Angst und Wut durch betont brutale Attitüde.

Er wischte sich über den kurzgeschorenen Schädel, spannte dabei seinen beachtlichen Bizeps an. »White Power« hatte ihm einer aus der Clique darauf tätowiert. Ein tröstlicher Anblick. Und wenn alle Welt glaubte, auf ihm herumtrampeln zu können, er gehörte einem überlegenen Zirkel an. Und ab heute konnte ihn keiner mehr gängeln und herumschubsen. Er würde es den Schleimscheißern zeigen.

Er schlüpfte in Camouflage-Hosen, schwarzes T-Shirt und grüne Bomber-Jacke, dann schnürte er sorgfältig die bereits arg ramponierten Springer-Stiefel. Fertig. Mit einer kurzen Dublette schattenboxte er den kleinbürgerlichen Thomas Schneider aus dem Flurspiegel. Tom Spider, wie sich Thomas von Freunden gern nennen ließ, war da. Kämpferisch, überlegen, furchteinflößend. Gut so. Er straffte sich.

Ohne einen Blick zurückzuwerfen verließ er die Wohnung. Sein Vater war vor über fünfzehn Jahren ähnlich still aus dem Haus gegangen, um nie wieder zurückzukehren. Daß er es ihm heute nachtat, wußte Thomas noch nicht. Vielleicht wäre er über die Endgültigkeit seines Schrittes erschrocken. So verschwendete er keinen Gedanken an Zurückbleibendes, an die Mutter. Wozu auch? Genau wie seinem Vater war sie ihm zur lästigen Fremden geworden.

*

Hauptwachtmeister Peter Müller hörte seinem ihm am Frühstückstisch gegenübersitzenden, elfjährigen Sohn Michael nur mit halbem Ohr zu. Der erklärte ihm nun schon seit Minuten Ablauf und Schwierigkeitsgrade eines neuen Play-Station-Spiels. Er nickte, Interesse brummend, war gedanklich aber schon in seinem Schrebergarten.

Im letzten Frühjahr hatte er begonnen, eine Reihe Spalierobst zu ziehen. Ein langwieriges Projekt, das erst nach Jahren reichhaltig Früchte tragen würde. Ihm machte das nichts aus. Er hatte die alten Griechen und Römer immer bewundert, die riesige Olivenplantagen angelegt hatten, wohl wissend, daß sie selbst zu Lebzeiten nichts davon haben würden. Ganz soviel Altruismus setzte sein Spalierobst-Projekt nicht voraus, trotzdem hatte er das Gefühl, etwas Bleibendes zu schaffen. Etwas, an dem sich Michael noch als alter Mann erfreuen könnte.

Heute abend wollte er den Erziehungsschnitt vornehmen. Ein denkwürdiger Akt. Ihm kam der vielleicht allzu oft gebrauchte Vergleich zur Pädagogik in den Sinn. Und trotzdem. Irgendwie hatte das was. Er bedachte Michael mit liebendem Blick. Das hier war ihnen jedenfalls zur vollsten Zufriedenheit gelungen. Während er mit der Rechten seiner Frau die Kaffeetasse zum Nachfüllen hinhielt, strich er mit der Linken zärtlich über das Haar des Jungen. Er sah aus dem Fenster. Es hatte aufgehört zu regnen, die Sonne brach durch. Hoffentlich hielt sich das Wetter. Er freute sich. Ein herrliches Familienwochenende im Garten stand bevor.

»Nur noch einen Schluck, Martha, ich muß los.«

Sie schob ihm seine Butterbrotdose hinüber, in der er wie immer ein kleines Extra finden würde. Eine Süßigkeit, eine kurze Botschaft oder ähnliches. Kleine Liebesbeweise, seit fünfzehn Jahren, täglich.

»Mit wem bist du heute auf Streife?«

»Mit der Neuen, du weißt schon, Susanne Krüger.«

»Ach, die hübsche Blonde. Die wirkt auf mich so zerbrechlich. Wie macht sie sich denn?«

»Tut sich noch ein bißchen schwer, aber das wird schon.«

Sie tätschelte seine Hand.

»Nimm die mal ein bißchen unter deine Fittiche, daß die nicht gleich verheizt wird.«

Da war kein Mißtrauen, keine Eifersucht. Sie war sich seiner sicher. Konnte sie auch sein, brauchte keine Konkurrenz zu fürchten. Und das wußte sie. Er betrachtete sie zärtlich.

An der Tür schloß er seine mit den Jahren füllig gewordene Frau in die Arme. Er war davon überzeugt, sein persönliches Glück und das seiner Familie fest gegründet zu haben. Er irrte sich.

*

Auch die beiden Männer in der kleinen Feldmarker Etagenwohnung bereiteten sich auf ihren Job vor. Das gemeinsame Frühstück war karg ausgefallen, hatte praktisch nur aus Cornflakes und zwei Dosen Karlskrone von Aldi bestanden. Aus den Boxen einer überdimensionierten Stereoanlage, einem der wenigen Teile von Wert in der dürr eingerichteten Wohnung, dröhnte der Lärm der »Böhsen Onkelz«. An den Wänden Plakate mit Heavy-Metal-Motiven. Durch den Türspalt konnte man im angrenzenden Zimmer die Ecke einer Matratze und einen nackten Frauenfuß erkennen.

»Mußtest du die Ische unbedingt bei dir übernachten lassen?«

Ärgerlich wies der mit dem Mongolen-Schnäuzer in Richtung Nebenraum.

»Ist die überhaupt schon sechzehn? Du handelst dir noch mal 'ne Menge Ärger ein.«

Der andere, Anfang zwanzig, kahlgeschoren, vogelgesichtig, zuckte gleichgültig die Achseln.

»Keine Ahnung, wie alt die ist. Erfahrung hat sie jedenfalls wie 'ne Dreißigjährige.«

Sein Kumpel runzelte ärgerlich die Brauen.

»Deine Geilheit wird uns noch die Tour vermasseln.«

»Quatsch, die war so voll, die pennt bis mittags durch. Die kriegt gar nicht mit, daß wir weg waren. Und wenn alle Stricke reißen, kann die uns noch ein prima Alibi verschaffen.«

Der mit dem Schnäuzer ließ das Thema fallen. Zum wiederholten Mal ließ er das Magazin aus dem Griff der Sig/Sauer springen und überprüfte es nervös. Dabei rutschte der Ärmel seines Sweatshirts hoch und gab eine Tätowierung auf dem Unterarm frei. »White Power«.

»Also los, bringen wir es hinter uns.«

Vogelgesicht winkte ab und ließ sich den Bierrest aus der Dose in den Hals laufen.

»Ruhe bewahren. Die machen erst um neun auf. Wir haben noch jede Menge Zeit.«

*

Den ersten Schritt in die neue Freiheit tat Spider noch am Feldmarker Marktplatz. Entschlossen betrat er eine Telefonzelle und meldete sich von der ihm aufgezwungenen Maßnahme für arbeitslose Jugendliche ohne Ausbildung ab.

»Sie können doch nicht einfach mittendrin …«, wandte die Sekretärin am anderen Ende der Leitung ein, aber Spider schnitt ihr das Wort ab.

»Und ob ich kann, Teuerste. Schaun Sie mal in Ihre Unterlagen. Ich bin volljährig.«

»Aber überlegen Sie doch«, versuchte es die Sekretärin noch einmal, »das hat unangenehme Folgen für Sie. Die finanzielle Unterstützung …«

»Auf die scheiß ich«, raunzte er in den Hörer und hängte ein.

Das hatte gut getan.

Tom Spider wußte schon für sich selbst zu sorgen. Er würde sich einfach nehmen, was er brauchte. Kurz fiel ihm die Mutter ein. Der würde das gar nicht gefallen. Na und? Auch da würde er jetzt andere Saiten aufziehen. Mit der penetranten Rumnörgelei mußte endlich Schluß sein.

Beschwingt verließ er die Zelle. Auf in die Innenstadt, mal schauen, was man so los machen konnte. Während er auf den Bus wartete, dämpfte die Erkenntnis, daß er völlig abgebrannt war, sein Hochgefühl etwas. Nicht mal Geld für den Fahrschein. Und geraucht hätte er jetzt auch gern.

Letzteres Problem löste er augenblicklich. Gerade steckte sich ein mitwartender Mann eine Zigarette an.

»Rauchst du immer allein?« fragte Spider drohend.

Schon bekam er eine angeboten. Nie hatte es besser geschmeckt. So wurde es gemacht und nicht anders.

Der Bus kam. Spider stieg hinten ein. Inzwischen hätte es ihn geradezu gefreut, wenn ihn jemand nach dem fehlenden Fahrschein gefragt hätte. Aber die Gelegenheit, erneut Biß zu zeigen, blieb aus. Abwarten.

*

Der Elektro-Rollstuhl stand vor der Bäckerei Furthmann in der Sandstraße. Spiders Interesse war sofort geweckt. Wie funktionierte so ein Teil? Schon hatte er sich hineingesetzt und fummelte an dem rechtsseitig angebrachten Hebel. Das Gefährt ruckelte vor. War eigentlich ganz einfach. Die Steuerung funktionierte wie ein Joystick.

»Was fällt dir ein, du Rotzlöffel!«

Spider blickte über die Schulter. Ein älterer Mann war aus dem Bäckerladen getreten und humpelte jetzt, Krücke rechts, Brötchentüte links, auf ihn zu. Jede Speckrolle seiner beachtlichen Körpermasse, wogte Empörung.

So fett, so behindert und so frech, dachte Spider. Was bildete sich der Arsch ein? Sollte froh sein, daß er sein Leben hatte. Aber nein, mußte den dicken Max markieren. In seine Augen trat ein böses Glitzern. Er ließ den Rollstuhl etwas vorfahren.

»Na komm Opa, schwing die Hufe.«

Der Behinderte versuchte tatsächlich, das Tempo zu erhöhen. Spider beobachtete über die Schulter grinsend die schnaufende und schwankende Gestalt. Wie ein Köter, den man an der Leine hinter sich herzieht, dachte Spider amüsiert. Die Sache begann, ihm richtig Spaß zu machen.

Im Stop-and-Go-Rhythmus ging es um die Ecke Magermannstraße. Spider querte die Fahrbahn. Von der Esplanade kommend näherte sich ein Auto mit hoher Geschwindigkeit. Wie ein Tiefflieger schoß es um die Ecke. Spider war in seinem Gefährt bereits auf der anderen Seite.

Der Behinderte nicht.

Blockierende Reifen quietschten, dann das häßliche Geräusch, das beschleunigtes Blech verursacht, wenn es auf weiche Körpermasse prallt. Die metallene Krücke flog aufblinkend in den Morgenhimmel, krachte dann auf die Kühlerhaube eines geparkten Wagens. Brötchen kullerten. Sekundenlang Stille.

Spider beobachtete, noch im Rollstuhl sitzend, die ganze Szene fasziniert. Schon schossen von allen Seiten Leute herbei. Niemand nahm Notiz von ihm. Das Interesse aller galt ausschließlich dem Unfallopfer. Der Rollstuhl schien wie eine Tarnung zu wirken. Vom benachbarten Marienhospital spurteten Weißkittel mit Notfall-Koffer. Ein Martinshorn erscholl. Plötzlich waren zwei grün-weiße Streifenwagen da.

»Kann ich Ihnen behilflich sein?« wurde er plötzlich von hinten angesprochen.

Er erkannte den hünenhaften Uniformierten sofort. Der hatte ihn mal wegen eines geklauten Mofas festgenommen. Fast wäre er aufgesprungen, um davonzulaufen, merkte aber noch rechtzeitig, daß es sich nur um einseitiges Erkennen handelte. Er stand genau vor dem Eingang eines Hauses, das behindertengerechte Wohnungen beherbergte. Er versuchte ein freundliches Lächeln. Irre, der Bulle wollte ihm ins Haus helfen.

»Vielen Dank, es geht schon«, beeilte er sich zu erklären.

Der Polizist hatte sofort alles Interesse verloren und wandte sich seinen eigentlichen Aufgaben zu. Spider kapierte. Der Bulle erkannte ihn nicht, weil Behinderte nicht zu seiner Klientel gehörten. Selektive Wahrnehmung. Der konnte sich einen wie ihn einfach nicht in einem Rollstuhl vorstellen. Das Teil war einfach Gold wert.

Hatte er bis eben noch vorgehabt, das Ding unauffällig stehenzulassen und zu verduften, überlegte er es sich jetzt anders. Eine Idee begann Gestalt anzunehmen. Er würde den Rollstuhl noch ein Weilchen behalten.

Das reglose Unfallopfer wurde gerade auf eine Trage gebettet. Spider grinste. Der würde das Teil ja auch erst mal nicht brauchen, wahrscheinlich nie wieder. Dumm gelaufen. Er hätte fast laut losgeprustet, als er über den doppelten Wortsinn nachdachte. Kein Mitleid, keine Schuldgefühle. Der Typ hatte sich alles selbst zuzuschreiben. Man legte sich eben nicht ungestraft mit Tom Spider an.

Die verstreut herumliegenden Brötchen erinnerten ihn daran, daß er noch nichts gegessen hatte. Mordshunger. Und er wußte auch schon, wie er die nötige Kohle für ein zünftiges Frühstück zusammenbekommen würde. Vergnügt rollte er über die Esplanade in Richtung Innenstadt davon.

Die Hohe Straße runter, Wesels Fußgängerzone. Rein ins Kaufhaus Hansa. Er brauchte nicht erst wie Moses einen Stab zu schwingen. Wo er auftauchte, bildete sich bereitwillig eine Gasse im Gedränge. Vorfahrt. Endlich.

Am Mützenregal probierte er einige Schlägermützen aus Cord. Als er die passende gefunden hatte, setzte er sie sich einfach auf den Kopf und rollte weiter zu einem Drehständer mit Sonnenbrillen. Dort machte er es genauso. Er hatte, was er brauchte. Die Kassen ignorierend schnurrte er gen Ausgang. Niemand stellte sich ihm in den Weg. Im Gegenteil. Eine Verkäuferin hielt ihm noch hilfsbereit eine der großen Schwingtüren auf. Lief ja wie geschmiert.

Die Filiale der Commerzbank lag nur einige Meter entfernt, schräg gegenüber. Er postierte sich neben dem Portal und breitete die karierte Decke, die sich im Rollstuhl befunden hatte, über seine Knie. Die Mütze warf er vor sich aufs Pflaster.

Er brauchte nicht lange zu warten. Etwas Silbriges landete in der Mütze. Er identifizierte es als Markstück.

»Gott vergelt's«, näselte er, ohne den Kopf zu bewegen.

Er wollte laut loslachen, da bemerkte er aus den Augenwinkeln schon den nächsten, der sich anschickte, seine Geldbörse zu öffnen. Er muckte sich nicht. Es klimperte zu seinen Füßen.

»Gott vergelt's.«

Er begann zu rechnen. Wenn das so weiterlief, würde er auf einen hübschen Stundenlohn kommen. Auf die Gipsköpfe in den Ämtern und die knieweichen Sozialarbeiter, mit denen er, seit er denken konnte, zu tun gehabt hatte, war er nicht angewiesen. Das Leben unter eigener Regie begann mehr als vielversprechend.

*

Die beiden Männer parkten das Motorrad in der kleinen Stichstraße Am blauen Hahn. Sie trugen unauffällige Regenkombis und Schultertaschen. Die Helme nahmen sie nicht ab. Ohne Hast bogen sie in die Fußgängerzone ab. Spider, weiterhin den Blinden spielend, sah stur geradeaus. So bemerkte er die Männer erst, als sie auf seiner Höhe waren. Sie würdigten ihn keines Blickes. Irgendwie kamen sie ihm bekannt vor. Er hatte die zwei allerdings schon wieder vergessen, noch bevor sie in der Bank verschwunden waren. Es klimperte in der Mütze.

»Gott vergelt's.«

*

Der schwerverletzte Behinderte wurde bereits im Marienhospital notoperiert. Ein gelber Abschleppwagen nahm das Auto des unter Schock stehenden Unfallfahrers an den Haken. Die Schaulustigen zerstreuten sich. Es gab nichts mehr zu sehen. Gleichgültig nahm der Alltag wieder Besitz von dem Ort, an dem sich vor kurzem ein Drama abgespielt hatte.

Hauptwachtmeister Müller, der das ganze Unfallgeschehen aufgenommen hatte, war mit Messen und Fotografieren fertig. Besorgt beobachtete er seine junge Kollegin, die mit einem Besen die Straße von Glassplittern säuberte. Auf dem Asphalt war ein rostroter Blutfleck zurückgeblieben. Die junge Polizistin starrte stumm. Ihr Kinn zitterte. Müller ging energisch auf sie zu.

»Laß gut sein, Susanne. Trinken wir irgendwo einen Kaffee.«

Die Polizistin riß verstört ihren Blick los.

»So schnell kann es gehen. Der wollte nur mal Brötchen holen, jetzt ringt er mit dem Tod.«

»Du mußt dich an so was gewöhnen. So ist das Leben.«

Müller ärgerte sich sofort über seine Platitüde. Sie hatte doch recht. Der Grat war schmal, die so sicher scheinende Oberfläche des Alltags nur dünnes Eis. Wer wußte das besser als ein Polizist. Im Vorbeigehen griff er sich die Krücke von der Kühlerhaube, auf der sie gelandet war. Er durfte nicht vergessen, den Halter zu verständigen. Die Kollegin starrte auf die Krücke, als handle es sich um ein abgerissenes Körperteil des Verunglückten. In ihren Augenwinkeln glitzerte es verdächtig.

»Was meinst du, wird er durchkommen?«

Müller pfefferte die Krücke in den Fond des Streifenwagens und knallte die Tür.

»Keine Ahnung. Für uns ist der Job erledigt. Der Rest geht uns nichts an.«

Er fand sich selbst zum Kotzen. Den harten Bullen zu mimen war doch gar nicht sein Stil. Aber die Kollegin brauchte etwas mehr Hornhaut auf der Seele. Abhärtung, sonst ging das sensible Pflänzchen ein, wenn's mal rauher wurde. Er hatte schon wieder gärtnerische Assoziationen.

Das plötzlich losschräpelnde Funkgerät lenkte beide ab.

»In der Commerzbank-Filiale Hohe Straße wurde stiller Alarm ausgelöst. Sperren Sie weiträumig ab, Verstärkung ist unterwegs.«

Müller bestätigte und gab Gas. Na prima, das würde die Kollegin auf andere Gedanken bringen. Kleiner Thrill, bevor es ins Wochenende ging. Er knautschte sich ein James-Bond-Grinsen ins Gesicht.

»Susanne, jetzt wird's spannend.«

*

Von beiden Seiten der Hohen Straße und vom Heuberg kommend, schossen Streifenwagen heran. Zuckendes Blaulicht, kein Martinshorn. Spider war sofort alarmiert. Hatten die es auf ihn abgesehen? Bißchen viel Aufwand. Rasch griff er sich die Mütze und rollte vorsichtshalber in den Schutz des Bankeingangs.

Uniformierte sprangen aus den Wagen und begannen sofort damit, die Passanten abzudrängen. Irre, wie im Fernsehkrimi, dachte Spider, konnte sich aber keinen Reim auf das Ganze machen. Die übliche Geräuschkulisse einer belebten Einkaufsmeile erstarb. Ungesunde Stille. Die Ruhe vor dem Sturm.

Von hinten plötzlich das Getrappel schwerer Stiefel. Spider riß es herum. Die Biker-Typen von eben kamen im Laufschritt aus dem Schalterraum. Ihre Helme hatten sie immer noch nicht abgenommen, beide hielten Pistolen in der Hand. Spider begriff augenblicklich. Bankraub. Er zwischen den Fronten. Verdammte Hacke. Bloß weg. Aber im Moment blieb ihm nichts anderes übrig, als in der ersten Reihe auszuharren.

»Scheiße, die Bullen.«

Die beiden Vermummten zogen sich sofort wieder in den Schutz des kleinen Foyers zurück. Spider hatte die Stimme genau erkannt. Grenzenloses Erstaunen. Das war doch …

»Scheiße, Scheiße, dreimal Scheiße! Wir sitzen in der Falle.«

Die Atmosphäre lud sich mit knisternder Panik auf. Einer der beiden ließ hektisch das Magazin seiner Waffe herausschnappen, um es sofort wieder in den Griff zu stoßen. Streßreflex. Spider konnte die tödliche Gefahr, die die in die Enge getriebenen Bewaffneten verströmten, fast körperlich spüren. Angstbeißer. Unberechenbar. Er rührte sich nicht. Noch schienen die beiden ihn gar nicht wahrgenommen zu haben.

»Wir brauchen eine Geisel«, bestimmte der andere entschlossen.

Auch dessen Stimme erkannte Spider sofort. Zwei ältere Typen aus dem Dunstkreis seiner Clique, die er immer maßlos bewundert hatte. Die waren ja härter drauf, als er es jemals für möglich gehalten hätte. Hut ab. Aber diesmal liefen sie in zu große Schuhen rum. Das hier ging doch nach hinten los. Er mußte sich raushalten. Instinktiv zog er die Mütze tiefer über die Sonnenbrille. Er hätte die Bewegung lieber lassen sollen.

»Da, der Rollstuhl-Willi.«

Ein paar rasche Schritte. Spider fühlte einen Pistolenlauf im Nacken.

»Mensch, ich bin's doch. Laßt mich da raus.«

Die beiden starrten überrascht.

»Spider, was machst du …?«

»Scheißegal«, fuhr der Entschlossenere der beiden dazwischen, »der hängt jetzt mit drin.«

Spider wurde eine Tasche in den Schoß geworfen. Er konnte sich denken, was drin war. Die Pistole weiter im Nacken, wurde er auf die Straße geschoben. Ihn fror plötzlich.

»Wir haben eine Geisel!«

*

Stille. Der Rollstuhl stand auf der Straße. Der junge Mann darin saß wie erstarrt. Aus seiner seitlichen Position konnte Hauptwachtmeister Müller noch den pistolenbewehrten Unterarm des Bankräubers sehen. Das operative Ende der Waffe drückte den Kopf des Behinderten etwas nach vorn.

Obwohl Müller abgebrühter Profi war, empörte ihn das Bild zutiefst. Ein Behinderter als lebender Schutzschild. Eruptionsartig brach sich Haß auf den Täter Bahn. Feiges Schwein. Müller mußte handeln. Das hier war sein Spiel. Den Rücken dicht an die Fassade gepreßt, rechnete er seine Chancen aus. Sie standen gut. Keine fünf Meter bis zum Portal. Der Täter konnte ihn nicht sehen.

Müller schob sich im Grätschgang, entsicherte Waffe in der erhobenen Faust, heran. Die Kollegen beobachteten den Alleingang schockiert. Aber Müller war wie ein von der Sehne geschnellter Pfeil. Nicht rückholbar.

Noch zwei Meter. Der Hauptwachtmeister nahm die Waffe in beide Hände. Da geschah, womit er nicht gerechnet hatte. Der zweite Mann trat nach vorn. Sekundenbruchteile später suchte ein Neun-Millimeter-Projektil sich seinen Weg durch Müllers Brust.

Er fiel nach hinten wie ein umgeschubster Sack. Kein Schmerz, nur Überraschung, dann tiefe Erkenntnis: Aus, vergeigt.

*

Der Schuß wirkte wie ein Startsignal. Alles ging jetzt sehr schnell. Die Uniformierten griffen zu. Maschinenpistolen im Anschlag stürmten sie los. Professionelles Polizeihandwerk. Dann lagen die beiden Bankräuber, immer noch behelmt, mit gefesselten Handgelenken bäuchlings auf dem Pflaster. Sirenengeheul, ein Notarztwagen jagte heran. Polizisten wuselten hin und her, die inzwischen eingetroffenen Presseleute fotografierten hektisch. Über den Dächern knatterte ein Polizei-Hubschrauber im Tiefflug.

Spider nahm alles wie in Trance wahr. Immer noch hielt er die Tasche mit der Beute umklammert. Eine junge Polizistin redete in Kindergärtnerinnen-Tonlage auf ihn ein. Er hörte nicht hin. Die Frau schob ihn zu einem VW-Bus. Erst jetzt begriff Spider, was hier los war. Scheiße, bloß weg. Er war im falschen Film.

Die Polizistin rollte ihn dicht an die Schiebetür des Bullis, in dem eine Art improvisiertes Büro untergebracht war, und stieg selbst hinein. Spider äugte hektisch nach einem Fluchtweg.

»Ich weiß, daß Sie möglicherweise unter Schock stehen. Gleich wird sich ein Arzt um Sie kümmern. Aber vielleicht könnte ich schon mal ihre Personalien aufnehmen?«

Personalien? So weit kommt's noch. Spider wurde heiß. Es stand Spitz auf Knopf. Er mußte hier weg. Sofort. Beherzt sprang er auf und spurtete in Richtung Berliner Tor. Der Überraschungseffekt trug ihm einen kleinen Vorsprung ein. Er tat ein übriges, griff in die Umhängetasche und warf bündelweise Banknoten hinter sich. So was hatte er mal in einem amerikanischen Film gesehen. Aber bei deutschen Beamten, zumindest nicht bei den Subalternen, schien die Strategie nicht aufzugehen. Niemand kümmerte sich um den Geldregen. Bereits am Brunnen vor dem Hansa-Kaufhaus hatten sie ihn erwischt. Minuten später wurde er in Handschellen unsanft in einen vergitterten Ford-Transit geschubst, in dem schon zwei ihm wohlbekannte Gefangene saßen.

»Hallo, Spider, haben sie dich auch geschnappt«, begrüßte ihn der mit dem Vogelgesicht.

»Man kennt sich also«, stellte einer der Beamten befriedigt fest.

Spider war sprachlos.

*

»Polizistenmord.«

Der Kommissar blätterte in Papieren, die schmale Lesebrille vorn auf der Nase.

»Ich hab mit der ganzen Sache nichts zu tun«, quiekte Spider, der auf der anderen Seite des Schreibtisches saß.

Der Kripomann fuhr unbeirrt fort.

»Plus bewaffneter Banküberfall, das wird zusammen etliche Jährchen bringen.«

»So glauben Sie mir doch. Ich war einfach zur falschen Zeit am falschen Ort.«

Endlich blickte der Kommissar auf. Höhnisches Grinsen.

»Du sitzt in einem Rollstuhl, den du nicht brauchst, ausgerechnet vor der Bank, die deine Kumpel gerade ausrauben. Alles purer Zufall.«

»Ganz genau. Und außerdem sind das nicht meine Kumpel.«

Der Kommissar beugte sich über den Schreibtisch und schob mit dem Kugelschreiber Spiders T-Shirt-Ärmel hoch. Die Tätowierung wurde sichtbar.

»Zufall?«

»So was haben doch viele.«

Der Kripomann begann achselzuckend wieder zu lesen.

»Junge, Junge, du hast wirklich nichts anbrennen lassen. Ladendiebstahl, Körperverletzung, Vandalismus und so weiter und so weiter. Ist ja bisher mit Wochenendarrest und ein paar Sozialstunden abgegangen. Aber diesmal ...«

Er blätterte weiter.

»Nun schau an, ein Geburtstagskind. Achtzehn ist er geworden, wie schön. Das heißt Erwachsenen-Strafrecht.«

Spider begriff langsam, welcher Abgrund sich da vor ihm auftat. Ihm wurde flau.

»Das könnt ihr mir nicht in die Schuhe schieben. Ich bin unschuldig.«

Die flache Hand des Kommissars sauste klatschend auf die Tischplatte.

»Schluß jetzt! Mir liegen die übereinstimmenden Aussagen deiner Kumpel vor, daß du der dritte im Bunde warst.«

Er schob Spider einige Papiere hinüber. Der starrte sprachlos.

»Du hast Schmiere gestanden. Oder sollen wir lieber sagen gesessen? Dein Auftritt als Geisel war von vornherein für den Notfall eingeplant.«

»Alles Lüge«, schrie Spider verzweifelt.

Der Kommissar war aufgesprungen. Behende um den Schreibtisch herum, schon hatte er Spider am T-Shirt vom Sitz gerissen. Zornesröte.

»Halt die Schnauze, du Wurm. Mein Kollege hat sein Leben gegeben, weil er einen Behinderten aus Gangsterhand retten wollte. Du bist mit deinem niederträchtigen Auftritt Schuld an seinem Tod.«

Ihre Nasenspitzen berührten sich fast.

»Ich hab doch nicht geschossen«, hauchte Spider lahm.

Der Kommissar beutelte ihn erneut.

»Völlig egal. Es ist, als hättest du die Waffe mitgehalten. Der Mann hinterläßt Frau und Kind. Man sollte dir in die Nieren treten, bis du Blut pißt.«

Sekundenlang starrten sie sich aus kurzer Distanz stumm in die Augen. Dann schubste der Kommissar Spider angewidert auf den Stuhl zurück.

»Aber so was ist hier nicht unser Stil. Eins verspreche ich dir allerdings: Wir werden alle Hebel in Bewegung setzen, daß du für lange, lange Zeit einfährst.«

Er setzte sich wieder hinter den Schreibtisch und blätterte.

»Ich habe mich inzwischen über dich schlau gemacht. Just heute morgen hast du die Teilnahme an einer sozialpädagogischen Maßnahme aufgekündigt. Daß man dir die finanzielle Unterstützung streichen würde, hat dich nicht beeindruckt. Wir wissen ja jetzt, warum. Du hattest Lukrativeres in Aussicht.«

Der Kommissar betrachtete ihn wie ein ekliges Insekt. Aus Zorn wurde Häme.

»Deine Sozialprognose wird den Richter nicht gerade überzeugen. Nach allem, was bereits vorher war, steht dir vielleicht auch noch Sicherheitsverwahrung ins Haus. Reden wir also endlich Tacheles.«

Spider sank vollends in sich zusammen. Das durfte doch nicht wahr sein. Ein Alptraum. Gleich würde er aufwachen. Schließlich war er doch unschuldig.

*

Tom Spider hatte sich längst aus dem Staub gemacht und den verzweifelten Thomas Schneider mit all seinen Ängsten schnöde zurückgelassen. Es war bereits tief in der Nacht, aber an Schlaf war nicht zu denken. Wie ein Tiger im Käfig schritt er schon seit Stunden die paar Meter der Verwahrzelle in der Weseler Kreispolizeibehörde an der Reeser Landstraße ab.

»Warum? Warum?« brabbelte er vor sich hin. Aber er fand keine Antwort.

Nicht, daß er zum ersten Mal eingesessen hätte. Nein, das kannte er zur Genüge. Aber diesmal war alles anders. Er betrachtete die nackten Wände. Sie schienen näher zu rücken. Er mußte sich in die Faust beißen, um nicht laut aufzuschreien. Sollte das hier seine Zukunft sein? Ein Leben hinter Gittern?

Sicherheitsverwahrung. Die höhnische Drohung des Kriminalers hallte in seinem Kopf nach. Er ließ sich auf die Pritsche fallen, schlug beide Hände vors Gesicht. Tränen.

Warum hatten ihn die beiden bloß so reingerissen? Was hatten sie davon? Lieferten eiskalt einen Unschuldigen ans Messer. Nur so, zum Spaß. Ohne Mitleid. Er hatte sie bewundert, für Kumpel gehalten. Ein Irrtum. Er hatte keine Freunde.

Er versuchte die Menschen, die ihm, denen er etwas bedeutete, aufzulisten. Es mißlang. Die Mutter? Die hatte er innerlich schon vor Jahren verlassen. Oder war es umgekehrt gewesen? Er war allein, so furchtbar allein.

Die Tränen versiegten. Wütend knallte er die Faust gegen die Wand. Die Welt konnte ihn am Arsch lecken. Es gab keine Gerechtigkeit, hatte es für ihn doch nie gegeben. Was zählte, war nur kalte Macht. Unter der mußte wieder mal ein Unschuldiger leiden.

»Schweinesystem«, brüllte er in die Stille. Spider war zurück. Nichts regte sich. So was kannte man hier.

Die wollten ihn kleinkriegen. Aber das würde ihnen nicht gelingen. Er war unschuldig. Unschuldig! Der Gedanke richtete ihn auf.

Ein Schlüssel rasselte im Schloß. Zwei Uniformierte betraten die Zelle.

»Machen Sie sich fertig, Sie werden in die JVA-Dinslaken verbracht.«

Ihm wurden Handschellen angelegt, dann ging es durch lange Flure zum rückwärtigen Teil des Gebäudes. Er ging aufrecht. Ein stolzer Märtyrer, der von zwei Schergen abgeführt wird.

Auf dem Hof wartete bereits ein Streifenwagen. Einer der Beamten öffnete die hintere Tür.

»Was ist denn mit dem Teil hier?«

Er nahm eine Krücke vom Rücksitz.

»Die kannst du entsorgen. Hat dem Mann gehört, der gestern in der Magermannstraße überfahren wurde. Der ist inzwischen gestorben.«

Tom Spider glotzte. Thomas Schneider verstand. Die Erkenntnis traf ihn wie ein Keulenschlag.

Gerechtigkeit.

Kornelia Heise-Ernst

Schokoladen-Deal

Anna stand auf der Loggia, die zu Julias Wohnung in der Neuen Stadt in Kempen gehörte – Hochhaus, sechster Stock, freier Blick über alle Dächer bis weit über die Felder in Richtung Klixdorf. Wie oft hatte sie hier mit ihr gestanden und den Bauern beim Pflügen, Pflanzen oder bei der Kappesernte zugeschaut …

Plötzlich liefen die Tränen, und die zerflossene Wimperntusche biß zusätzlich in ihren Augen. Sie heulte wie ein Schloßhund.

Dieser verdammte Autounfall! Sie konnte sich immer noch nicht damit abfinden.

Was blieb, war Trauer. Trauer um ihre beste Freundin, mit der sie seit ihrer Grundschulzeit durch dick und dünn gegangen war.

Vor sechs Wochen hatte ein Waldi, der mit einem Rentner die übliche Gassi-geh-Runde an der Jugendherberge in Hinsbeck drehte, Julia gegen Abend im Graben gefunden. Tot. Irgendein Idiot hatte sie angefahren und einfach liegengelassen.

Sie würden nie mehr zusammen durch Kempens Altstadt bummeln oder ins Kino gehen können ...

In der Polizeiakte stand der Vermerk: Fahrerflucht.

Sie würden sich nie wieder zusammen in der Traberklause über die leckere Hausmannskost hermachen können ...

Hauptkommissar Zeck aus Krefeld bearbeitete den Fall.

Sie würden nie wieder zusammen in ihrer Lieblingskneipe Treppchen etwas trinken und dort um Nikolaus herum der fetzigen Musik der Kölner Gruppe »Die Räuber« lauschen, mitsingen und einfach nur Spaß haben ...

»Junge Frau, Sie dürfen mir glauben, daß wir alles tun, um den Täter zu finden!«

Erlebnisse mit Julia wechselten bruchstückartig mit Erinnerungen an ihre Besuche im Polizeirevier der Kripo in Krefeld.

Für alle stand eindeutig Autounfall mit anschließender Fahrerflucht fest – nur nicht für Anna. Sie wußte nicht, warum, es war mehr ein Gefühl. Dementsprechend beliebt hatte sie sich bei der Kripo gemacht. Besonders, als sie Zeck ihre Gefühle als »Mordtheorien« präsentierte. Seitdem hatte Zeck sie gefressen wie drei Pfund Schmierseife.

Vielleicht lag es auch daran, daß sie in den ersten Wochen fast stündlich bei ihm angerufen hatte und täglich in sein Büro geschneit war. Daß sich dieser Zeck beim Auf-der-Stelle-Treten die Beine in den Bauch stand, dafür konnte sie doch nichts!

Für die Kripo war es reine Routinearbeit. Die Aufklärungsrate im Kreis Kleve von »so gut wie hundert Prozent« versprach Erfolg. Anna fragte sich nur ungeduldig: Wann?

Bisher war der Killer-Autofahrer jedenfalls nicht ermittelt worden. Je mehr Zeit verstrich, desto größer wurde die Wahrscheinlichkeit, daß Julias Fall auf dem Aktenstapel »ungeklärt« mit dem verbleibenden Rest der So-gut-wie-Prozente landete.

Ohnmächtige Wut stieg in Anna auf. Aber sie versuchte, einen kühlen Kopf zu behalten. Es gab einiges zu überlegen. Besonders, was Julias Wohnung betraf.

Gleich nach der Beerdigung hatte ihr der Eigentümer, ein gewisser Peuten, diskret den Hinweis gegeben, daß die Wohnung nicht ewig unbewohnt bleiben könne. Ihm sei es egal, solange die Miete stimme … Schließlich sei er nicht das Sozialamt.

Die Frage war nur, wer die Miete künftig zahlen sollte.

Allem Anschein nach hatte der Eigentümer Annas finanzielle Situation auf den ersten Blick richtig eingeschätzt. Was danach kam, daran erinnerte sie sich stets mit einem würgenden Gefühl: Falls sie in Zahlungsschwierigkeiten käme, so Peuten, wäre er gern bereit, ihr entgegenzukommen, selbstverständlich nur, wenn sie ihm genauso entgegenkäme … mit ein paar Nettigkeiten … Er sei ja kein Unmensch …

Sie hatte zwei Liter Wein gebraucht, um die Anzüglichkeiten wegzuspülen.

Julia hatte ihr schon früher von Peutens schleimigen Angeboten erzählt und auch davon, daß er einmal richtig zudringlich geworden war und sie ihm dafür eine geknallt hatte. Was, wenn dieser Widerling ihre Freundin aus verletztem männlichen Stolz ermordet hatte?

Anna brauchte einen Schuldigen und lieferte der Kripo Peuten als mutmaßlichen Täter. Die Reaktion der Polizisten würde sie am liebsten schnellstens vergessen. Auf jeden Fall nahm sie sich fest vor, nie wieder einen Fuß in ein Polizeipräsidium zu setzen. Nie wieder!

Peutens Retourkutsche folgte prompt: Miete oder Rausschmiß, Miete oder Einbehaltung aller Sachen, die Julia gehörten.

Anna war empört. Dieser Unsympath sollte es nicht wagen, auch nur ein Fitzelchen in Julias Wohnung mit seinen Wurstfingern anzugrapschen.

Also kratzte sie ihre letzten Ersparnisse zusammen und pumpte danach alle Freunde an oder besser, pumpte alle an, die sie für Freunde hielt, um wenigstens noch die nächsten Wochen die Miete für zwei Wohnungen bezahlen zu können.

Seitdem befand sich ihre beste Kamera – die gute alte Leica – im Pfandhaus.

Erstaunlicherweise hatte jemand das Portemonnaie gezückt, den sie nicht gefragt hatte und den sie kaum kannte: Christoph Hecker, der Typ vom Stadtarchiv in Wachtendonk. Mit fast fünfzig war er fast doppelt so alt wie sie, und mit seiner runden Panzerglasbrille sah er genauso antiquiert aus, wie sie sich immer einen Archivar vorgestellt hatte. Er lief morgens schon so gestriegelt herum, als müsse er nachmittags zur Beerdigung. Mit seinem Fachwissen versetzte er sie in Staunen, aber sobald die Rede zufällig auf Privates kam, erlag er schlagartig einem Sprachfehler. Ein wirklich seltsamer Typ. Sie überlegte, wie sie eigentlich an diese »Bügelfalte« hatte geraten können.

Wie immer war es ein Zufall gewesen. Auf dem Tiefpunkt ihrer Karriere hatte sie jemand vom Naturpark Schwalm-Nette angesprochen. Wahrscheinlich hatte es an ihrer Ich-habe-keine-Aufträge-Aura gelegen, daß er ihr den Job ihres Lebens angeboten hatte: Weidenbäume am Niederrhein fürs Archiv ablichten.

Tiefer hätte sie gar nicht sinken können. Ihr war klar, der Job war unter ihrer Berufsehre als Modefotografin, und in der Modewelt wäre sie sofort mega-out, wenn das herauskäme. Natürlich nahm sie den Auftrag an.

Seitdem schlich sie getarnt mit Kapuzenpullover und Gummistiefeln an niederrheinischen Gräben entlang. Immer auf der Hut, ja keinem Kollegen in die Arme zu laufen. Durch ihren Arbeitseifer gab es von Wachtendonk bis Kleve wohl keine Weide mehr, die sie nicht von allen Seiten begutachtet, für die Ewigkeit abgelichtet und das Foto anschließend Christoph Hecker präsentiert hatte.

Sie ging in die Wohnung, setzte sich in den Schreibtischsessel, drehte sich hin und her und verglich Julias Wohnkultur mit ihrer eigenen. Krasser konnten Gegensätze nicht sein. Julia war die Ordnung in Person gewesen. Alles war penibel aufgeräumt, alles lag an seinem festgelegten Platz.

Bei ihr dagegen rasten ständig Tornados durchs Zimmer. Vom künstlerischen Standpunkt aus war ihre Bude bestens geeignet für eine Performance. Nein, ihre Bude war schlichtweg *die* Performance, der Glücksfall für die Chaosforschung.

Nachdem sie sich Julias Appartement über eine Stunde nur angeguckt hatte, nahm sie ihren Fotoapparat und begann, wild draufloszuknipsen: alle Zimmer in der Totalen, dann Objektivwechsel für Details.

Sie schlüpfte in die Rolle des Polizeifotografen und versuchte, Spuren zu sichern, die es wahrscheinlich gar nicht gab. Sie mußte etwas tun, nur nicht länger untätig herumsitzen! Drei Filme gingen dabei drauf.

Zum Schluß knipste sie Julias Schreibtisch, an dem es nichts Besonderes gab außer dieser sterilen Ordnung, die langsam einstaubte und die sie durch die heute mitgebrachte Reklamesendung etwas durcheinandergebracht hatte.

Anna blätterte in Julias Kalender. Sie hatte ihre Termine säuberlich notiert: der Operations-Termin im Januar für ihre Mandeln war genauso aufgelistet wie Geburtstage oder Verabredungen. Ein Name stach ihr ins Auge: Sascha.

Fragend runzelte sie die Stirn. Sie wußte nichts von einem Sascha. Wieso hatte Julia ihr nichts von ihm erzählt? War er ein neuer Lover gewesen? Den Notizen nach trat er kurz nach der Mandeloperation in Julias Leben. Eine Bekanntschaft aus dem Krankenhaus? Die letzte Verabredung mit ihm hätte sie einen Tag nach ihrem Tod morgens um sieben Uhr gehabt.

Für Anna war alles verdächtig. Wer war Sascha? Warum meldete er sich nicht? Hatte er Julia überfahren? Viel hatte ihre Beziehung sicherlich nicht getaugt, sonst hätte Julia verliebte Kringel oder Herzchen um seinen Namen gemalt.

Gerade als Anna weiterblättern wollte, klingelte es an der Tür. Hastig wischte sie die letzten Spuren ihrer Heulerei aus dem Gesicht und putzte sich noch schnell die Nase.

»Das ist ja eine Überraschung.« Anna war irritiert. »Guten Tag, Herr Hecker, wollen Sie zu mir?« Sie fand sich plötzlich furchtbar steif.

Heckers Lungenflügel pumpten Sauerstoff bis in die hintersten Bronchienbläschen. Sechster Stock und dann noch zu Fuß.

»Guten ... Tag ... Frau ... Ude«, japste er und zupfte nervös an seiner Fliege. »Ich dachte mir«, erneutes Hecheln nach Luft, »na ja, Sie wollten doch die Wohnung Ihrer Freundin räumen.« Schweißbäche flossen von seinen Schläfen in den Kragen. Umständlich arbeitete er mit seinem ordentlich gefalteten Taschentuch dagegen an. »Und ich ... äh ... war gerade in der Gegend ...«, er holte tief Luft, »und da dachte ich mir, vielleicht brauchen Sie Hilfe.«

Hecker kam sich ausgesprochen blöd vor. Seit seiner Kommunion hatte er sich nicht mehr so einen dämlichen Satz zusammengestottert. Dabei wollte er doch, im wahrsten Sinne des Wortes, eine gute Figur machen.

Mit seinem bis zum Anschlag eingezogenen Bauch hatte er glatt dreißig Pfund in den Brustkorb verschoben und locker zwanzig Jahre abgestreift. Nur seine Hose machte Sperenzchen: Das Ding geriet ins Rutschen.

Julias gerötete Augen rührten ihn.

»Haben Sie geweint?« fragte er mitfühlend und hätte sie am liebsten tröstend an seine aufgeputschte, aber ritterliche Brust gedrückt.

»Heuschnupfen«, sagte sie.

Jetzt kam er sich noch blöder vor. Wie konnte er nur annehmen, daß diese Powerfrau mit irgend etwas nicht fertig werden würde! Schließlich war sie der Typ, der vor nichts zurückschreckte. Mit der Frau könnte er Pferde stehlen! Hecker zerfloß vor Bewunderung.

Danach machte sein Herz einen Doppelschlag: Anna Ude ließ ihn trotz seiner tölpelhaften Begründung eintreten. Mit einem Augenaufschlag dankte er Dem-da-oben und versprach, bei der nächsten Gelegenheit fünf Tafeln Trauben-Nuß zu stiften.

Mit vor Stolz geschwellter Brust und immer noch eingezogenem Bauch marschierte er hinter Anna her – die Hose fest im Griff. Wenn er nicht schleunigst eine Sitzgelegenheit bekäme, könnte es peinlich werden. Er rettete sich aufs Sofa.

Sekunden später kündete die Türklingel zu Heckers Entsetzen einen weiteren Gast an.

Anna runzelte erstaunt die Stirn. Wochenlang tat sich nichts, und jetzt kamen gleich zwei Besucher nacheinander. Sie öffnete.

Vor ihr stand ein Typ der Sorte Abschreckung: Kopf und Körper verschmolzen zu einer schwammigen Masse, speckige Haare, im Nacken zusammengebunden, verquollene Augen und ein Gesicht, das nur eine Mutter lieben konnte.

»Hi«, grinste er frech, »ich bin Sascha.«

Das war Sascha? Der Sascha aus Julias Kalender? Das konnte doch nur ein Witz sein!

Schwups, Annas Hand glitt in ihre Hosentasche.

Nie im Leben würde sie dem Kerl auch nur einen Finger reichen.

»Du mußt Anna sein«, stellte er wie selbstverständlich fest und duzte sie, als hätten sie schon gemeinsam unterm Tresen gelegen. »Ich wollte dir das hier geben.« Er wedelte munter mit einem Schlüssel unter ihrer Nase herum.

Julias Wohnungsschlüssel! Wie um alles in der Welt kam diese Schmalzlocke an ihren Schlüssel? So einem würde Julia nie im Leben freiwillig ihr Eigentum anvertrauen. Nie!

»Julia hatte den Schlüssel bei mir deponiert, nachdem sie sich mal ausgesperrt hatte.«

Anna konnte es nicht fassen und fragte sich, wie viele Zombies noch mit Julias Wohnungsschlüssel auftauchen könnten.

»He, Mädchen, kipp nicht gleich aus den Latschen. Das hier ist kein Hundehäufchen, sondern ein Schlüssel für die Wohnung. Du kannst ihn ruhig nehmen, er beißt nicht. Zu deiner Beruhigung: Wir Hübschen sind die einzigen, die mit Julias Schlüssel rumlaufen. Schnapp.«

Fast wäre das Metall in ihrem Ausschnitt gelandet. Der Typ war ja gemeingefährlich!

»Falls du Hilfe brauchst, ich wohne gleich gegenüber. Brauchst nur zu klingeln.« Er trat einen Schritt zurück. Sein frecher Gesichtsausdruck verschwand plötzlich, und er sagte ernst: »Das mit Julia tut mir sehr leid. Sie war die tollste Frau, die ich je kennengelernt habe.«

Wahrscheinlich hast du außer deiner Mami nie eine andere Frau kennengelernt, schoß es Anna durch den Kopf. Aber irgend etwas in seiner Stimme erstickte ihren Sarkasmus. Er war über Julias Tod wirklich betroffen.

»Ich hoffe, sie kriegen das Schwein«, fügte er hinzu. Sein nächster Satz ließ sie aufhorchen: »Ich glaube nicht an einen Autounfall.«

»Wie meinen Sie das?«

»Julia ist mit ihrem Auto nach Hinsbeck zur Jugendherberge gefahren, um dort zu joggen. Aber bei ihr wurden keine Autoschlüssel gefunden.«

»Die Kripo nimmt an, daß sie die Schlüssel unterwegs verloren hat.«

»Man muß nur alles wunderbar erklären können, dann billigen die Leute auch einen atomaren Supergau.«

Hoppla, das war ja genau ihr überzogener Stil!

»Hast du nähere Informationen?« Teufel aber auch, jetzt duzte sie ihn schon.

»Mir kommen nur ein paar Sachen merkwürdig vor, das ist alles.«

»Was für Sachen?«

»Das erzähl ich dir nachher. Ich brauche zuerst eine Dusche und komme dann in ein paar Minuten. Wirf schon mal die Kaffeemaschine an.«

Hecker wollte mit Anna allein sein und sie nicht mit so einem unverschämten Kerl teilen, der sich auch noch selbst bei ihr eingeladen hatte. Sein Optimismus schwand.

Angestrengt hielt er noch immer den Bauch eingezogen, so daß seine Innereien allmählich gegen Brustbein und Lunge drückten. Lange würde er diese Selbstkasteiung nicht aushalten.

Nach ein paar Minuten kreuzte der Typ tatsächlich wieder auf. Er mußte einen Schnelldurchlauf durch die Waschstraße genommen haben: Waschen und Trocknen in weniger als fünf Minuten! Unmöglich konnte der Kerl alle Körperteile clean geschrubbt haben.

»Das ist Herr Hecker, ein Kollege von mir«, stellte Anna ihn vor.

Ächzend versuchte Hecker, sich aus dem viel zu weichen Sofa hochzuhieven. Am liebsten wäre er in den bequemeren Schreibtischsessel gewechselt, aber da lümmelte bereits unverfroren dieser Sascha. Er taxierte den Eindringling und kam sofort zu einem Urteil: ungepflegte Schwabbelmasse, alberner Pferdeschwanz! So einer könnte niemals, aber auch niemals zur Konkurrenz für ihn werden. Erleichtertes Ausatmen, Entspannung seiner Körperhaltung, und sein Bauch hing wieder in Normalposition über der Hose.

Anna fand Sascha nicht mehr ganz so abstoßend. Seine selbstbewußte Art und seine blauen Augen mit den dunklen Wimpern hatten was …

Er rollte sich im Schreibtischsessel zum Tisch und bediente sich wie selbstverständlich mit Kaffee. Im Gegensatz dazu wartete Hecker höflich die Einladung der Gastgeberin ab. Danach aber schaufelte er munter drei gehäufte Teelöffel Zucker in seine Tasse und probierte genießerisch.

Trocken und ohne Vorwarnung erwischte ihn die Bemerkung aus dem Schreibtischsessel: »Für mich nur schwarz. Zucker macht impotent.«

Fast hätte Hecker den Schluck im hohen Bogen über den Tisch geduscht. Bei wem, um alles in der Welt, sollte die Potenz von dieser Schwabbelmasse zum Zuge kommen?

»Kanntest du Julia schon lange?« fragte Anna möglichst desinteressiert. Sie wollte nicht neugierig wirken. Aber sie fragte auch, um die aufkommende Spannung zwischen den Herren im Keim zu ersticken.

»Ungefähr zwei Jahre.«

Für eine flüchtige Bekanntschaft hielt Anna die Zeit für ziemlich lang, und es wurmte sie, daß Julia ihn mit keiner Silbe erwähnt hatte. Aber objektiv betrachtet hätte sie Sascha Julia gegenüber wahrscheinlich auch totgeschwiegen.

»Ich bin vor zwei Jahren in die Wohnung gegenüber eingezogen. Sie gehört meiner Schwester. Als sie heiratete und sich vermehrte ...«

So genau wollte Anna es eigentlich gar nicht wissen.

»Was weißt du über Julias Tod?«

»Nicht viel«, gestand Sascha. »Ich kenne den offiziellen Teil, daß sie beim Joggen überfahren wurde und daß der Täter Fahrerflucht beging.«

»Was macht dich so sicher, daß es kein Unfall war?«

»Kennst du dich an der Jugendherberge in Hinsbeck aus?«

Anna bejahte.

Trotzdem zückte Sascha einen Kuli, skizzierte kurz entschlossen die Örtlichkeiten auf seine breite Handfläche. Anna beugte sich interessiert zu ihm. Ihre dunklen Haare stießen ungewollt mit seinen dunkelblonden zusammen.

In Hecker brodelte es. Diese Schwabbelmasse hatte eine ausgesprochen hinterlistige Art, auf Tuchfühlung zu gehen. Er, Chris Hecker, ehemaliger Student der philosophischen Fakultät, geprägt durch eine ausgesprochen gute Kinderstube, würde derart fiese Tricks nie im Leben anwenden. Der andere sollte sich endlich vom

Acker machen. Was wußte der schon, was er nicht wußte! Es tat weh, für Anna nicht zu existieren.

»Wenn du in Hinsbeck bist und von der Ortsmitte den Berg rauffährst«, erläuterte Sascha, »dann ist rechts die Jugendherberge, und links ist ein kleiner Parkplatz. Dort wurde auch Julias Mini gefunden. Hinter dem Parkplatz ist eine Freizeitanlage mit Grillplatz und Spielgeräten für Kinder. Daneben führt ein breiter Hauptweg an der Freizeitanlage vorbei und verläuft quer durch das Naturschutzgebiet. Normalerweise dürfen den Weg nur Waldarbeiter mit den entsprechenden Fahrzeugen befahren.«

»Für den öffentlichen Verkehr ist der Weg mit einem Schlagbaum gesperrt«, bestätigte Anna.

Ungerührt tippte Pferdeschwanz mit seinem Kuli auf den Weg.

»Julia wurde ungefähr hier, wo der Wald beginnt, überfahren.«

»Moment mal!« Anna war geschockt. »Die Kripo hatte mir von der Jugendherberge erzählt, aber ich bin immer davon ausgegangen, daß sie auf der Straße überfahren wurde und nicht auf einem normalerweise gesperrten Waldweg.«

»Wie soll denn ein Fahrzeug auf diesen Weg gelangen, wenn er gesperrt ist? Dann kann doch nur ein Mitarbeiter von der Forstwirtschaft etwas damit zu tun haben.« Hecker war froh, mit seiner Frage endlich bei den anderen Gehör gefunden zu haben, besonders weil Anna heftig nickte.

»Ich fürchte, die Sache ist komplizierter.« Pferdeschwanz lehnte sich bequem zurück.

Diese neue Sitzhaltung registrierte Hecker mit Erleichterung, auch weil sich Anna ebenfalls zurücklehnte.

»Als der Unfall passierte, war die Jugendherberge wegen Renovierungsarbeiten geschlossen. Gleichzeitig wurde der Grillplatz verschönert, und Sand wurde für die Spielgeräte angefahren. Darum war zu dem Zeitpunkt, als es passierte, auch kein Betrieb. Das heißt, bis vier Uhr war die Straßenbaufirma dort beschäftigt. Die Arbeiter sahen Julia gerade ankommen.«

Weil Anna das bereits wußte, fragte sie: »Was war mit der Sperrung des Waldweges?«

»Wegen der Bauarbeiten wurde der Schlagbaum entfernt.«

»Soll das heißen, daß jeder mit seinem Auto durch den Wald rasen konnte?« fragte sie aufgebracht.

»Nein, nein, natürlich nicht«, versuchte Sascha zu beschwichtigen. »Die Baufirma hatte den Weg wieder ordnungsgemäß versperrt. Der Täter hat das Vorhängeschloß mit einem Nachschlüssel geöffnet.«

»Kann es trotzdem sein, daß jemand von der Baufirma Julia überfahren hat?« fragte sie nun, denn diese Vermutung hatte sie auch vor einiger Zeit der Kripo mitgeteilt.

»Nein, von der Firma war es keiner. Die Kripo hat das überprüft.« Gleichmütig zuckte er mit den Schultern. »Aber du solltest noch etwas wissen: Julia hatte beim Joggen einen Walkman dabei. Als man sie fand, fehlten allerdings die Ohrhörer. Die Kripo hat alles abgesucht. Erfolglos.«

Zu Heckers Verärgerung präsentierte Pferdeschwanz wieder sein Geschmiere auf der Handfläche. Anna hielt Abstand, und Hecker entkrampfte sich.

»Ja, ich weiß«, nickte sie bestätigend. »Die Kripo geht davon aus, daß Julia die Ohrhörer zusammen mit den Schlüsseln verloren hat. Merkwürdig, nicht wahr?«

»Genau«, bestätigte er mit ernstem Gesicht und beugte sich weit nach vorn. »Darum habe ich auch eine ganz andere Theorie.«

Sofort schrillten bei Hecker wieder alle Alarmglocken. Die Schwabbelmasse wollte sich doch nur bei Anna wichtig machen, und jetzt klebte der Typ schon wieder wie ein sprechender Pickel an ihr. Es war zum Mäusemelken!

»Ich gehe davon aus«, sagte Sascha, »daß Julia aus dem Wald kam und zu ihrem Auto wollte. Sie war in der Nähe des Spielplatzes, als ein Auto mit hoher Geschwindigkeit auf sie zuraste. Sie bemerkte das Fahrzeug, drehte sich um, lief zurück, um sich im Wald in Sicherheit zu bringen. Dabei verlor sie die Ohrhörer vom Walkman. Das Auto erfaßte sie von hinten, und sie flog durch die Luft. Den Rest brauche ich dir ja nicht zu erzählen.« Sascha blieb äußerlich die Ruhe selbst und trank gelassen seinen Kaffee.

»Ja, aber, das bedeutet, daß Julia …« Anna war geschockt und konnte nicht weitersprechen.

»Julia wurde gejagt wie ein Karnickel.«

Sascha stellte seine Tasse zurück und begann, seine geröteten Handrücken wund zu kratzen.

Hecker ballte verärgert die Faust. Dieser Kerl hatte eine unmögliche Art und ein Einfühlungsvermögen wie eine Kettensäge. Wie konnte er nur solche Theorien aufstellen und damit Annas Vermutung neue Nahrung geben!

»Woher haben Sie Ihre Informationen?« fragte er und begann, sich ebenfalls vor Nervosität zu kratzen.

»Seit Tagen versuche ich, diese verdammten Ohrhörer zu finden. Und heute wurde ich endlich fündig. Genaugenommen hat Schnüffel sie gefunden. Das ist der Bluthund meiner Schwester.«

Stolz fingerte Sascha ein Foto aus seiner Brieftasche und reichte es Anna.

Sie stand noch zu sehr unter den neuen Eindrücken, nickte kurz und gab das Bild kommentarlos an Hecker weiter.

Was als Bluthund angepriesen wurde, entpuppte sich für ihn als überzüchtete Ratte mit zu kurzen Beinen und Schlappohren. Jedes Hängebauchschwein war attraktiver! Selbstverständlich blieb Hecker unbeeindruckt.

»Was sagt denn die Kripo zu Ihrem Fund?« wollte er wissen.

»Bis jetzt noch gar nichts, denn nach meinem Waldlauf wollte ich zuerst duschen, bevor ich mich auf den Weg zu Hauptkommissar Zeck mache. Als ich kam, sah ich jemanden auf der Loggia stehen und wollte den Schlüssel zurückgeben.«

Anna hatte sich schnell wieder unter Kontrolle. »Wenn deine Theorie stimmt, und jemand hat Julia absichtlich überfahren, dann muß es ein Motiv geben.«

»Richtig, so sehe ich das auch«, bestätigte Sascha »Hatte Julia Feinde?«

Hecker ging das alles viel zu schnell. Diese Schwabbelmasse lud sich hier zum Kaffee ein, erzählte eine Schauergeschichte von Mord und begann jetzt, seine Anna auszufragen. So nicht! Er mußte unbedingt etwas dagegen unternehmen.

»Wie kamen Sie auf die Idee, nach den Ohrhörern zu suchen? Und woher wissen Sie diese ganzen Details?« fragte er mißtrauisch .

Das interessierte auch Anna, denn in der Zeitung hatten keine Einzelheiten gestanden.

»Entschuldigen Sie bitte, daß habe ich ganz vergessen zu erklären. Ich bin Fotograf und arbeite für die Kripo. Julia war meine Nachbarin, und da ist es doch natürlich, wenn ich mich nach dem Stand der Ermittlungen erkundige. Mit Hauptkommissar Zeck bin ich außerdem gut befreundet.«

Für Anna waren das tolle Neuigkeiten. Genau das, was ihr gefehlt hatte!

»Aber ich denke, daß ich mich jetzt auf den Weg zu Zeck machen sollte.«

Hecker fand, daß das eine ausgezeichnete Idee war, und konnte es gar nicht abwarten, bis sich Sascha endlich erhob und abtrabte. Übereilt verabschiedete er sich von ihm. Reisende sollte man schließlich nicht aufhalten.

»Moment, warte bitte.« Das war Anna.

Hecker war entsetzt. Seine Angebetete animierte diesen Sascha zum längeren Verweilen. Unruhig rutschte er auf dem Sofa hin und her.

»In Julias Terminkalender stand, daß du mit ihr eine Verabredung für den vierzehnten April hattest, für morgens um sieben Uhr. Das war genau einen Tag nach ihrem Tod. Und was ich nicht verstehe, ist, wenn ihr euch gekannt habt, warum bist du dann nicht zu ihrer Beerdigung gekommen?« In Annas Stimme klangen leise Vorwürfe mit.

Heckers Schadenfreude meldete sich. Gib's ihm, Anna. Gib's ihm. So einer hat es wirklich nicht verdient, daß du nett zu ihm bist.

»Das muß dir alles merkwürdig vorkommen«, bekannte Pferdeschwanz, »aber es gibt eine ganz einfache Erklärung dafür: Julia wollte mich an dem besagten Morgen ins Krankenhaus nach Krefeld bringen. Ich habe immer wieder mal Probleme mit meinen Augen. Toxoplasmose, falls dir das was sagt. Weil Julia nicht kam, hab ich mir ein Taxi genommen. Ich war dann fast drei Wochen im Krankenhaus und bin anschließend zur Erholung zu meiner Schwester. Die vielen Medikamente sind mir nicht so ganz bekommen. Besonders das Cortison hat mir sehr zugesetzt.« Sascha klopfte auf seine Wampe. »Von Julias Tod habe ich erst viel später gehört.«

»Cortison«, grummelte Hecker und zog an seinem Hosenbund, »gute Ausrede. Muß ich mir merken.«

Wenig später stand er auf der Loggia und beobachtete Sascha, wie er sich in einen mausgrauen Mercedes quetschte. Hecker brauchte unbedingt Gewißheit, daß der Typ auch wirklich verschwand und nicht noch einmal stören würde.

»Hat die Kripo denn herausgefunden, mit welchem Wagentyp Julia ...«, fragte er Anna.

»Ja, es war ein Mercedes. Warum?«

»Dieser Sascha fährt einen Mercedes.«

Anna kam zu ihm gelaufen, sah aber nur noch die Schlußlichter, bevor sie an der nächsten Kreuzung endgültig verschwanden.

»Sagen Sie, Anna«, er nannte sie mutig zum ersten Mal bei ihrem Vornamen, »falls etwas an der Vermutung von diesem Sascha dran ist, wird die Kripo doch sicherlich nach einem Tatmotiv suchen. Ich könnte mir vorstellen, daß die Polizei kommen wird und dann die Wohnung durchsucht.«

Der Gedanke, daß Fremde – auch wenn sie von der Kripo waren – Julias Sachen durchwühlen würden, paßte Anna überhaupt nicht. Wie zur Verteidigung ballte sie ihre Faust.

»Erzählen Sie mir etwas mehr von Julia«, forderte Hecker sie auf.

Unentschlossen zuckte Anna mit den Schultern. »Was wollen Sie hören, Herr Hecker?«

»Chris.«

»Chris? Ich denke, Ihre Freunde ...«

»... *deine* Freunde.« Heckers Handflächen trieften. Manchmal konnte das Leben ja so kompliziert sein. »Sagen wir doch einfach ›du‹ zueinander. Einverstanden?«

Anna nickte zustimmend. »Ich denke, alle deine Freunde nennen dich nur Hecker?«

Er strahlte. Seine Angebetete hatte also Kenntnis von seinem Privatleben. Das Leben konnte so schön sein!

Wenig später kannte er Julias halbes Leben, und das Foto, das Anna ihm präsentierte, haute ihn fast aus den Socken. Die Frau auf dem Bild sah aus wie die kleine Schwester von Julia Roberts.

»So«, er räusperte sich, »Julia studierte also Modedesign und hat ihr Studium seit etwas über einem Jahr nur unterbrochen, um Geld zu verdienen. Wo arbeitete sie denn?«

»Bei einer privaten Krankenversicherung. VITALIS heißt der Laden. Sie hat dort zuerst einen langweiligen Telefonjob gemacht und ist dann in die heiligen Gefilde der tippenden Zunft aufgestiegen. Der Job war auch besser bezahlt.«

»Gab es in ihrem Studium etwas Besonderes? Wovon hat sie sonst gelebt?«

»Der Job bei der Versicherung war durchschnittlich bezahlt. Aber sie bekommt«, Anna korrigierte sich, »sie bekam auch BAföG. Und damit sie sich diese Wohnung hier leisten konnte, verscherbelte sie ab und an einen Entwurf an eine kleine Firma für Arbeitsbekleidung.«

»Gab es Neider?«

»Sicher gab es die. Julia sah super aus und hatte Talent. Aber konstruier daraus bitte kein Mordmotiv. Und auch nicht daraus, daß sie Latzhosen verschönert hat.«

Nach dieser kleinen Schlappe hatte Hecker die Idee seines Lebens. »Hast du schon mal in ihrem Computer nachgesehen? Vielleicht existieren Aufzeichnungen.«

Anna war klar, daß sie sich schleunigst auf die Suche nach einem Motiv machen sollte, bevor die Kripo anrückte und alles durchwühlte. Zielstrebig und routiniert bearbeitete sie die Tasten des Computers.

Hecker bewunderte ihre schlanken Finger, wie sie über die Tastatur glitten. Computer und technische Details waren das letzte für ihn. Es ging doch nichts über ein formschönes Buch, lag auch viel griffiger in der Hand.

Es klingelte an der Tür. Entsetzt sahen sich beide an. Das konnte doch unmöglich schon die Kripo sein!

Während Anna wie angewurzelt vor dem Computer sitzenblieb, ging Hecker zur Tür. Seine Anspannung überspielte er mit eingezogenem Bauch und rettendem Griff zum Hosenbund. Durch den Spion sah er – gar nichts! Jemand hielt dreist einen Finger auf das Guckloch.

»Was soll das?« Mit einer Mischung aus Unbehagen und Beschützerinstinkt riß er die Tür auf. Dann pikste etwas Hartes in seinen Bauch.

»Sehr komisch.« Hecker starrte auf seinen Bauch, in den sich ein Finger gebohrt hatte.

»'tschuldigung.« Der Finger verschwand und mit ihm Sascha, der zu Anna eilte.

»Ich ... äh ... ich weiß gar nicht, wo du wohnst. Ich bin noch mal zurück, um dich nach deiner Telefonnummer zu fragen. Kann ja sein, daß ich etwas herausfinde und ...«

»Hecker, bist du so freundlich und schreibst Sascha die Nummer vom Stadtarchiv auf?«

Mit Genugtuung registrierte Hecker, daß Anna ihre Privatsphäre lieber für sich behielt.

»Ich hab nämlich kein Telefon.« Diese detaillierte Preisgabe ihrer Lebensumstände an einen Wildfremden traf ihn wie ein Keulenschlag.

Plötzlich schrie Anna auf: »Der Computer ist leer. Alle Dateien sind gelöscht worden!«

Neugierig drängten sich zwei Dickbäuche an sie heran, und jeder versuchte, sich den besten Platz hinter dem Schreibtischsessel zu sichern.

»Entlädt sich so ein Computer von allein?«

So eine blöde Frage konnte auch nur ein total Zugestaubter aus dem Archiv stellen. Annas Augenrollen zeigte Hecker ganz deutlich, Junge, hier hast du in den Matsch gegriffen. Und weil er sich wieder wie zur Zeit seiner Kommunion fühlte, wollte er mit technischen Bemerkungen nur noch ausgesprochen vorsichtig umgehen, am besten nie wieder eine von sich geben.

Anna war blaß geworden. »Sie wurden alle am dreizehnten April gelöscht, um achtzehn Uhr zwanzig.«

»Und?«

»Ein paar Minuten vorher wurde Julia tot aufgefunden.«

Fassungslosigkeit auf allen Gesichtern.

Auf Heckers erweiterten Geheimratsecken sammelten sich Schweißperlen.

»Das bedeutet doch«, er kam ins Schleudern, »wenn Julia zu der Zeit tot war, konnte sie unmöglich in ihrem Computer alle Daten löschen.« Er brauchte ein Taschentuch.

Pferdeschwanz sammelte sich zuerst. »Faßt hier bloß nichts mehr an. Ich bin in fünf Minuten mit allem zurück, was der niederrheinische Polizeiapparat zu bieten hat.«

Damit stürmte er auch schon aus der Wohnung, was Hecker noch nicht einmal freudestrahlend zur Kenntnis nahm. Fasziniert klebte er mit der Nase am Monitor und versuchte, die klitzekleinen Zahlen mit hochgeschobener Brille zu entziffern.

»Julia muß etwas sehr Wichtiges hier gespeichert haben. Ich frage mich nur, was?« In Annas braunen Augen stand Panik.

»Wenn es so wichtig ist, hätte ich es aufgeschrieben.« Hecker befürchtete, daß er garantiert wieder das falsche Wort für so einen komplizierten technischen Vorgang benutzt hatte.

Aber Anna überschlug sich fast, riß alle Schubladen auf und durchwühlte sie. »Alle Disketten sind weg und auch die CDs.«

Mit Disketten konnte Hecker gerade noch etwas anfangen, aber warum um alles in der Welt wollte diese Superfrau jetzt CDs hören? Das war doch nicht der Augenblick für Musik! Bevor er sich vollends zum technischen Trottel stempelte, hüllte er sich vorsorglich in Schweigen.

»Es ist alles weg, auch ihr Tagebuch.« Anna konnte es nicht fassen. Sie wußte, warum sie sich innerlich immer gegen die Räumung dieser Wohnung gesperrt hatte.

»Hecker, wo würdest du etwas wirklich Wichtiges verstecken? Es muß so wichtig sein, daß dich deswegen jemand töten will.«

Hecker schluckte trocken. So brisante Dinge kämen ihm erst gar nicht ins Haus. Mord und Totschlag reichten ihm in seinen Geschichtsbüchern.

»Wenn es wichtige Papiere wären, würde ich sie zwischen anderen Dokumenten verstecken. Wo bewahrt Julia ihre Unterlagen fürs Studium auf? Dort, in dem Bücherschrank?«

Wenig später pflügten sie gemeinsam einen Ordner nach dem anderen durch. Dann kamen die Zeichenmappen an die Reihe.

Anna wollte schon die schwarze Mappe mit der Aufschrift »Ästhetik« zur Seite legen, denn sie hatte bereits Dutzende von Zeichnungen und Entwürfen begutachtet. Dann aber fiel ihr Blick auf Computerausdrucke, die unter einer flüchtig hingekritzelten

Bleistiftzeichnung lagen: Namen, Adressen und viele Zahlen. Außerdem gab es noch Fotokopien, Originale, Kontoauszüge und Rechnungen aus unterschiedlichen Laborarztpraxen …

»Ich glaube, ich hab etwas gefunden«, sagte Anna und blätterte weiter.

Hecker starrte ihr über die Schulter. »Hat Julia alle diese Leute erpreßt?« fragte er atemlos.

Anna sah ihn giftig an.

Hecker hätte sich am liebsten ein Stück von der Zunge abgebissen. Warum hatte er nur so ein Talent, immer das Falsche zu sagen?

»Wer erpreßt schon jemanden um zweiunddreißig Mark achtundsiebzig?«

Er wollte seine dämliche Bemerkung abschwächen. »Obwohl – die ganz kleinen Beträge kleckern sich schließlich auch zusammen. Immerhin über fünfhundert Mark.« Verflucht, er war schon wieder ins Fettnäpfchen gestampft.

Anna brauchte Distanz und ging zum Schreibtisch. Er hinterher. Eilig blätterte sie den Fund durch.

»Warum, um alles in der Welt, hat Julia Rechnungen von wildfremden Menschen aufgehoben?« Verständnislos starrte sie auf die Papiere.

Hecker pumpte Sauerstoff in seine Lungen. Still betete er: Lieber Gott, auch wenn ich seit meiner Kommunion nicht mehr bei der Beichte war, gib mir nur einmal *die* Eingebung und laß mich bei diesem Klasseweib das Richtige sagen. Laß mich nicht immer wie einen Volltrottel aussehen! Ich spende dann auch die nächsten zehn Tafeln Schokolade. Zwanzig Tafeln? Er war sich nicht sicher, wie hoch er bieten sollte und ob da oben überhaupt gezockt wurde.

»Rechnungsfetischistin?« Hätte er doch bloß dreißig Tafeln gesagt. Aber das war noch lange kein Grund, daß Anna auf die Loggia raste und sich über die Brüstung beugte. Sie wollte sich doch hoffentlich nichts antun? Er fühlte sich schon als Retter in spe und spurtete hinterher.

Vor dem Hochhaus drängten sich lärmend Kinder um einen Streifenwagen, der die Feuerwehrzufahrt blockierte. Zwei Polizisten hatten Probleme, den Wagen zu verlassen.

»Verfluchter Mist, jetzt wird's brenzlig.« Anna rannte zurück und wäre in der Tür fast mit Hecker zusammengeprallt. »Komm, wir müssen abhauen.«

»Warum? Was ist denn los?«

»Die Bullen! Los, komm schon!« Genervt zog sie ihn ins Zimmer zurück, lief zu ihrem kleinen Umhängebeutel und stopfte hastig ihre Kamera hinein. »Hast du die Papiere?«

Papiere? Welche Papiere? Und was sollte der plötzliche Streß?

»Hast du die Rechnungen? Nun mach! Sie sind gleich hier!« Sie verschloß den Bücherschrank, rannte zum Schreibtisch und schaltete den Computer aus.

»Ja, aber ...« Verdattert beobachtete er, wie Anna aufgescheucht hin und her raste.

Fieberhaft raffte sie die losen Blätter zusammen.

»Wochenlang habe ich Zeck in den Ohren gelegen, und nichts ist passiert. Und jetzt, wo ich endlich Beweise habe, denke ich gar nicht daran, sie ihm zu geben.«

Hecker rang nach Luft. »Aber du weißt doch gar nicht, ob die Papiere wirkliche Beweise sind.«

»Und ob das Beweise sind! Da kannst du Gift drauf nehmen.« Eilig rollte sie die Unterlagen zusammen und versuchte erfolglos, alles in ihren viel zu kleinen Umhängebeutel zu stopfen.

»Hier«, sie pikste Hecker die Rolle in den Bauch, »laß das Material verschwinden. Dann wirbelte sie zum Sofa und suchte ihren Schlüssel, während er ihr regungslos mit der Rolle in der Hand nachstarrte. Was für eine Frau! Ein bißchen zu viel Traubenzucker im Blut, aber trotzdem einfach super!

»Mensch, Hecker, worauf wartest du noch? Mach schon und sei nicht so umständlich – stopf dir die Papiere in die Hose. Wir müssen verschwinden! Hier, vergiß nicht die Seite aus der Rheinischen Post.«

Mit dem Begriffsstutzigen im Schlepptau raste sie zum Fahrstuhl und hämmerte nervös auf den Schalter.

»Ähm«, fächerte er sich Luft zu, »der Fahrstuhl ist außer Betrieb ...«

Jetzt bemerkte sie ebenfalls das viel zu kleine Schild.

»Treppe!«

Beide eilten treppabwärts. Schritte hallten auf den Betonstufen in der dritten Etage wider. Kamen näher. Lauernder Blick in den Treppenschacht. Anna erspähte einen Polizisten, die Stockwerke erstürmend und nur noch eineinhalb Treppen von ihr entfernt. Ein Stockwerk tiefer und etwas langsamer, ein zweiter. Jeden Moment konnten sie mit diesen beiden grünen Gipfelstürmern zusammenrasseln. Abrupt blieb sie stehen, und Hecker prallte – volle Breitseite voraus – auf sie.

Herzklopfen bei ihm wie zur ersten Verabredung. Herzklopfen auch bei ihr – aber aus Angst vor Entdeckung.

»Küß mich!« Anna stand auf dem Treppenabsatz mit dem Rücken zur Wand.

Der flüchtige, aber bereits abgeschlossene Körperkontakt ließ das Blut in Heckers Ohren rauschen und flüstern: »Küß mich!« Hoffentlich nahm diese Fata Morgana der Sinne nie ein Ende!

Er riß sich zusammen. Wie konnte er nur so tief sinken und in so einer ernüchternden, unromantischen Treppenhausatmosphäre an Verführung denken! Die Beziehung war zu Ende, bevor sie erst so richtig begann. Doch dann – Glücksgefühl hoch drei – zerrten ihn zwei Arme in eine Ecke. Hielten ihn umschlungen. Lippen preßten sich auf seine …

Gleich darauf hastete jemand keuchend und kopfschüttelnd an ihnen vorbei.

Als auch der zweite endlich an ihnen vorbeigejapst war, folgte die kalte Dusche:

»Hör auf, dich an mir festzusaugen! Wir müssen weiter.«

Hecker strampelte sich die Lunge aus dem Leib und kam sich wie ein radelndes Versuchskaninchen vor. Mit bereits hängender Zunge jagte er aus dem Gebiet mit den vielen aufeinandergestapelten Wohnungen, bog auf den Radweg der Kerkener Straße in Richtung Kempener Innenstadt ein. Hinter ihm, auf dem Gepäckträger, saß Anna und hielt sich an ihm fest. Er spürte den Druck und die Wärme ihrer Hände an seiner Hüfte. Das gab ihm die Motivation, sein mörderisches Tempo zu halten. Ja, er war selbst erstaunt über seine sportliche Kondition. Und auch seine Bekleidung – Fliege, Nadelstreifen und hochgekrempeltes Hosenbein – machte sich auch auf einem Fahrrad immer wieder gut.

»Kannst du nicht schneller fahren?« fragte Anna. »Jede Schnecke überholt uns.«

Nach wenigen Metern schwamm er bereits im eigenen Saft. Für eine Pause an der Ampel zum Berufskolleg bot er Dem-da-oben seine geliebte Trauben-Nuß. Ab vierzig Tafeln funktionierte der Deal: Die Ampel hatte ein Einsehen.

An der evangelischen Kirche wischte er sich den Schweiß aus den brennenden Augen und konnte so viel besser die Silhouette des mittelalterlichen Stadttores mit der Errungenschaft der Moderne namens Ampel davor erkennen.

Diesmal war kein Schoko-Deal nötig, das Ding schaltete bei ihm sowieso immer auf Rot.

An der Kreuzung sprang Anna leichtfüßig vom Gepäckträger. Schweigend gingen beide zur Fußgängerampel.

Heckers Historikerherz schlug automatisch höher: Schließlich stand er vor dem wuchtigen Kuhtor, der ältesten noch erhaltenen Befestigungsanlage aus dem ausgehenden vierzehnten Jahrhundert. Es beherbergte den reichen Fundus des Stadtarchivs. Plötzlich sank er in einen romantischen Tagtraum: Er tauchte mit der Dame seines Herzens in die Überreste vergangener Jahrhunderte, träumte von kühlem Schatten, gespendet vom großen Torgewölbe, der beide erfrischen würde …

»Hecker, ist was?«

Stirnrunzelnd sah Anna ihn von der Seite an, um ihn unverzüglich über den Zebrastreifen zu schieben. »Schwing endlich die Hufe, grüner wird's nicht.«

Er fand sie einfach süß in ihrem jugendlichen Elan. Zu seiner Freude strebte sie tatsächlich das Kuhtor an, steuerte dann aber nicht auf das schmale Stadttor zu, sondern auf das breite und passierte es mit schnellem Schritt.

Dann lief sie eilig über das Pflaster der Kuhstraße, ignorierte die Auslagen der extravaganten Geschäfte und gelangte zum Buttermarkt im Zentrum der Altstadt.

Hecker hatte Probleme, ihrem Tempo zu folgen. Er war völlig aus der Puste und hielt neben dem Fahrrad auch seine stechende Seite. So viel Bewegung an einem Stück war garantiert ungesund! Suchend schaute er sich auf dem Marktplatz um. Vor Café Peerbooms wurde gerade ein Tischchen frei, aber sie hielt weiter auf den Georgsbrunnen zu.

»Wo willst du eigentlich hin?«

»Ich?« Anna drehte sich zu ihm um. »Du bist doch hierhergerannt!«

Ihr Blick suchte ebenfalls ein Plätzchen zur Rast: Kino, Pinte, Standesamt? Bloß nicht Standesamt! Dann lieber einen riesengroßen Eisbecher mit einem ordentlichen Schuß zur Beruhigung ihrer Nerven bei dem Italiener gleich neben den Lichtspielen.

»Hier geht's lang«, kommandierte sie.

Eis! Sahne! Waffeln! Schlemmen und sich dabei abkühlen! Sich endlich der zwickenden Rolle in seiner Hose entledigen. Beflügelt watschelte Hecker hinterher.

Anna stürmte zu einem frei gewordenen Tisch mit nur einem Stuhl. Zwei Sekunden später erreichte auch Hecker das Ziel. Drei Sekunden später fiel er erschöpft auf einen Stuhl, den er am Nachbartisch geklaut hatte. Er war einfach zu fertig, um lange zu fragen. Mit dem Ärmel wienerte er sein Gesicht. Ungeniert zog er die zerdrückte und durchgeweichte Papierrolle aus seinem Hosenbund.

Gemeinsam blätterten sie die Zellulosemasse durch. Allerdings konnten sie auf den ersten Blick nichts Auffälliges an den unterschiedlichen Rechnungen der Laborarztpraxen feststellen. Zusammen mit den Honorarforderungen von Frau Dr. Hildegund Wellmanns, einer Ärztin für Allgemeinmedizin, wurden sie den Patienten zugestellt.

»Soweit ich das sehe, wurde zwar ein etwas höherer Abrechnungssatz berechnet, aber er liegt noch im Rahmen des Normalen. Und die Krankenversicherung hat alles korrekt bezahlt, so daß den Patienten kein Schaden entstanden ist. Hier schau, alle Arztrechnungen wurden von der Krankenversicherung abgestempelt«, sagte Anna achselzuckend.

»Und was ist mit diesen Kontoauszügen? Sieh dir den monatlichen Kontostand an! Im Januar waren es hundertfünftausend Mark, im Februar hundertzweiundzwanzigtausend, im März schon hundertdreiundvierzigtausend. Dafür muß eine alte Frau lange stricken!«

»Laß sehen!« Anna riß ihm die kopierten Streifen aus der Hand. »Tatsächlich! Und monatlich kommt mehr dazu. Im Juni waren es hundertachtzigtausend Mark.«

»Und hier sind Einzahlungen auf ein Schweizer Konto. Große Güte – insgesamt rund drei Komma acht Millionen.« Bei dieser Summe zitterten sogar Hecker die Hände. »Hat das Geld etwa deiner Freundin gehört?«

»Drei – Komma – acht.« Fast ehrfürchtig flüsterte Anna diese riesige Summe. »Julia – und drei Komma acht Millionen? Unmöglich!«

»Ach, hier steht es ja: Karl-Heinz Schuster. Wer ist denn das?«

»Keine Ahnung. Noch nie von dem Typ gehört.«

Vor lauter Aufregung kratzte sich Hecker seinen Bauch, irgendwas zwickte immer noch. Er beförderte eine zusammengefaltete Zeitungsseite ans Licht, die er vorhin wohl vergessen hatte. Er benutzte sie als Fächer.

»Ich frage mich: Wer ist Schuster? Wie ist Julia an wildfremde Kontoauszüge gekommen? Und was hat das alles hier mit ihr zu tun?«

»Gleich drei Fragen auf einmal. Vielleicht kann ich ja etwas Licht ins Dunkel bringen? Gestatten, gnädige Frau?«

Sascha! Hecker haute es fast vom Stuhl. Jetzt hieß es Haltung bewahren. Sekunden später landete der Fächerersatz als gewürgte Zeitung auf dem Tisch.

Ohne große Umstände saß der Pferdeschwanzträger im nächsten Moment mit am Tisch, orderte einen Eiskaffee und schleimte sich auch noch mit einer durchaus akzeptablen Konversation bei Anna ein.

Zu seinem größten Mißfallen stellte Hecker fest, daß Anna von Schwabbelmasse sehr angetan war, weil er sie bei der Aufklärung des Falles unterstützen wollte. Neidvoll mußte er zugeben, daß der Typ durch seine Arbeit bei der Polizei über viele Insider-Informationen verfügte.

Hilfsbereit griff der so mit zornigen Blicken Attackierte zum Handy und zog es – wie John Wayne seinen Colt – lässig aus der Tasche. Anschließend flirtete er ausgesprochen locker und charmant mit einer Susanne am anderen Ende der Leitung und gab dann samtweich seine Bitte durch, diesen Schuster – einschließlich nachfolgender Kontonummer – zu überprüfen.

Die Bedienung wieselte mit den Bestellungen heran.

Während Sascha mit dem Handy am Ohr wartete, sichtete er gleichzeitig leise pfeifend die Unterlagen, glättete sogar die zusammengedrehte Zeitung und stieß einen noch lauteren Pfiff aus, als er den angekreuzten Artikel überflog.

»Danke, Susanne, du bist und bleibst doch die Beste«, flötete er in das schwarze Teil vor seinem Mund und packte es wieder weg. »Das war meine Kollegin am Polizeicomputer. Ich glaube, die Informationen bringen uns ein gutes Stück weiter.«

»Angeber«, knurrte Hecker über seinem Eisbecher hockend und arbeitete sich durch die Sahne.

»Also, dieser Schuster leitet die Zweigstelle einer Versicherungsagentur namens VITALIS«, erklärte Pferdeschwanz. »Sagt euch das was?«

Schlagartig wechselte Annas Gesichtsfarbe. Blaß um den Mund stieß sie nur hervor: »Da hat Julia gearbeitet. Schuster, war das ihr Chef? Julia hat immer nur von einem Röser oder Rösner gesprochen.«

»Da seid ihr ja auf ein richtiges Wespennest gestoßen«, meinte Sascha in sachlichem Ton.

Zwischenzeitlich hatte auch Hecker den Artikel überflogen. Es ging um Betrug, Falschabrechnungen und überhöhte Weitergabe von Abrechnungen aus Laborarztpraxen. In den Skandal waren verschiedene Ärzte und auch Apotheker verwickelt, die den ganzen Berufsstand in Verruf brachten. Laut Zeitungsbericht handelte es sich nur um die Spitze des Eisberges.

Heckers Erkenntnisse wurden von Sascha bestätigt: »Ich würde sagen, das hier ist Dynamit.«

Dynamit? Instinktiv griff Hecker zwischen seine Beine. So etwas hatte er ja noch nie in der Hose gehabt.

»Schuster steht in Verdacht, seine Versicherungsgesellschaft betrogen zu haben, aber bisher fehlten handfeste Beweise.« Demonstrativ klopfte Sascha auf die Papiere. »Ich könnte mir gut vorstellen, daß Julia wegen dieser Beweise umgebracht wurde.«

Geschockt starrte Anna ihn an. Sie wollte etwas sagen, aber das Fiepen seines Handys ließ sie verstummen.

»Ja? … Hab verstanden … Ich fliege … Tut mir leid, meine Lieben, aber Zeck kommt ohne mich nicht klar.«

»Angeber«, wiederholte Hecker abfällig und schwenkte sein Waffelröllchen, als wolle er damit andeuten: Junge, verschwinde und laß dich nie wieder blicken! Dafür bot er sogar eine Spende von hundert Tafeln.

»Anna, wenn du willst, nehme ich Zeck die Papiere gleich mit, dann kann er sich sofort den Mörder von Julia packen und ihm noch heute auf den Zahn fühlen. Aber wenn es dir lieber ist, kannst du ihm die Unterlagen natürlich auch persönlich ins Revier bringen.«

»Nein, nein, ist schon okay.« Ihr letzter unerfreulicher Zusammenstoß mit Zeck war wieder präsent. Sie hatte nach wie vor keine Lust auf dieses Biotop der Frauenfeindlichkeit. Außerdem fühlte sie sich, als würde Schmirgelpapier ihre Herzklappen schleifen. Am liebsten hätte sie laut losgeheult.

Dann sah sie Sascha nach, wie er den Buttermarkt überquerte, den Kopf kurz zum Rathaus drehte, in Richtung Heiliggeistkapelle ging, dann aber links hinter einem Herrenfachgeschäft in Richtung Studentenacker verschwand.

*

Erschöpft plumpste Anna auf einen vollen Umzugskarton. Den ganzen Tag hatte sie Julias Sachen zusammengepackt und Möbel geschleppt.

Jetzt blieben nur noch Schreibtisch und Computer. Sie zog eine der Schubladen auf und erstarrte.

»Hecker, komm mal schnell«, rief sie.

Hecker nahm den letzten Schluck aus der Bierflasche und eilte zu Anna.

In der Schublade lagen zwei durchsichtige Diskettenboxen, gut gefüllt.

Anna schaltete hastig den Rechner ein. Der Computer checkte alle seine Funktionen und ließ das Emblem des Norton Commander erstrahlen.

Alles war wieder da.

»Die Dateien wurden doch nach Julias Tod gelöscht«, flüsterte Anna.

Als es an der Tür klopfte, zuckte Hecker zusammen. Das war doch hoffentlich nicht wieder diese aufdringliche Schwabbelmasse von gegenüber? Zu seiner Erleichterung trat aber nur ein recht unscheinbares Halbschwergewicht ein.

»Guten Tag«, grüßte der Ankömmling mit ernstem Gesicht. »Zeck, Kripo Krefeld.«

Anna sprang auf und stürmte auf ihn zu. »Herr Zeck! Haben Sie Schuster verhaftet? Hat er Julia umgebracht? Hat er gestanden?«

»Schuster?« Zeck sah Anna irritiert an. »Wer ist das denn schon wieder? Ich weiß nichts von einem Schuster. Ich bin gekommen, um Ihnen mitzuteilen, daß wir den Wagen haben, mit dem Ihre Freundin angefahren wurde. Angler haben das Wrack im Rhein gefunden. Ein grauer Mercedes, er gehört einer Marie-Luise Peters.«

»Sie hat Julia überfahren?« Annas Nerven waren zum Zerreißen gespannt.

»Das glaube ich kaum. Frau Peters lebt seit Monaten bei einer Freundin auf Mallorca. Der Wagen wurde ihr vermutlich gestohlen. Aber Sie könnten Frau Peters kennen. Sie wohnt Ihnen gegenüber.«

»Ja, aber«, stammelte Anna verwirrt, »da wohnt doch – Sascha. Ihr Mitarbeiter, der Polizeifotograf.« Und weil Zeck verständnislos guckte, fügte sie noch eine kurze Personenbeschreibung hinzu: »Mittelgroß, korpulent, Pferdeschwanz, etwas über dreißig.«

»Wie heißt der Mann? Sascha? Nie gehört. Und einer mit Pferdeschwanz arbeitet nicht bei uns!«

»Hecker, sag du doch auch mal was!« Anna blickte flehentlich zu ihm hin. Aber der Dickmops kniete auf dem Boden und betete:

»Lieber Du-da-oben, laß diesen Sascha wiederkommen oder am besten schick ihn gleich zur Kripo! Dreihundert Tafeln? Vierhundert Trauben-Nuß? Vollmilch? Zartbitter? Marzipan? Mokka? Nougat?«

Thomas Hesse, Thomas Niermann

Sinn-los

Das Öffnen der Champagner-Flasche im ersten Stock der Jugendstil-Villa am Fusternberg fiel zeitlich mit dem Öffnen der Kellertür zusammen. Beides ging nicht ohne Geräuschentwicklung ab. Da die Akteure aber ihr Handwerk verstanden, blieb es bei einem wechselseitig unbemerkten trockenen Plopp oben und einem leisen Klirren unten.

Der Mann im Keller trug dunkle, enganliegende Biker-Kleidung und Joggingschuhe, über den Schultern einen kleinen Rucksack. Die Motorrad-Sturmhaube gab nur zwei eng zusammenstehende Augen und die Nasenwurzel frei. Aus dem Hosenbund lugte, hinten im Rücken, der Griff einer antiquierten Weltkriegs-Mauser. Die Hände hatte der Maskierte mit dünnen Latexhandschuhen geschützt.

Im Licht einer Taschenlampe durchstöberte er den Keller nur oberflächlich, rasch wandte er sich der Arztpraxis im Erdgeschoß zu. Dort bemerkte er die gedämpften Geräusche aus der darüberliegenden Etage.

Im ersten Stock füllte Dr. Michaelis gerade drei auf dem Couchtisch bereitstehende Sektschalen. Er und seine Frau trugen elegante Abendgarderobe, ebenso wie ihre fünfundzwanzigjährige Tochter Elisabeth, die den Eltern gegenübersaß. Ausgelassene Stimmung, man war im Bühnenhaus gewesen. Nun sollte Elisabeths erster Besuchsabend seit langer Zeit – sie studierte in Genf Medizin – gemütlich ausklingen. Dr. Michaelis konnte kein Auge von der zärtlich geliebten Tochter nehmen. Elisa war klug und schön, gab zu allen Hoffnungen Anlaß. Er war glücklich.

Der Maskierte hatte von der Küche kommend leise den großen Salon betreten. Seine Rechte wog lässig die Mauser. Über die Schultern der Eltern hinweg, die noch nichts bemerkt hatten, traf sein Blick den der schönen, jungen Frau auf dem Sofa. Elisas Augen rundeten sich stumm. Das bereits halb zum Mund geführte Sektglas verharrte in der Luft. Erstaunen, dann entsetztes Begreifen.

»Papa!«

Dr. Michaelis riß es herum. Sofort war er auf den Beinen. Ein umfallender Sessel polterte.

»Was zum Teufel fällt Ihnen ein?«

Der Doktor war nicht nur gesellschaftlich ein Schwergewicht. Über einsneunzig groß, hundertachtzig Pfund Kampfgewicht. Obwohl er die fünfzig bereits weit überschritten hatte, ging er regelmäßig zum Boxtraining. Einer, dem man sich nicht in den Weg stellte. Bisher. Der Ledermann kam allerdings aus einer dem Doktor völlig unbekannten Welt, deren Regeln er nicht beherrschte. Ein kurzer Ruck mit der Pistole genügte, um den promovierten Stier zu stoppen.

»Schnauze, Freundchen, und setzen, oder soll man dein Hirn vom Teppich kratzen?«

Der Blick des Arztes suchte die Augen des Maskierten. Merkwürdig verschleiert, geweitete Pupillen. Wahrscheinlich Drogenkonsument, diagnostizierte sein zurückkehrender analytischer Verstand.

Vorsicht. Er richtete den Sessel wieder auf und setzte sich wortlos. Aber mit den Augen fotografierte er jedes Detail an dem Unbekannten. Könnte später wichtig sein. So entging ihm auch nicht die Tätowierung auf dem Rücken der Pistolenhand, die milchig durch den Latexhandschuh zu erkennen war. Ein pfenniggroßer, ovaler Fleck, vielleicht eine Spinne oder einen Skarabäus darstellend.

»Hände auf die Armlehnen.«

Der Maskierte warf den kleinen Rucksack auf den Tisch und deutete auf Elisabeth.

»Du fesselst die beiden mit dem Klebeband.«

Die junge Frau sah ihre Eltern hilfesuchend an. Mama war zur Salzsäule erstarrt, stand ganz offensichtlich unter Schock. Papa nickte beruhigend. Elisa fummelte einige Rollen breiten Paketklebebands aus dem Rucksack und machte sich widerwillig ans Werk.

»Mehr, komm schon, ruhig noch ein paar Lagen!«

Elisa wickelte. Minuten später waren Arme und Füße der Eltern fest mit den Sesseln verbunden.

»Was wollen Sie eigentlich?« fragte der Doktor betont sachlich. Gespräch war wichtig. Solange geredet wurde, konnte zumindest nicht geschossen werden. Aber der Maskierte ließ sich das Heft nicht aus der Hand nehmen.

»Schnauze, hab ich gesagt. Du redest nur, wenn du gefragt wirst.«

Um zu unterstreichen, wer hier das Sagen hatte, knallte seine Faust wie beiläufig in das überraschte Gesicht des Arztes. Blut sickerte aus einer anschwellenden Oberlippe.

»Okay, jetzt die Augen.«

Elisa klebte der Mutter aufschluchzend einen Streifen Paketband über die bereits geschlossenen Lider. Dr. Michaelis machte sich Sorgen. Seine Frau hatte ein schwaches Herz. Würde sie das hier durchstehen? Aber sie zeigte keinerlei Anzeichen von Aufregung, sie schien weit weg zu sein. Der Schock. War wahrscheinlich besser so.

Dann war er an der Reihe. Schon wurde es Dunkel um ihn. Fast. Wenn er die Augen ganz nach unten richtete, konnte er einen schmalen Streifen Teppich unter dem Couchtisch sehen. Er kämpfte die aufkommende Panik nieder. Warum die Augen? Der Typ war doch maskiert. Er mußte den Mann beruhigen.

»Der Safe befindet sich hinter dem Bild über dem Sideboard.«

Gezerre und sich entfernende Schritte.

»Los, nimm das Bild ab.«

Irgend etwas fiel scheppernd zu Boden. Der antike Samowar, den er vom letzten Ärztekongreß in Moskau mitgebracht hatte, registrierte Michaelis.

»Paß doch auf, du Suppenhuhn!«

Latex klatschte häßlich auf Pfirsichhaut. Elisa quiekte erschrocken. Die Fäuste des Arztes ballten sich. Kontraktion der Unterarmmuskulatur. Zwecklos.

»Die Kombination, aber ein bißchen plötzlich.«

Michaelis kannte sie auswendig. Das Klicken eines einrastenden Zahlenschloßes, dann wühlendes Rumoren. Der Einbrecher pfiff durch die Zähne.

»Jetzt leck mich doch am Arsch. Bingo! Ist ja wie Weihnachten.«

Die beiden kehrten zum Tisch zurück.

»Pack den ganzen Rotz in den Rucksack.«

Elisa leistete offensichtlich gehorsam Folge. Der Doktor hörte sie leise weinen. Es riß ihn in der Seele.

»Jetzt lassen Sie uns endlich in Ruhe, Sie haben doch was Sie wollen.«

Meckerndes Lachen. Gemein, böse, ohne Mitleid.

»Nicht ganz, Doktorchen, nicht ganz. Jetzt wird's erst richtig gemütlich. Mit deiner Tochter werd ich noch 'ne Menge Spaß haben.«

Der gequälte Aufschrei des Vaters wurde augenblicklich unter einem weiteren Klebestreifen erstickt. Heftiges sich Winden in den Fesseln. Plötzlich nahm er durch den verbleibenden Sehschlitz auf dem Teppich zu seinen Füßen die Sturmhaube wahr. Er erschrak. Der Mann hatte die Maske abgenommen. Elisa würde ihn identifizieren können. Dem scharfen Verstand des Arztes war sofort klar, was das bedeutete.

*

Vierter Stock, Evangelisches Krankenhaus. Dr. Michaelis stand, die Händen auf dem Rücken gefaltet, am Fenster des Krankenzimmers und sah in den sommerlichen Park hinab. Kinder spielten lärmend, Patienten wandelten gemächlich mit Besuchern, ein junges Pärchen küßte sich. Das Leben ging weiter. Mitleidlos. Er mußte sich abwenden.

Seit dem Überfall wirkte er wie geschrumpft. Jede Spannkraft schien ihn verlassen zu haben. Ein alter Mann. Die augenfälligste Veränderung an ihm aber war sein dichtes, graues Haupthaar, das sich vor Tagen noch dunkelbraun gekraust hatte.

Zärtlich beobachtete er seine Frau, die sich pausenlos redend um das Krankenbett zu schaffen machte. Seine reglos in den Kissen ruhende Tochter betrachtete er lieber nicht. Es tat zu weh. Tiefe Schuldgefühle. Er hatte sie nicht beschützt. Warum hatte er sich wie ein Opferlamm fesseln lassen und Elisa widerstandslos dem Unhold ausgeliefert? Er hätte kämpfen müssen. Er war ein Versager. Seine Tränendrüse begann zu arbeiten. Nicht jetzt auch das noch, Waschlappen.

Das leise Klopfen an der Tür lenkte ihn von weiterer Selbstzerfleischung ab. Ein mittelalter Mann, dessen gesamte Erscheinung am treffendsten mit dem Wort »unauffällig« beschrieben war, steckte den Kopf ins Zimmer.

»Entschuldigen Sie, Herr Doktor, kann ich Sie einen Moment sprechen?«

Michaelis kannte ihn. Einer aus dem Trupp der Kripoleute, die in ihrem Fall ermittelten. Leise verließ er das Zimmer. Höfliches Händeschütteln auf dem Flur, dann frage er ungeduldig:

»Sind Sie schon weitergekommen, haben Sie neue Hinweise auf den Kerl?«

Der Unscheinbare nickte lächelnd.

»In der Tat. Es wird Sie freuen zu hören, daß wir einige Haare des Täters identifizieren konnten. Das Labor hat festgestellt, daß der Mann zur Tatzeit buchstäblich bis in die Haarspitzen unter Drogen stand.«

»Das habe ich mir gedacht. Ich habe dem Kerl in die Augen gesehen, und die sprachen Bände.«

»Wir werden uns in der Szene umhören. Ein Crack-Konsument, der plötzlich mit Geld um sich wirft, fällt unweigerlich auf. Es ist nur eine Frage der Zeit und …«

Michaelis unterbrach erregt. Ungestüm faßte er den Kripomann am Arm.

»Sie müssen das Schwein einfach schnappen. Der ist eine wandelnde Zeitbombe. Es ist nur eine Frage der Zeit, wann er das nächste Opfer umbringt.«

Der Ermittler runzelte irritiert die Stirn.

»Sie haben natürlich völlig recht. Aber vergessen Sie nicht etwas? Ihre Tochter hat verdammtes Glück gehabt. Der Täter hat sie für tot gehalten und deshalb von ihr abgelassen. Aber sie lebt.«

Schweigen. Der Doktor starrte ungläubig. Dann verzerrte nackter Haß seine Gesichtszüge.

»Glück gehabt?« Michaelis hob die geballten Fäuste, der andere trat unwillkürlich einen Schritt zurück. »Da drinnen liegt ein lebender Leichnam, gefühllos, nicht ansprechbar! Meine Tochter, eine idealistische, junge Frau, die einmal Ärztin werden, Menschen helfen wollte! Aus, vorbei, für immer!«

Er wandte sich ab und knallte die Faust gegen die Wand, daß die Knöchel bluteten. »Glück gehabt!« Er schien nichts zu spüren. Der seelische Schmerz überlagerte jede körperliche Pein. Die Faust krachte immer wieder taktend gegen die Wand. »Glück gehabt, Glück gehabt!«

Endlich fiel ihm der Kriminaler in den Arm.

»Verzeihen Sie mir, Herr Doktor, ich bin ein unsensibler Klotz. Beruhigen Sie sich. Ich verspreche Ihnen, wir werden den Täter finden.«

Der Doktor erwachte wie aus einem Rausch.

»Ist schon gut. Sie tun Ihr Bestes, das weiß ich. Haben Sie vielen Dank«, sagte er matt.

Als sich die Fahrstuhltüren hinter dem Kripomann geschlossen hatten, schlug er beide Hände vors Gesicht und tat endlich das, was er sich seit Tagen verboten hatte. Er weinte hemmungslos.

*

Die unbeobachteten Tränen hatten gut getan.

Dr. Michaelis suchte den Waschraum auf, kühlte das brennende Gesicht. Ruhe bewahren, er durfte sich jetzt nicht gehenlassen. Schließlich ging es um seine Tochter. Er mußte mit dem Oberarzt sprechen. Jetzt gleich.

Dr. Fokko Reitz war nicht nur als Chirurg eine Koryphäe, sondern auch als Neurologe ein ausgewiesener Fachmann. Michaelis hatte ihn während des Studiums kennengelernt. Sie waren befreundet. Im nüchtern eingerichteten Büro des Oberarztes saßen sich die beiden gegenüber. Kein Kaffee, kein Cognac wie sonst. Sie hätten das heute als unpassend empfunden.

»Wie lange kann ihr Zustand noch anhalten?« kam Michaelis sofort zur Sache.

Dr. Reitz zuckte stumm die Achseln und stand auf. Er klippte computertomographisch erstellte Schichtaufnahmen von Elisas Schädel vor eine Leuchttafel.

»Deine Tochter hat durch die Einwirkung eines stumpfen Gegenstandes ein schweres Schädel-Hirntrauma erlitten, das sie in ein Wachkoma fallen ließ.«

Die hölzerne Sofalehne. Er würde das häßliche Aufprallgeräusch ihres Kopfes nie vergessen. Danach war Elisas Angstwimmern abrupt verstummt. Trotzdem war sie vergewaltigt worden.

»Aber sie hat Glück gehabt, der …«

Michaelis brauste sofort wieder auf.

»Nun fang du auch noch an!«

Der Oberarzt runzelte ärgerlich die Stirn.

»Wenn ich mich mißverständlich ausgedrückt habe, tut mir das leid. Aber ich bin kein Seelsorger. Ich dachte, wir sprechen von Arzt zu Arzt. Betrachten wir also nüchtern die medizinischen Fakten.«

Michaelis wischte sich über die Augen.

»Tut mir leid, du hast völlig recht, bitte fahr fort.«

»Was ich sagen wollte ist, daß der Schädelbruch nicht lebensbedrohlich ist, und ihre äußeren Verletzungen, auch die im Genitalbereich, marginal sind. Ein paar Abschürfungen, Hämatome. Es wird auch zu keiner Schwangerschaft kommen.«

Dr. Michaelis sprang ungeduldig auf.

»Ja, ja, das weiß ich alles längst. Mir geht es nur um eins: Wann wird sie aufwachen, wann?«

Schweigen. Ein Engel ging durch den Raum.

»Das weiß nur der liebe Gott«, sagte der Oberarzt endlich schlicht.

»Ach hör mir doch auf mit dem Schmus! Du bist hier der Chef im Ring.«

Dr. Reitz schüttelte indigniert den Kopf.

»Da irrst du dich aber gewaltig. Demut, lieber Freund, etwas, das gerade uns Ärzten gut zu Gesicht steht.«

Aber Demut war die letzte Tugend, zu der Michaelis im Moment fähig war. Ärgerlich setzte er sich wieder hin und zwang sich zu Ruhe.

»Reden wir Tacheles. Kann sie denken, nimmt sie etwas wahr?«

»Deine Tochter leidet am Apalischen Syndrom. Ein komplexes Thema. Die Forschung ist noch ganz am Anfang.«

Michaelis hing wie gebannt an den Lippen des dozierenden Freundes. Aber der hatte nichts Tröstliches mitzuteilen. Im Gegenteil.

»Du erinnerst dich sicher an die öffentliche Diskussion um das Abschalten lebenserhaltender Apparaturen bei Koma-Patienten. Ein Unsinn, wie ich meine. Schließlich sind etliche Fälle sogenannter Locked-In-Patienten beschrieben worden. Menschen, die jahrelang ohne die Möglichkeit zur Kontaktaufnahme mit ihrer Umwelt im eigenen Körper eingeschlossen waren.«

Michaelis saß inzwischen kerzengerade auf der Stuhlkante.

»Und du hältst so etwas auch bei meiner Tochter für möglich?« hauchte er matt.

Reitz rang mit sich. Brutale Wahrheit oder fromme Lüge? Er entschied sich für ersteres.

»Durchaus, die Hirnstrommessungen …«

»Reden wir über den worst case. Wie lange wird sie das so überleben?« unterbrach Michaelis, ohne auf das Gesagte einzugehen.

Dr. Reitz breitete nur achselzuckend die Arme aus. Er brauchte nichts zu sagen, Michaelis wußte selbst Bescheid. Seine Tochter war passionierte Sportlerin gewesen und körperlich topfit.

»Also lebenslänglich Einzelhaft«, murmelte er, wie zu sich selbst. Dann gab er sich einen Ruck, stand auf, reichte seine Rechte über den Schreibtisch.

»Ich danke dir für deine Offenheit. Du hast mir sehr geholfen.«

Es war als hätte irgend etwas seinen Lebensakku wieder aufgeladen. Altgewohnt energisch verließ er den Raum. Der Freund blickte ihm nachdenklich hinterher. Ein gutes Zeichen? Er war sich da nicht so sicher.

*

Zehn Tage später. Der Zustand der Tochter war unverändert. Die Eltern kamen täglich. Dr. Michaelis hatte seine Hals-Nasen-Ohren-Praxis bis auf weiteres geschlossen, nahm nur die lange vorterminierten chirurgischen Eingriffe, die er an seinem wöchentlichen Operationstag im Krankenhaus durchführte, wahr. Ansonsten stand der Alltag der Eltern ganz im Zeichen der Krankenpflege.

Frau Michaelis hatte die Tochter gewaschen, ihr üppiges Haar frisiert. Jetzt las sie aus einem Gedichtband vor. Balladen, für die sich Elisa schon als Kind begeistert hatte. Der Doktor hörte zu. »Die Füße im Feuer«. Ein Krimi.

»Wild zuckt der Blitz, in fahlem Lichte steht ein Turm ...«

Er sah in das reglose Gesicht seiner Tochter, und schmerzende Resignation machte sich breit. Hatte doch alles keinen Zweck. Sinnlos. Aber seine Frau ließ sich nicht davon abbringen, ihre Tochter so zu behandeln, als habe sie sich schlicht ein Bein gebrochen. Michaelis' Gedanken schweiften ab, drifteten durch die langen, düsteren Korridore des Hasses. Die Polizei hatte immer noch keine Spur des Täters. Die Vorstellung, daß das Schwein davonkommen könnte, war fast so unerträglich wie der Gedanke an Elisas Schicksal.

»Mein ist die Rache, redet Gott.«

Die Ballade war zu Ende. Frau Michaelis klappte das Buch zu. Der Doktor ließ den Schlußvers in sich nachschwingen. »Mein ist die Rache, redet Gott«. Ja, von wegen. Er war kein religiöser Mensch. Sein Himmel war leer. So war seine felsenfeste Überzeugung nur folgerichtig, daß hier auf Erden Menschen für Gerechtigkeit zu sorgen hatten. Und wenn die Polizei versagte, dann mußte er eben selbst die Sache in die Hand nehmen. Das glaubte er seiner Tochter schuldig zu sein. Bloß wie? Er schob das Gefühl lähmender Hilflosigkeit beiseite. Seine Chance würde kommen, da war er sich ganz sicher.

»Komm, es ist Zeit.«

Seine Frau nickte. Sie beugte sich über die Tochter, küßte sie zärtlich.

»Bis morgen, mein Schatz, dann habe ich eine Überraschung für dich.«

Erst als sich die Tür des Krankenzimmers hinter den Eltern geschlossen hatte, kamen die Tränen. Wie jeden Tag. Michaelis hielt das zuckende Bündel, daß einmal eine lebenslustige Frau gewesen war, fest in seinen Armen, bis der Weinkrampf verklungen war. Sie litt wie ein Tier. Er selbst hatte keine Tränen mehr. Da war nur noch der Gedanke an Vergeltung. Kalt und doch strahlend, eisiges Feuer. Das hielt ihn aufrecht.

»Ich setz dich zu Hause ab, dann muß ich noch mal in die Innenstadt, bin aber schnell zurück.«

Frau Michaelis fragte nicht nach, schien ihn gar nicht gehört zu haben. Sie fuhren schweigend, jeder in seine eigenen Gedanken versunken. Er hielt kurz vor ihrem Haus in der Walter-Heimig-Stege und ließ seine Frau aussteigen. Zehn Minuten später rollte er in die Tiefgarage unter der Apollo-Passage mitten in der Stadt. Er hatte ein paar Fachbücher über das Apalische Syndrom bestellt, die er in der Buchhandlung an der Korbmacher Straße abholen wollte.

Er trat aus der Passage auf die Hohe Straße, Wesels Einkaufsmeile. Ein herrlicher Sommerabend. Die Eisdielentische, die fast die ganze Breite der Fußgängerzone einnahmen, waren mit fröhlichen jungen Leuten besetzt. Er mußte wegsehen.

Am Kaufhof blieb er einen Moment stehen. Daß sich hier, mitten in der Stadt, die Drogenszene traf, war ein offenes Geheimnis. Ob auch der Mann, den er suchte, hierher kam? Unwahrscheinlich. So dreist würde er nicht sein. Michaelis versuchte herauszufinden, wer zur Szene zählte. Es gelang ihm nicht. Zu dieser Welt hatte er keinen Zugang.

Schon wollte er sich abwenden, da fiel ihm ein junger Mann auf, der ein T-Shirt, an den Seiten geschnürte Lederhosen und Joggingschuhe trug. Spontaner Adrenalinstoß. Er rief sich zur Ordnung.

Nicht durchdrehen, so liefen viele unter dreißig rum. Trotzdem ließ er den Typ nicht mehr aus den Augen.

Michaelis ging zum benachbarten Kaffee-Ausschank und lehnte sich an einen der Stehtische. Sein Wild verhielt sich äußerst merkwürdig. Unruhiges Auf- und Abgehen, dann setzte sich der Mann auf eine Bank, um sofort wieder aufzuspringen und sich suchend umzusehen. Michaelis war sich inzwischen ganz sicher, der Typ wartete auf seinen Dealer. Die Fachbücher waren vergessen. Waren das nicht die engzusammenstehenden Augen des Täters? Er war nur zu gern bereit, es zu glauben, aber noch behielt die Vernunft Oberhand über sein Wunschdenken.

Der Mann kam jetzt genau in seine Richtung. Kurz traf ihn sein Blick, um sofort interesselos wieder abzuschweifen. Offensichtlich erkannte er ihn nicht. Aber Michaelis' Verdacht verdichtete sich. Diese Augen! Der junge Mann trat an den Ausschank. Als er mit fahriger Hand das Geld für seinen Kaffee auf den Tresen legte, wurde Michaelis blaß. Das kleine Tattoo auf dem Handrücken. Er war es, ohne Zweifel.

Die Wucht der Erkenntnis traf ihn wie ein Keulenschlag. Wie sollte er jetzt vorgehen? Das Schwein einfach umhauen? Er traute sich das durchaus zu. Die Entscheidung wurde ihm abgenommen. Der Mann hatte offensichtlich den, auf den er so sehnlich gewartet hatte, entdeckt. Unbeachtet blieb der Kaffee stehen. Der Typ eilte auf einen anderen gleichen Kalibers zu. Kurze, unauffällige Verhandlung. Dann hatte es der Tätowierte eilig. Fast im Laufschritt ging es um die Ecke Kreuzstraße. Michaelis folgte ihm. Der Mann stieg auf ein Motorrad. Wahrscheinlich von meinem Geld bezahlt, dachte der Doktor grimmig. Schon knatterte das Krad in Richtung Esplanade davon.

Michaelis blieb stehen. Die Zulassungsnummer hatte sich unauslöschlich in sein Hirn gebrannt. Der Fisch war am Haken, wußte es nur noch nicht. Jetzt galt es, Ruhe zu bewahren. Kalt genossen war Rache schließlich am besten.

*

Einen Tag später, Gaststätte »Lilienveen« unweit der Michaelis-Villa am Fusternberg. Der Doktor stand am Tresen, nippte am Bier und wartete. Ringsum gingen die Wogen hoch. Feierabendstimmung. Geschäftsleute und Arbeiter, Akademiker und Handwerker, Tunichtgute und jene, die sich selbst stolz zur lokalen Upperclass zählten, gaben sich, Klassenschranken temporär überwindend, uniformem Tun hin. Ein demokratischer Ort.

Sein Blick suchte die Uhr über der Tür. Es konnte nicht mehr lange dauern. Rechtsanwalt Karl Venmann, mit dem er gemeinsam im alten Bau am Herzogenring die Schulbank gedrückt hatte, mußte gleich eintreffen. Zumindest, wenn er seine Gewohnheiten nicht geändert hatte.

Er hatte nicht. Da war er. Pünktlich auf die Minute. Nach kurzer Rundum-Begrüßung steuerte der Anwalt gleich auf seinen alten Schulkameraden zu.

»Mensch, Michaelis, schön, daß du dich auch mal wieder hierher verirrst. Ich hab von dem Mist gehört, der Euch zugestoßen ist. Verdammte Scheiße! Wie geht's Elisa?«

Michaelis runzelte unwillig die Brauen. Darüber wollte er nicht sprechen, schon gar nicht in dieser Salopp-Tonlage.

»Unverändert«, gab er knapp Bescheid, »Du könntest mir einen Gefallen tun. Setzen wir uns doch für einen Moment an einen Tisch, da redet es sich ungestörter.«

Sie wechselten an den Ecktisch gleich hinter der Garderobe. Michaelis kam sofort zur Sache.

»Ein Motorrad hat an der Ampel meinen Wagen gestreift. Nur ganz leicht, der Fahrer hat wohl selbst gar nichts davon bemerkt. Ich habe aber einen häßlichen Kratzer an der Beifahrertür.«

Er reichte dem Anwalt einen Zettel.

»Könntest du für mich den Halter ausfindig machen?«

»Sicher, ich hab da so meine Kontakte. Aber warum wendest du dich nicht an die Polizei?«

»Dann ist der junge Mann doch gleich wegen Fahrerflucht dran. Muß nicht sein. Vielleicht kann man sich ja außergerichtlich einigen.«

»Du willst meinen Berufsstand wohl brotlos machen, was? Aber geht in Ordnung. Ruf mich morgen in der Kanzlei an.«

Der Anwalt wurde vom Tresen gerufen. Unwirsches Abwinken. Trotzdem wurde er sichtlich unruhig. Die Knobelrunde wartete.

»Hast du sonst noch etwas auf dem Herzen?«

Michaelis schüttelte den Kopf.

»Das war's schon, danke. Laß deine Kumpel nicht länger warten. Ich muß sowieso gehen.«

Venmann war schon aufgestanden, da hielt ihn Michaelis noch einmal zurück.

»Wenn man schon mal einen Fachmann da hat … was glaubst du, welche Strafe erwartet den Kerl, der uns überfallen hat, falls man ihn faßt?«

Der Anwalt zuckte mit den Schultern.

»Schwer zu sagen. In der Zeitung stand, daß es sich um einen Süchtigen gehandelt haben soll. Also möglicherweise eingeschränkte Schuldfähigkeit. Er wird schon ein paar Jahre sitzen müssen. Ist er therapiewillig, wird es wohl nicht ganz so lange dauern.«

Venmann entging die versteinerte Miene des Doktors nicht.

»Tut mir leid, alter Junge, aber so sieht's aus. Unser Rechtssystem verwechselt Sühne nicht mit Rache und setzt auf Resozialisierung.«

Der Doktor nickte stumm und entließ den Schulfreund mit verabschiedender Geste. Der gesellte sich sofort zu den Zockern.

Ein paar Jahre, hallte es in Michaelis' Kopf nach. Ein paar Jahre, während seine unschuldige Tochter lebenslänglich hatte. Das war der blanke Hohn. Hatte es in seinem durch den Glauben an Recht und Gesetz geprägten Bewußtsein bisher noch eine, wenn auch leise Stimme gegeben, die ihn mahnte, seine Entdeckung der Polizei zu melden, war diese jetzt ein für allemal verstummt. Er würde der Polizei nichts mitteilen. Er würde niemandem etwas mitteilen. Ein Plan begann zu reifen.

*

Dr. Michaelis hatte Venmann direkt am nächsten Mittag angerufen und tatsächlich die gewünschte Information erhalten. Sofort hatte er sich auf den Weg gemacht.

Er parkte den Wagen am Friedhof. Den Rest des Weges wollte er lieber zu Fuß zurücklegen. Die Trappstraße runter, dann nach links zum ehemaligen Schlachthof, in dessen Gebäuden das menschliche Strandgut der Stadt endgelagert wurde. Obwohl gebürtiger Weselaner, war er hier noch nie gewesen. Ein trostloser Ort. Sozialpolitisches Niemandsland. Asylbewerber-Kinder spielten im Straßenschmutz, irgendwer hatte sich vor der ersten Haustür übergeben.

Er erkannte das Motorrad sofort. Na wunderbar, der Typ war also daheim. Hoffentlich lag er nicht narkotisiert auf der Matratze. Michaelis entschied sich zu warten. Er versuchte, möglichst unauffällig auf und ab zu gehen. Nach zehn Minuten merkte er, wie etliche Augenpaare ihn neugierig anstarrten. So wurde das nichts. Er beschloß, den Stier bei den Hörnern zu packen.

Gerade wollte er das Haus betreten, da stieß er in der Tür mit dem Gesuchten fast zusammen. Eine Sekunde starrten sie sich in die Augen. Michaelis war sich ganz sicher. Aber der Typ zuckte nicht mit der Wimper. Keinerlei Wiedererkennen. Gut so. War wahrscheinlich bei der Tat völlig benebelt gewesen.

»Was glotzte denn so? Soll ich dir 'n Foto von mir geben?«

Ärgerlich wollte sich der Typ vorbeidrängen, aber Michaelis gab den Weg nicht frei.

»Sind Sie Guido Schlosser?«

»Bulle oder was?«

»Ganz im Gegenteil, ich bin Arzt.«

Er nannte dem Mann sicherheitshalber einen falschen Namen.

»Das Land führt ein Substitutionsprojekt mit Schwerstabhängigen durch. Sie sind in der engeren Wahl. Interesse?«

Über das Gesicht des Mannes breitete sich ein Grinsen.

»Methadon und so?«

»Viel besser. Geplant ist, den Kranken unter klinischen Bedingungen mit der Droge zu versorgen, von der er abhängig ist. So soll der Teufelskreis Sucht, Beschaffungskriminalität, Haft und die damit einhergehende soziale Verelendung durchbrochen werden.«

Jetzt ging im Gesicht des Mannes vollends die Sonne auf.

»Echt? So wie in Holland, Heroin auf Krankenschein?«

»Genau so. Melden Sie sich doch morgen abend gegen neunzehn Uhr bei mir im Evangelischen Krankenhaus. Nach einer kurzen Untersuchung werde ich ihnen die erste Medikation verabreichen.«

Guido Schlosser nickte freudig, dann fragte er noch einmal nach dem Namen des Arztes.

»Sie brauchen sich nicht erst groß nach mir durchzufragen. Ich erwarte Sie an der Pforte. Diskretion, verstehen Sie? Ist doch sicherlich ganz in Ihrem Sinne. Bitte reden Sie mit niemandem über dieses Pilot-Projekt. Und seien Sie pünktlich.«

»Worauf Sie sich verlassen können«, Schlosser knuffte Michaelis komplizenhaft, »Bingo! Ist ja wie Weihnachten.«

Michaelis zuckte vor der übergriffigen Geste und den Worten des Mannes zurück. Den Satz hatte er in jener schrecklichen Stunde schon einmal gehört. Und jetzt sagte ihm der Täter frank und frei dieselben Worte ins Gesicht. Eine bizarre Situation. Er mußte sich abwenden. Grußlos ging er davon.

Den Rest des Nachmittags verbrachte er im Krankenhaus. Zum ersten Mal verschaffte er sich einen genauen Überblick über das Untergeschoß des Hauses, wo Küche, Wäscherei und Versorgungseinrichtungen untergebracht waren. Sein besonderes Interesse galt dem Lastenaufzug, der vom Keller zu einer Lkw-Verladerampe an der Seite des Gebäudes führte. Die Herumschnüffelei fiel nicht groß auf. Er war im Haus bekannt. Sein weißer Kittel, aus dessen Tasche das unvermeidliche Stethoskop baumelte, tat ein übriges. Gegen sechs stieg er befriedigt in seinen Wagen und fuhr nach Hause.

*

Dr. Michaelis wusch sich sorgfältig die Hände. Gerade hatte er den letzten Patienten von einer schmerzhaften Vereiterung der Nasennebenhöhlen befreit. Sein Operationstag ging zu Ende. Zumindest hier im Krankenhaus. Die Schwestern hatten bereits aufgeräumt. Er sah auf die Uhr.

»Schluß für heute, das war's. Bis nächste Woche.«

Man verabschiedete sich. Michaelis schälte sich aus der grünen OP-Kleidung. Statt seines zivilen Sakkos streifte er sich aber noch einmal den weißen Arztkittel über. Das Namensschildchen löste er vom Revers. Ein Blick auf die Uhr. Noch eine Viertelstunde. Suchend eilte er durch die Flure, dann hatte er am Ende eines Ganges einen hauseigenen Rollstuhl entdeckt. Rasch schob er ihn in sein Sprechzimmer, das ihm am Operationstag hier zur Verfügung stand. Pünktlich um sieben war er an der Pforte.

Er brauchte nicht lange zu warten. Für einen Süchtigen war Guido Schlosser erstaunlich pünktlich. Allerdings erwartete er ja auch ein Zückerchen. Höfliche Begrüßung. Das Händeschütteln kostete den Arzt einige Überwindung, aber es mußte sein. Er fühlte sich beschmutzt. Rasch lotste er ihn in sein Sprechzimmer.

»Bitte nehmen Sie doch gleich dort Platz und machen Sie den rechten Arm frei.«

Schlosser setzte sich widerspruchslos in den bereitstehenden Rollstuhl. Der Doktor verzichtete auf die angekündigte Untersuchung. Dazu hatte er jetzt nicht die Kraft. Er wollte die Sache möglichst schnell über die Bühne bringen. Der Süchtige wunderte sich über gar nichts. Fahrige Bewegungen, er war sichtlich auf Entzug. Sein ganzes Denken war allein auf die Droge fokussiert.

Michaelis zog eine Spritze auf. Er warf dem Mann einen Abbindegurt zu.

»Sie wissen ja, wie das geht.«

Schlosser nickte und handhabte geübt.

»Was spritzen Sie mir da eigentlich?«

Michaelis sah ihn nicht an. »Ein Präparat, das erst einmal den Suchtdruck von Ihnen nimmt, bevor wir mit der eigentlichen Untersuchung beginnen.«

Schlosser war's zufrieden und hielt seinen Arm hin. Der Arzt tupfte Antiseptisches auf die hervortretenden Adern des zerstochenen Unterarms, dann setzte er die Spritze an.

»Entspannen Sie sich.«

Es dauerte nur ein paar Sekunden, dann sackte das Kinn des Mannes auf die Brust. Der ganze Körper erschlaffte. Michaelis beobachtete ihn mit dem Blick eines Kammerjägers, der sein neuestes Mittel an einem Versuchstier erprobt. Das Ergebnis war offensichtlich zufriedenstellend. Ein sardonisches Grinsen machte sich auf dem Gesicht des Arztes breit.

Kurz betrat er noch einmal den Operationsraum und packte einige chirurgische Instrumente zusammen. Daß deren kurzzeitiges Fehlen nicht auffallen würde, dafür würde er sorgen. Dann lugte er auf den Flur. Die Bahn war frei. Er schob den Ohnmächtigen im Rollstuhl zum Lift.

Bevor er im Keller den Aufzug verließ, peilte er erst allein die Lage. Jetzt kam der gefährlichste Teil der Aktion. Hätte jemand vor der Fahrstuhltür gewartet, hätte er sich mit der Erklärung, sich im Stockwerk geirrt zu haben, glaubhaft entschuldigen können. Aber der Lastenaufzug lag am anderen Ende des Ganges. Bis dahin brauchte er mindestens fünfzehn Sekunden, vorbei an Küche und Wäscherei. Ein unkalkulierbares Risiko. Er mußte es eingehen.

Der Flur lag verwaist. Stimmen und Arbeitsgeräusche aus der Küche. Er spurtete mit dem Rollstuhl. Unentdeckt erreichte er den Lastenaufzug. Da fuhr ihm der Schreck in die Glieder. Der Aufzug war nicht da. Er morste hektisch auf den Leuchtknopf. Rumpelnd setzte sich die Maschinerie in Gang. Irgend jemand näherte sich pfeifend aus einem Nebengang. Michaelis begann zu schwitzen. Die Plattform ruckelte quälend langsam. Endlich war sie da. Der Pfeifer allerdings auch, jeden Moment mußte er um die Ecke biegen. Panisch riß der Doktor die Metalltüren auf und schob sein Opfer hinein. Durch die schmalen Fenster der Tür nahm er aufwärts schwebend noch einen südländisch aussehenden Mann, der einen Karren mit Putzutensilien schob, wahr. Die Reinigungskraft blickte nicht in Richtung Aufzug. Der Doktor atmete befreit auf.

Der Rest war ein Kinderspiel. Die Laderampe lag um diese Zeit verlassen da. Er parkte den Rollstuhl hinter einem Palettenstapel, dann machte er sich gemessenen Schrittes zum Parkplatz vor dem Gebäude auf. Unterwegs entledigte er sich des Kittels und klemmte ihn sich zusammengerollt unter den Arm. Keiner der ihm begegnenden Passanten beachtete ihn. Minuten später war er mit seinem Wagen zurück an der Rampe. Das Leichtgewicht des Süchtigen im Fond und den klappbaren Rollstuhl im Kofferraum zu verstauen, kostete ihn nur wenig Mühe. Die nervenzerreißende Anspannung ließ allerdings erst nach, als er unbehelligt vom Krankenhausparkplatz rollte. Statt Streß jetzt das unbeschreibliche Glücksgefühl des Siegers.

*

Sie saßen sich auf dem ausladenden Balkon am Frühstückstisch gegenüber. Dr. Michaelis faltete die Zeitung zusammen und betrachtete nachdenklich seine Frau, die lustlos an ihrem Toast knabberte.

»Am Montag werde ich die Praxis wieder öffnen.«

Sie reagierte nur mit stummem Nicken auf seine Mitteilung. Es interessierte sie nicht. Nichts interessierte sie mehr, bis auf die junge Frau, die noch immer leblos und doch so erschütternd lebendig im nahen Krankenhaus lag.

»Vorher fahre ich übers Wochenende zu einem Ärztekongreß nach München.«

Erneut teilnahmslose Zurkenntnisnahme. Michaelis seufzte. Hätte er gesagt, daß er die Villa in die Luft sprengen wolle, sie hätte es wahrscheinlich auch mit einem Achselzucken hingenommen. Nicht einmal die merkwürdigen, langen Besuche, die er in den letzten zwei Wochen seiner doch geschlossenen Praxis im Erdgeschoß täglich abstattete, hatten Nachfragen ausgelöst. Das war allerdings auch ganz gut so, er wäre in arge Erklärungsnot gekommen.

»Ich werde schon heute nacht fahren, um Staus zu vermeiden.«

»Fahr du nur, ich erkläre das Elisa schon.« Jetzt lächelte sie. »Ich habe ihr einen Feldblumenstrauß gepflückt. Du weißt, wie sehr sie Wildblumen liebt.«

Sie wies auf einen großen Tonkrug in der Balkonecke. Ein Blütenmeer sommerlicher Kräuter, Ausdruck strotzenden Lebens. Ihm kam es wie Zynismus vor angesichts der in der Kissengruft siechenden Tochter. Sinnlos, das alles. Seine Frau sollte endlich den nackten Tatsachen ins Gesicht sehen. Oder war sie in ihrer blinden Hoffnung bereits dabei, verrückt zu werden? Er sagte nichts.

»Fährst du mich ins Krankenhaus?«

Er nickte stumm. Aber er brauchte auch nichts zu sagen. Das Thema Elisa brachte die Lebensuhr seiner Frau stets wieder zum Ticken. In überbordendem Mitteilungsdrang plauderte sie über die Tochter. Unglaublich, was sie über einen reglosen Koma-Patienten alles zu berichten wußte. Michaelis wurde das Herz schwer. Liebevoll betrachtete er die plötzlich aufgeblühte Frau. Ihm war nach Weinen, nicht nur über seine Tochter.

*

Der Mann im Krankenbett, das Dr. Michaelis provisorisch im Wartezimmer seiner Praxis aufgeschlagen hatte, wirkte wie eine Mumie. Der Kopf war bis auf die Nase völlig bandagiert, Unterarme und Unterschenkel steckten in dicken Verbänden.

Der Arzt trennte den Mann von den an einem Ständer neben dem Bett hängenden Flaschen, aus denen in den letzten vierzehn Tagen Medikamente und lebenserhaltende Stoffe in seine Adern getropft waren. Dann suchte er mit zwei Fingern die Halsschlagader des Bandagierten. Pulsierendes Leben. Michaelis war zufrieden.

Behutsam hob er das Leichtgewicht in den bereitstehenden Rollstuhl und schob ihn in die vom Haus aus zu begehende Garage. Die Rücksitze seines Kombis hatte er bereits umgeklappt. Vorsichtig bettete er den Schwerverletzten in den Laderaum und ließ ihn unter einer ausgebreiteten Reisedecke verschwinden. Den zusammengefalteten Rollstuhl verstaute er vor dem Beifahrersitz. Dann ging er zurück ins Haus.

Er konnte sich Zeit lassen. So schnell würde seine Frau nicht aus dem Krankenhaus zurückkehren. Eine knappe Stunde arbeitete er umsichtig. Bett und Matratze trug er zurück auf den Speicher. Plumeau und Kissen stopfte er in einen Plastiksack, den er später in einen Sammelcontainer der Caritas stecken würde. Andere, weit unappetitlichere Dinge hatte er unbemerkt über die Hausmüllabfuhr in die Verbrennungsanlage Asdonkshof schaffen lassen. Die gründliche Putzfrau, die morgen die Praxis für die Wiedereröffnung auf Hochglanz bringen sollte, würde alle weiteren Spuren vernichten.

Er sah auf die Uhr, es ging bereits gegen acht. Kurz erwog er, die Rückkehr seiner Frau abzuwarten, entschied sich dann aber dagegen. Es drängte ihn, sich seiner Last zu entledigen. Er wollte endlich wieder frei sein. Seine Aufgabe, das, was er seiner Tochter schuldig zu sein glaubte, hatte er erfüllt. Was jetzt kam, war notwendig, aber einfach nur noch lästig.

Stunden später. Es war bereits weit nach Mitternacht und der Doktor tief im Süddeutschen. Er war ohne Pause gefahren, jetzt steuerte er eine Autobahnraststätte an. Unweit der nur schwach beleuchteten Toilettenanlage ließ er den Wagen ausrollen, stieg aus und reckte sich. Unauffälliges Sichern nach allen Seiten. In der Nähe parkte ein Sattelzug. Die Vorhänge der Fahrerkabine waren zugezogen. Entschlossen öffnete der Doktor die Heckklappe seines Wagens. Keine zwanzig Sekunden später schob er den Mann im Rollstuhl in die Kabine einer Behindertentoilette, deren Tür er von außen mit einer mitgebrachten Rohrzange verschloß.

Erst als er den Wagen wieder in den nur schwachen Verkehr auf der nächtlichen Autobahn gefädelt hatte, schaltete er das Radio ein. Ein Klavierkonzert, beruhigend. Ihm war, als tauche er aus tiefem Morast wieder im Licht, in seiner Welt auf. Er lächelte. Da war das schöne Bewußtsein, für ein kleines Stück Gerechtigkeit in dieser bösen Welt gesorgt zu haben.

*

Der Alltag im Hause Michaelis hatte sich nach der Wiedereröffnung der Praxis normalisiert. Der Tag hatte wieder Struktur, eine Tatsache, die für den Doktor vieles erträglicher machte. Der Zustand seiner Tochter war allerdings unverändert. Michaelis begann sich damit abzufinden. Manchmal ertappte er sich dabei, daß er an Elisa bereits wie an eine Verstorbene dachte. Nicht so seine Frau, ihre Hoffnung war unzerstörbar. Ihr ganzes Denken und Handeln kreiste weiterhin nur um die Tochter. Der Doktor beobachtete es mit Sorge.

Seit Tagen zeigte er, der sich nie für das Fernsehprogramm interessiert hatte, ein auffälliges Interesse an Nachrichtensendungen und Info-Magazinen. Einträchtig saßen sie auf dem Sofa. Während er mit halbem Ohr der »Explosiv«-Moderatorin lauschte, berichtete seine Frau, die an einer Jacke für die Tochter strickte, wortreich von ihrem Tag an Elisas Bett. Die Moderatorin wandte sich einem neuen Beitrag zu.

»Bereits vor zwei Tagen machte der Pächter einer Autobahnraststätte einen grausigen Fund …«

Wie elektrisiert richtete sich Michaelis auf.

»Nun halt doch mal den Mund«, herrschte er seine Frau an. Sie verstummte erschrocken, stand abrupt auf und verließ das Zimmer. Sie weinte. Michaelis merkte es nicht einmal.

»In einer Behindertentoilette stieß der Pächter auf einen Schwerverletzten im Rollstuhl, den Unbekannte buchstäblich aller Sinne beraubt haben. Das Opfer ist nicht nur taub, stumm und blind, ihm wurden auch Hände und Füße amputiert. Die Polizei ist sich sicher, daß diese furchtbaren Eingriffe nur eine medizinische Fachkraft vorgenommen haben kann. Die Operationswunden wurden sorgfältig versorgt, der Verstümmelte befindet sich außer Lebensgefahr.«

Die Bilder einer dem Doktor wohlbekannten Raststätte konnte auch die reißerische Kameraführung nicht aufpeppen. Interessant wurde es erst wieder beim Statement des Polizeisprechers.

»Die Identifizierung des Opfers gestaltet sich äußerst schwierig, da eine Kontaktaufnahme durch die irreparablen Verletzungen der Sinnesorgane unmöglich ist. Wir stehen vor einem Rätsel.«

Die schicke Vorabend-Kassandra kam wieder ins Bild.

»Insider munkeln, daß nur die russische Mafia hinter diesem Akt der Barbarei stecken könne. Wußte der Mann zuviel, wollte er aussteigen? Wir werden es möglicherweise nie erfahren. Fachleute befürchten, daß der Unbekannte sein Geheimnis mit ins Grab nehmen wird. Ein Mensch, lebendig eingemauert in den eigenen Körper. Der absolute Horror.«

»So ist es«, kicherte der Doktor irr, »Auge um Auge, Ohr um Ohr, Stimmband um Stimmband und so weiter und so weiter«.

Werbung. Er stellte ab. Meckerndes Lachen. Gemein, böse, mitleidlos.

»Lebenslänglich Dunkelhaft.«

*

Man hatte ihn auf die Polizeistation an der Reeser Landstraße bestellt. Beklommen betrat er den modernen, abweisenden Klinkerbau. Der Kripomann hatte es am Telefon spannend gemacht. Michaelis war zutiefst beunruhigt. War man ihm auf die Schliche gekommen? Aber der Empfang im Büro des Hauptkommissars war überaus freundlich.

»Nehmen Sie Platz, Herr Doktor, wir können Ihnen eine überaus freudige Mitteilung machen. Wir haben den Täter gefaßt.«

Michaelis verstand nicht gleich.

»Täter? Welchen Täter?«

»Na, den Vogel, der Ihrer Tochter das angetan hat.«

Der Doktor erstarrte. Ungläubiges Erstaunen.

»Unmöglich«, entfuhr es ihm wider Willen.

»Doch, doch, unterschätzen Sie mal die Polizei nicht. Bitte kommen Sie mit.«

Der Ermittler ging voran, Michaelis folgte benommen. Düstere Flure, dann treppab. Im Keller betraten sie einen Raum, an dessen Stirnseite eine große Glasscheibe von einem weiteren Raum abschloß.

»Die Scheibe ist einseitig verspiegelt«, erklärte der Kripomann. »Treten Sie ruhig näher heran, man kann Sie von drüben nicht sehen.«

Eben führte ein Polizist einen mit einer Handschelle an sein Handgelenk gefesselten Mann in Lederhosen und T-Shirt herein.

»Erkennen Sie ihn wieder?«

Der Doktor schüttelte matt den Kopf. Der Ermittler ließ sich nicht beirren.

»Nun ja, der Typ war maskiert, aber warten Sie es ab.«

Er sagte etwas in ein Mikrofon. Sofort trat der Uniformierte mit seinem Gefangenen dicht an die Scheibe.

»Beachten Sie die Tätowierung auf dem Handrücken. Erkennen Sie die wieder?«

Der Doktor wurde blaß. Stummes Nicken. Er hätte sie unter Tausenden erkannt.

»Ein Skarabäus, das Abzeichen einer kriminellen Motorradgang, die sich die ›Pharaos‹ nennt und sich im Drogengeschäft tummelt. Wir haben den ganzen Verein letzte Woche festgenommen und dabei auch in Ihrer Sache den Haupttreffer gezogen«, freute sich der Polizist.

Die Informationen sickerten langsam, aber ätzend in Michaelis' Bewußtsein. Motorradclub, Erkennungszeichen, die Tätowierung zierte etliche Handrücken. Hatte er vielleicht den Falschen …? Unmöglich! Der da drüben konnte, durfte nicht der Täter sein. Doch der Ermittler vernichtete augenblicklich jeden Zweifel.

»Durch die am Tatort genommenen Haarspuren konnten wir einen genetischen Fingerabdruck des Täters erstellen. Er stimmt mit dem dieses Burschen da überein. Er ist unser Mann, das steht außer Frage.«

Der Doktor, aschfahl im Gesicht, schüttelte mechanisch den Kopf. Es war, als hätte man einen Turbo-Schalter in seinem Hirn umgelegt. Gedanken rasten, immer mehr Fahrt aufnehmend, ergebnislos im Kreis. Er mußte sich am Tisch abstützen.

»Ist Ihnen nicht gut?« fragte der Kripomann besorgt.

Das Telefon dudelte dazwischen. Der Beamte nahm sofort ab.

»Muß das jetzt sein?« Ärgerliches Lauschen. »Also gut, stellen Sie durch.«

Er hielt Michaelis den Hörer hin.

»Ihre Frau, scheint dringend zu sein.«

Der Doktor griff wie in Trance zum Hörer. Die Stimme seiner Frau klang vor jubelnder Aufregung eine kleine Terz höher.

»Stell dir vor, Elisa ist aus dem Koma erwacht. Du mußt sofort kommen. Jetzt wird alles gut.«

*

Der Doktor fuhr, von der Innenstadt kommend, auf der Schermbeker Landstraße. Rechts kam das Evangelische Krankenhaus in Sicht. Jetzt hätte er den Blinker setzen müssen. Er tat es nicht. Der rechte Fuß blieb auf dem Gaspedal. Michaelis war wie gelähmt, unfähig eine Entscheidung zu treffen. Bloß weg, raus aus der Stadt, nur nicht anhalten, den schrecklichen Verstrickungen einfach davonfahren.

Bei Drevenack auf die A 3. Die Auffahrt nahm er mit quietschenden Reifen, dann trat er richtig durch. Die Autobahn, schnurgrade Verheißung lockender Ferne. Die rasende Spieluhr in seinem Kopf begann, sich langsamer zu drehen. Lockende Ferne? Unsinn. Für ihn hielt die Zukunft nur ein verkarstetes Niemandsland, eine von seiner furchtbaren, nie wieder gut zu machenden Schuld verseuchte Ödnis bereit. Ausweglos. Endgültig. Ihm war, als schnürten ständig verengende metallene Schellen Kopf und Brust. Sein Atem ging stoßweise.

Die Raststätte Hünxe kam in Sicht. So ähnlich hatte der Ort ausgesehen, an dem er sich seines unschuldigen Opfers entledigt hatte. Als er vorbei war, wußte er, was er zu tun hatte.

In Dinslaken fuhr er ab. Zwanzig Minuten später war er zurück in Wesel. Den Wagen stellte er auf dem Parkplatz vor dem Lippeschlößchen ab. In dem dort untergebrachten Restaurant hatte er einmal mit Freunden und stolzen Verwandten seine Approbation und später auch Elisas Abitur gefeiert. Es kam ihm unwirklich vor.

Die Eisenbahnbrücke, die auf der anderen Straßenseite die Lippe überspannte, war ihm seit Kindertagen vertraut. Ein Ort, an dem sie ihren Mut erprobt hatten. Gepreßt in den schmalen Raum, den die stählerne Tragkonstruktion dicht an den Schienen ließ, hatten sie die Züge vorbeidonnern lassen. Ein Erlebnis existentieller Wucht, nur eine handbreit vom brüllenden Tod entfernt. Jetzt war er zurück.

Die Schienen begannen zu singen. Von Voerde näherte sich der Regionalexpreß. Sein Blick suchte die Engelkirche jenseits der Lippewiesen am Fusternberg. Dort war er getauft worden. Deutlich zeichnete sich der imposante Posaunenengel auf dem Dach gegen den Abendhimmel ab. Er blies zum jüngsten Gericht. »Mein ist die Rache, redet Gott.«

Metallener Donner rollte. Dr. Michaelis trat einen Schritt vor.

Thomas Hesse, Thomas Niermann

Bloody Christmas

Ihre vielbeschäftigten Eltern hätten Lisa mit Worten wie aufgeweckt, an allem interessiert, lebhaft oder auch extrovertiert beschrieben.
Sie wußten es halt nicht besser. Viel Zeit zu genauerer Charakteranalyse konnten oder wollten sie sich nicht nehmen. Wenn sie manchmal die Ahnung anhauchte, daß der Neunjährigen durchaus auch andere, weniger freundliche Attribute zugeschrieben werden könnten, sah man sich stets nur milde lächelnd an und verlautbarte unisono: »Kinder! Das verwächst sich.«

Nachbarn, Lehrer und besonders der herzensgute Bruder Markus, dem die Kinder- und Jugendarbeit an der Maria-Himmelfahrt-Kirche in Lisas Weseler Heimatgemeinde oblag, wußten es besser: In tiefer Überzeugung hielten sie das Mädel schlicht für ein egoistisches, intrigantes, altkluges kleines Blag.

Die schöne, stille Adventszeit ging zu Ende. Es schneite schon seit Tagen. White Christmas, eine kleine Sensation am Niederrhein. Alles fieberte der kollektiv zu begehenden Geburtstagsfete unseres lieben Herrn Jesu entgegen. Der Countdown lief. Schneeschiebergekratze und allseitiges Fluchen über Schmuddelwetter, gehetzte Hausfrauen, gestreßte Verkäuferinnen, quengelnde Kinder und bepackte Ehemänner. Festtagsstimmung allüberall. Wie jedes Jahr.

Selbst die Döner-Bude am Kornmarkt war weihnachtlich dekoriert. Der nette, schnauzbärtige Türke hatte sogar einen von innen beleuchteten Santa Claus vor die Tür gestellt, dem Lisa sofort im Vorbeigehen mit einem gezielten Schneeballwurf das Licht ausknipste. Diesen unerhörten Anschlag auf *das* Symbol des menschheitseinenden Liebesfestes wollte Schnauzbart in heiligem Zorn gleich mit seinem Döner-Säbel parieren, aber Lisa war bereits im Schneegestöber verschwunden.

»Pah, Weihnachtsmann«, nölte sie vor sich hin, »wer glaubt denn an so 'nen Quatsch.«

Lisa, unterwegs zur Generalprobe des Krippenspiels, bei dem sie morgen im Verein mit einigen anderen Früchtchen gleichen Kalibers gerührte Eltern verzaubern sollte, war stinksauer. Sie hatte sich eine tragende Rolle ausbedungen. Maria war ihr allerdings nicht emanzipiert genug, Josef ein Trottel mit zu wenig Biß, und irgendeinen Hirten-Prol wollte sie schon gar nicht geben.

»Dafür hab ich nicht den richtigen Stallgeruch«, hatte sie Bruder Markus mit Blick auf die Krippe erklärt. Ihr Vater war schließlich Oberarzt am benachbarten Marienhospital. Die Lichtgestalt des Weihnachtsengels wäre ihr schon recht gewesen. »Siehe, ich verkünde Euch große Freude.« So was lag ihr.

Fast wäre es darob mit Bruder Markus zum Eklat gekommen. Der fromme Mann konnte sich aber, eingedenk der Tatsache, daß Lisas Papa im Kirchenvorstand saß, gerade noch zurückhalten, dem Mädel ganz unheilig eine zu semmeln. Er revanchierte sich allerdings, indem er ihr die Rolle des Ochsen zuwies. Eine verhängnisvolle Entscheidung.

An der Pastor-Janßen-Straße mußte Lisa warten. Ein Linienbus, der in die schon wieder verbotswidrig zugeparkte Haltebucht einbiegen wollte, blockierte wüst hupend. Spontan schmierte Lisa »Arschloch« auf die verschmutzte Karosserie. Gedanklich war sie immer noch beim Thema Weihnachtsmann.

»Verscheißern kann ich mich auch allein«, brummelte sie, an die süßliche Geschichte denkend, die ihr Oma neulich erzählt hatte.

Sie war doch kein kleines Kind mehr. Wie, überlegte sie, sollte die kostümierte Fettbacke denn durch den Kamin kommen? Überhaupt, sie hatten ja Zentralheizung, da war doch, bei aller Quetscherei, spätestens am Gasbrenner Schluß. Und dann die Arbeitszeit. Sie überschlug rasch. Wenn Rotrock richtig reinhaute, konnte er vielleicht fünf, sechs Haushalte pro Stunde schaffen. Allein für Wesel würde er aber Wochen brauchen. Und dann hatte er noch den Rest der Welt vorm Bauch. In Mathe war sie gut.

Lisa schüttelte indigniert den Kopf. Verstehe einer diese Erwachsenen. Papa konnte nicht einmal eine simple E-Mail ohne ihre Hilfe auf den Weg bringen, meinte aber, ihr mit so einem Schmus kommen zu dürfen.

Lisa querte die Straße. Alles Quatsch, mit dem Thema Weihnachtsmann war sie ein für allemal durch.

Aber dann meldeten sich doch Zweifel. Was, wenn Rauschebart noch einen ganzen Stall voll Kollegen hatte? Und wer die Nummer brachte, in einem Rentierschlitten durch die Lüfte zu düsen, für den war die moderne Heiztechnik vielleicht auch kein Hindernis. Ärgerlich blieb sie stehen und starrte in den Schnee.

»Das glaub ich erst, wenn ich es mit eigenen Augen sehe«, trompetete sie aufstampfend in die Kälte.

»Ist dir nicht gut?« erkundigte sich eine besorgte Passantin. Schließlich war Weihnachten.

»Geht schon, Oma. Muß am Bahnhof schlechten Stoff erwischt haben. Aber haste mal 'ne Mark?«

Schon war Lisa wieder ungestört. Zweifel. Hatte Papa nicht mal fallenlassen, daß der, der den Weihnachtsmann beobachtet, auf Geschenke fürderhin verzichten müsse? Keine schöne Vorstellung. Bitter lachte sie auf.

Sie kletterte über die schmiedeeisernen Ketten, die den Kirchenvorplatz von der Straße trennten. Ihre Stimmung hob sich. Sie mußte an den Inhalt ihrer Umhängetasche denken. Damit würde sie gleich ganz schön Furore machen. Na warte, Brüderlein. Ihr die Ochsen-Rolle zu verpassen, Frechheit. Der hatte doch nicht mehr alle Nadeln am Christbaum. Dafür würde es jetzt die Quittung geben.

Während sie auf das Kirchenportal zuschritt, drückte sie den Inhalt der Tasche. Natur pur. Drei wahre Prachtexemplare von Kuhfladen, die sie sich neulich unbemerkt beim Bio-Bauern besorgt hatte, während Mama im Hofladen die gesunde Rohmilch kaufte. Später hatte sie die Brummer im Garten gelagert, wo sie zur Transporttauglichkeit gefroren waren. Die Druckprüfung zeigte aber, daß sie inzwischen fast wieder ihren Ausgangszustand angenommen hatten. Gut so.

Die Generalprobe war bereits in vollem Gange.

»Ja, wo bleibst du denn, Lisa«, schräpelte Bruder Regisseur gleich ungehalten los.

»Mußte erst noch meinen Text lernen«, giftete Lisa zurück.

Aber Bruder Markus hatte sich bereits wieder umgewandt, und so prallte die Spitze wirkungslos an ihm ab. Lisa zuckte die Achseln, nutzte aber die Gunst des Augenblicks und plazierte rasch eine alte Nummer des »Playboy«, die sie in Papas Nachtkästchen gefunden hatte, in der unbeachtet harrenden Textmappe des sündenfernen Mannes.

Stadtdechant Bolkendorf betrat das Kirchenschiff. Unschuldige Kinderseelen bei frommem Tun, da mußte er einfach mal reinschauen. Still setzte er sich in die erste Bank. Bruder Markus registrierte es aus den Augenwinkeln und legte sich mächtig ins Zeug.

»Jetzt ist Maria dran.«

Hektisches Zeichengeben.

»Hier stinkt's nach Scheiße«, textete Maria durchaus avantgardistisch.

Stille. Bruder Markus erstarrte, der Dechant grübelte. Irgendwie nah am biblischen Sujet. Aber waren die Dialoge nicht ein wenig drastisch? Abwarten. Modernem durchaus aufgeschlossen, war er jetzt recht gespannt auf die Fortsetzung der Inszenierung. Hier wurde vielleicht Krippenspiel-Geschichte geschrieben.

Bruder Markus hüpfte indes erregt durch die Szene.

»Was soll das?«

»Hier stinkt's echt wie im Kuhstall«, sprang der gute Josef seiner Gattin bei.

Auch der Dechant schnüffelte. In der Tat. Seine feinsinnigen Nüstern nahmen eine für diesen Ort höchst ungewohnte Geruchssinn-Belästigung wahr. Rindsfäkal, ohne Zweifel. Bei aller Liebe zum realistischen Detail, jetzt übertrieb der Bruder aber wirklich.

»Wer, zum Teufel, hat den Mist da fabriziert?« brüllte Bruder Markus, Ort und beide Vorgesetzten vergessend. Er hatte eine der Tretminen entdeckt.

»Muh«, outete sich der Ochs als Urheber.

Der sonst so friedfertige Bruder fuhr zurück. Haltsuchend griff er zur Textmappe. Wollte er nachlesen? Wohl kaum, eher Trost bei Altbewährtem suchen. Vergebens. Flatsch! Volle Lotte rückwärts in die Bio-Masse. Juchzendes Einknicken. Die Mappe flog, der Playboy auch. Vor die Füße des konsternierten Dechanten. Der starrte erst auf die üppige Oberweite der Titelmaid, dann ins waidwunde Auge des Gestrauchelten. Ein Blick, als hätte er Hugh Heffner persönlich vor der Flinte.

»Wir sprechen uns später.«

Bruder Markus rappelte sich augenblicklich hoch und hoppelte, jede Berührung der kotigen Sandale mit heiligem Grund meidend, geschlagen gen Sakristei. Der Gerechte muß viel leiden. Da tat eine kreative Pause gut.

»Die Probe ist für heute beendet«, rief der Dechant und wedelte mit der inzwischen züchtig zusammengerollten Sex-Postille die Kinder aus der Kirche. Die ließen sich nicht lange bitten und strebten johlend in die schneeweiße Freiheit.

*

Nur Lisa hatte es nicht eilig. Sie wollte es jetzt ganz genau wissen. Wenn man schon mal einen Fachmann da hatte …

»Du, sag mal, gibt's eigentlich den Weihnachtsmann?«

Du? Dechant Bolkendorf riß es herum, als hätte man ihm in den Hintern getreten. Rotzlöffel. Keine Erziehung, kein Respekt. Sic transit gloria mundi. Da erkannte er die Tochter des Oberarztes. Widerwillig knautschte er sich ein Lächeln ins Gesicht.

»Weihnachtsmann? Nun ja, das ist eigentlich nicht das zentrale Thema, um das es hier geht. Richten wir unseren Blick auf die Krippe, liebes Kind, die ...«

»Ich richte meinen Blick lieber unter den Weihnachtsbaum und frage mich, ob wirklich ein alter Mann mit Vollbart und Karnevalskostüm die Geschenke drunterlegt«, unterbrach Lisa ungeduldig.

Jetzt hatte der Dechant ein Problem. Wenn er der Kleinen hier seine Meinung über den Weihnachtsmann erzählte, gab's möglicherweise Tränen. Vor seinem geistigen Auge tauchte sofort die Mutter des Mädchens auf. Eine couragierte Oberstudienrätin, General Patton der katholischen Frauengemeinschaft. Er konnte sich lebhaft vorstellen, welche Kanonade die auf jemanden losballern würde, der den kleinen Terroristen ihre unschuldigen Kindheitsphantasien raubte. Er entschloß sich zu einer theologischen Rückwärtsrolle.

»Nun, liebes Kind, letztendlich geht es immer nur um den Glauben.«

»Eben«, trumpfte Lisa auf, »und der Zweifel ist der Zwilling des Glaubens, hast du selbst neulich gepredigt.«

Im Dechantengesicht ging die Sonne auf. Hatte er bisher stets den grimmigen Verdacht gehegt, daß das klare Wasser der Weisheit, das er predigtmäßig über die Gemeinde versprühte, schlußendlich doch als Perlen vor den Säuen abregnete, wurde er jetzt eines Besseren belehrt. Auf welch fruchtbaren Boden das fiel, gerade bei den Kleinsten. Unwillkürlich faltete er die Hände. ›Lasset die Kindlein zu mir kommen.‹

»Also, wie hältst du's mit dem Glauben an den Weihnachtsmann?« Lisa zog die Daumenschrauben noch ein wenig an. »Du glaubst doch sogar an die unbefleckte Empfängnis.«

Sie deutete anklagend auf die Krippe.

Der Dechant ballte unwillkürlich die Faust zu weltlicher Geste. Hatte er sich verhört? Offensichtlich nicht. Lisa folgerte schon schlüssig weiter.

»Und das ist doch schon starker Tobak. Wenn du so was glaubst, dann doch bestimmt auch an den Weihnachtsmann.«

Lisa starrte gespannt auf die Lippen des Dechanten. Der schloß, ins religiöse Mark getroffen, die Augen. Die guten, alten Tage der Inquisition, lange dahin. Schade. Er tröstete sich mit dem Gedanken, daß zumindest ein Lehrstuhl für katholische Theologie beruflich für diesen gotteslästerlichen Rotzlöffel niemals in Frage kommen würde. Sein Blick suchte das Kreuz über dem Altar, dann traf er, reinigendes Feuer lodernd, die Kleine. Seinem Mund aber entrann nur ein mattes »Da fragst du am besten mal deinen Papa«.

Abrupt wandte er sich ab. An dieser Jugend konnte man nur verzweifeln. Was er jetzt brauchte, war ein Cognac, doppelt, drüben im Café Fehr. Den »Playboy« hätte er allerdings besser etwas diskreter als im nächsten Straßen-Mülleimer entsorgen sollen, denn eben bog auch Ferdi Fleischmann, das Trüffelschwein unter Wesels Lokaljournalisten, mit wehendem Trench auf die Zielgerade zum Café Fehr ein. Sofort nahm sein journalistisch geschultes Auge den reinigenden Akt des Kirchenmannes wahr. Aufs Registrieren folgte Wühlen. Dem investigativen Ferdi war die Angst, sich die Finger schmutzig zu machen, völlig fremd. Sekunden später betrat er breit grinsend, das Corpus delicti unterm Arm, die Kneipe und steuerte gleich – »Hallo, Hallöchen« – auf den Tisch des geschlagenen Dechanten zu. »Oh, du fröhliche Weihnachtszeit.«

*

Lisa war mit sich zufrieden. Den Schwarzkittel hatte sie ganz schön zum Schwitzen gebracht, und die Nummer mit Bruder Markus hatte auch einen gewissen Unterhaltungswert gehabt. Darüber nachdenkend, wie sie weiter vorgehen sollte, um die Premiere des langweiligen Krippenspiels am nächsten Tag vor großem Publikum vollends zum Event hochzujazzen, verließ sie das Gotteshaus. Doch schnell überlagerte die ungeklärte Weihnachtsmann-Frage erneut ihr Denken.

Daheim angekommen wollte sie der Sache gleich weiter auf den Grund gehen. Aber Mama telefonierte, das konnte dauern, und Papa operierte, selbstredend nicht daheim. Blieb also nur Maria, das philippinische Hausmädchen. Leider waren deren Deutschkenntnisse nur bruchstückhaft. Lisa seufzte, es war ein Kreuz mit dem Personal. Trotzdem versuchte sie es.

»Maria, du glauben an Weihnachtsmann?«

Maria, die gerade dabei war, den Tisch für das morgige Festmahl einzudecken, fuhr erschreckt zusammen. Fast hätte sie eines der Fünfzig-Mark-Gläser zerdeppert. Ärgerlich drehte sie sich um und betrachtete, Obacht in den Augen, die Kleine, von der sie Kummer gewohnt war.

»Häh?«

»Das heißt *bitte*«, erzog Lisa streng, um dann sofort aufs Thema zurückzukommen.

»Weihnachtsmann, capito!«

Sie stapfte pantomimisch durchs Zimmer, machte mehrmals laut »Hoho!« und leerte einen imaginären Sack unter den bereits geschmückten Tannenbaum.

»Weih-nachts-mann«, trompetete sie Maria an, als habe die es mit den Ohren, »du kapieren?«

Offensichtlich nicht. Lisa rollte mit den Augen. Sie faßte es nicht. Aber dann hatte sie eine Idee. Englisch, die Weltsprache.

»San-ta Claus, hoho, San-ta Claus, hoho«, skandierte sie unter neuerlichen schauspielerischen Einlagen. Über Marias Gesicht breitete sich ein Lächeln des Verstehens.

»Ah, Santa Claus«, Marias Augen verengten sich zu Schlitzen, »stecken böse, kleine Mädchen in Sack und geben Saures.«

Auch Maria hatte pantomimisch einiges drauf. Mit Verve gegen einen unsichtbaren Sack tretend, führte sie vor, wie sie sich das Ritual vorstellte.

Eindrucksvoll. Lisa war platt. Hatte sie noch nie von gehört. Ob der alte Zausel von Land zu Land sein Programm änderte? Ging ja verdammt rauh zu auf den Philippinen. Na ja, andere Länder, andere Sitten. Maria konnte wirklich froh sein, bei ihnen die überlegene deutsche Kultur kennenzulernen. Hier gingen die Uhren anders.

Erkennend, daß sie Marias Infos nicht recht weiterbrachten, wandte sie sich mit Autofahrergruß ab. Beim Hinausgehen stieß sie wie unabsichtlich gegen das Geschirrtablett. Krach-Bum-Peng. Musik in Lisas Ohren. Marias eh schon nicht üppiges Taschengeld würde ganz schön zusammenschmelzen. Lisa eilte, Maria heulte, Mama würde schimpfen. Weihnachtszeit, stille Zeit.

Inzwischen ging es gegen acht. Draußen war es stockfinster. Der Mond machte hinter vorgeschobenen bleiernen Wolken Dienst nach Vorschrift. Die panischen, versicherungsmotivierten Fegeattacken der Anwohner ließ der weiterhin dicht fallende Schnee ins Leere laufen.

Nach einem von Maria stumm angerichteten, von Lisa einsam eingenommenen Abendessen war die Kleine nun dabei, sich artig bettfertig zu machen. Nicht, daß sie ernsthaft vorgehabt hätte, vor Mitternacht die Augen zu schließen – dazu war das Fernseh-Nachtprogramm heute einfach viel zu gut –, aber sie wußte, wie man sich nörgelnde Eltern vom Hals hielt. Erwartungserfüllung hieß das Zauberwort, wenn auch nur scheinbar. Jeder glaubte schließlich das, was er glauben wollte. Und die Eltern hielten sie ja für *so* vernünftig. Schnell noch mit Odol gegurgelt – roch wie Zähneputzen, war aber nicht so zeitintensiv –, fertig.

Wie aufs Stichwort erschienen die Alten auch schon im Kinderzimmer. Papa in elegantem Abendanzug, Mama in schulterfreiem Designer-Fummel. Barbie und Ken, schoß es Lisa durch den Kopf.

Man war eingeladen. Wichtig, wichtig. Konnte dauern. Lisa kannte das. Vor drei war mit der Heimkehr der Eltern nicht zu rechnen. Sie war's zufrieden, gedanklich schon bei der Splatter-Orgie von Andy Warhols »Frankenstein«, die gleich in der Glotze lief. Nun macht euch doch endlich vom Acker, dachte sie.

Aber vorher noch das übliche Ritual. Ermahnungen und Ich-hab-dich-lieb-Salbadere, dann Küßchen, Haarestreicheln, Deckezupfen. Endlich war die Entlastungsarie gesungen. Lisa löschte gähnend die Nachttischlampe, Mama schloß lächelnd die Tür. Alle waren zufrieden. Im guten Gefühl, ihren Hoffnungsträger in der sicheren Obhut des Hausmädchens zu wissen, verließ man das Haus. Das Taxi wartete bereits.

Lisa blieb reglos im Bett liegen und starrte in die Dunkelheit. Sie wußte, was gleich passieren würde. Und richtig, kaum war das Nageln des Taxi-Diesels verklungen, blubberte ein Motorrad in kleinem Gang heran. Kurz vor dem Haus röchelte der Motor aus.

Lisa lief zum Fenster und schob die Gardine beiseite. Aus der sich öffnenden Eingangstür fiel ein breites Lichttrapez in die Auffahrt. Ein dunkler Ledermann stapfte heran. Marias Freund, der Stöffel, der sich einmal in der Woche um den parkähnlichen Garten hinterm Haus zu kümmern hatte.

Das Lichttrapez verschwand mit dem Klappen der Haustür. Startschuß für Lisas Fernsehabend. Sie und das Hausmädchen hatten ein unausgesprochenes Agreement getroffen. Waren die Eltern nicht da, glotzte Lisa in Marias Zimmer – der elterliche Fernseher war kodiert, Mama war schließlich Pädagogin – ungestört bis in die Puppen, während Maria genauso unbelästigt auf dem Wohnzimmer-Sofa mit ihrem Freund unter engagiertem Körpereinsatz um Völkerverständigung rang.

Lisa machte sich auf. Von unten Getuschel und albernes Gekicher. Lisa schüttelte den Kopf. Kindisch. Sie lugte übers Treppengeländer. Die beiden unten schienen sich zu beatmen. Schmatzende Geräusche. Angewidert wandte sie sich ab. War ja richtiggehend unappetitlich.

Der Film hatte bereits begonnen. Machte nichts, die Handlung war nicht so wichtig. Lisa ging's mehr um das Ästhetische. Es wurde gemetzgert, daß es eine Lust war. Herrlich.

»Lisa, wir sprechen müssen.«

Ärgerlich schaute Lisa auf. Das verstieß gegen die Abmachung. In den nächsten Stunden hatte Maria in ihrem Zimmer nichts verloren. Was wollte die verliebte Schnepfe?

»Wir tanzen gehen in Disco.«

Das war ja was ganz Neues. Premiere. Mußte natürlich erst ausgehandelt werden. Lisa war sofort ganz Interesse.

»Du braves Mädchen, keine Dummheiten, in drei Stunden wir zurück.«

Maria lächelte ein strahlendes Bitte-Bitte. Die Geschirrattacke von vorhin schien vergessen. Auch Lisa lächelte zuckersüß. Maria schöpfte Hoffnung. Eigentlich hätte sie es besser wissen müssen.

Schon wollte sie – Kußhand – die Türe schließen, da wurde sie von ihrer Schutzbefohlenen mit präsidialer Geste gestoppt. Es entspann sich ein stummer Dialog in internationaler Zeichensprache. Reibender Daumen auf Zeigefinger, dann streckte Lisa, Handfläche nach oben, ihren Arm fordernd aus. Maria kapierte sofort und nestelte ihr Portemonnaie heraus. Ein kleiner Blauer wurde auf die Handfläche gepatscht. Aber die schloß sich nicht. Clint-Eastwood-Blick, beidseitig. Ein Duell. Maria hatte die schlechteren Nerven. Widerwillig legte sie einen zweiten Zehner zum ersten. Die Handfläche schloß sich, die Tür noch nicht. Das Hausmädchen mußte nun doch noch ihrem Ärger über die kleine Erpresserin Luft machen.

»Santa Claus, hoho«, stieß sie drohend hervor und zog noch einmal die Sack-Tret-Nummer ab.

Lisa wandte sich wieder dem Fernseher zu. Türen schlugen, Sekunden später knatterte ein Motorrad in die Nacht.

*

Sie mußte eingeschlafen sein. Irgend etwas hatte sie geweckt. War da nicht ein Klirren gewesen? Lauschen. Nichts.

Der Film war schon lange vorbei. Inzwischen sülzte ein Typ, der sich wie Charlies Tante aufgebrezelt hatte, über »wahre Liebe«. Als Lisa merkte, daß es doch nur um nackte Busen und Hintern ging, zappte sie weiter.

Da, schon wieder. Zweifel unmöglich, unten rumorte jemand. Lisa drückte den Ton weg und sah auf die Uhr. Fast Mitternacht. Sie wieselte zum Fenster. Kein Motorrad in der Einfahrt. Maria und Lover waren also nicht vorzeitig heimgekehrt. Merkwürdig. Wer war da unten?

Erneut eindeutige Geräusche. Lisa vernahm's beklommen. Plötzlich ein Gedankenblitz. Vielleicht war das …? Sofort überlagerte die ungeklärte Weihnachtsmann-Frage, die sie schon den ganzen Tag umgetrieben hatte, angstverhindernd jede weitere Geräusch-Interpretation. Lisa ließ der Phantasie die Zügel schießen. Und schon war die Idee zur Gewißheit geronnen. Sie begann, aufgeregt zu trippeln. Hurra, der Weihnachtsmann, *Old Santa Claus is here*! Sie faßte es nicht. Ihre Chance, die Sache ein für allemal zu klären.

Rasch knipste sie die Glotze aus. Was hier lief, war besser als jede Fernseh-Weihnachtsgeschichte.

Sie hatte die Klinke schon in der Hand, da brach doch ein Zweifel durch. War ja eigentlich einen Tag zu früh. Dem Weihnachtsopa mußte da was im Terminkalender durcheinandergegangen sein. Aber auch dafür hatte sie schnell eine Erklärung parat. Natürlich, Rauschebart war ja ganz schön im Streß. Und »Was du heute kannst besorgen, das verschiebe nicht auf morgen«. Ganz klar, der Gute arbeitete vor.

So beruhigt schlich sie die Treppe hinab. Der Weihnachtsmann werkelte im Wohnzimmer. Wo auch sonst? Da stand schließlich der Christbaum. Durch die nur angelehnte Tür fiel ein Lichtbalken in die Diele. Lisa grinste. Ganz schön keß, volle Saalbeleuchtung. Eigentlich hätte sie bei dessen Berufserfahrung etwas mehr Diskretion erwartet.

Sie linste durch den Türspalt. Gleich fiel ihr das sauber herausgeschnittene Loch in der geöffneten, gläsernen Terrassentür auf. Also das war schon mal geklärt. Von wegen Kamin. Hatte sie doch gleich ihre Zweifel dran gehabt. Aber daß er wie ein Einbrecher kam ...

Der Weihnachtsmann tauchte im schmalen Bildausschnitt auf. Lisa war platt. Der packte nicht aus, sondern ein! Gerade ließ er die kostbare Silberschale, die Mama letztes Weihnachten von Papa geschenkt bekommen hatte, in einer Art Seesack verschwinden. Lisa erschrak. Hatte der alte Knochen schon was gespannt? Und jetzt brachte er nicht nur heuer keine Geschenke, sondern sammelte auch die vom Vorjahr wieder ein?

Verdammte Hacke, wenn rauskam, daß sie dafür der Anlaß war, würde es ganz schön Ärger geben. Da war jetzt nichts zu machen. Aber wenn er schon wußte, daß man ihn beobachtete, dann wollte sie die Sache auch mit Bravour zu Ende bringen. Also Augen zu und durch. Vielleicht ließ er ja mit sich reden.

Lisa stieß die Tür auf. Der Weihnachtsmann ließ den Sack fallen und wirbelte herum. Ungläubiges Erstaunen in beiden Gesichtern. Lisa fand die Sprache zuerst wieder.

»Du bist also der Weihnachtsmann.«

Verwirrt runzelte der Mann die Stirn, bevor er auf die schlichte, eher rhetorische Frage antwortete.

»Äh, ja, sozusagen.«

Lisa betrachtete ihn kritisch.

»Warum hast du dich denn rasiert?«

Jetzt warf sich der Weihnachtsmann in die Brust. »Hoho, ich bin doch kein Hippie. Schließlich geht man mit der Zeit.«

Klang einleuchtend. Trotzdem war Lisa vom prosaischen Erscheinungsbild des Weihnachtsmannes einigermaßen erschüttert. Zu allem Überfluß wehte ihr auch noch eine frische Schnapsfahne entgegen. Ihr Blick suchte Papas Hausbar. Die stand offen. Kein Zweifel, der Typ hatte genascht.

»Und wo ist dein rotes Kostüm, die Zipfelmütze?«

Der Weihnachtsmann mühte sich, sein underdresstes Auftreten zu erklären.

»Ach, weißt du, nimm das hier einfach als Arbeitskleidung. Der Festtagsfummel ist noch in der Reinigung.«

Lisa leuchtete das ein. Soweit war also alles klar. Jetzt ging's um Schadensbegrenzung. Sie zwang ihre Stimme in die Kleinmädchen-Tonlage, mit der sie bei Erwachsenen in der Regel immer alles erreichte.

»Lieber, guter Weihnachtsmann, ich weiß ja, daß du mir dieses Jahr keine Geschenke bringst, weil ich dich gesehen habe. Papa hat mir das erklärt.«

Der Weihnachtsmann nickte gewichtig Bedauern. Lisa gab jetzt richtig Gas und versuchte, ein paar Tränchen rauszuschniefen.

»Aber mußt du denn gleich die Sachen vom Vorjahr wieder mitnehmen? Schließlich können Mama und Papa doch nichts dafür.«

Wieso packte der überhaupt ein? Peng, Lisa wachte auf wie aus einem schönen Traum. Sie war wohl total verschlafen gewesen nach dem Nickerchen vor dem Fernseher. Weihnachtsmann, den gab es nicht! Der Beweis saß vor ihr. Wer soll schon in kalter Winternacht auf krummen Wegen in ein Haus eindringen? Schade, irgendwie hätte sie es gar nicht schlecht gefunden, wenn es den bärtigen Geschenkeverteiler doch geben würde und er jetzt bei ihr wäre.

Aber der Kindertraum war vorbei. Lisa stampfte wütend auf. Überhaupt, hätten die Erwachsenen ihr nicht gleich die volle Wahrheit sagen können?

Sie blickte den Weihnachtsmann bitter an. Der Traum-Zerstörer könnte was erleben. Doch der Weihnachtsmann war ein echtes Schauspielertalent. Er spielte seine Rolle glatt weiter.

»Ja, bist du denn auch immer brav gewesen?« wollte er wissen und fuchtelte mit einer imaginären Rute.

Lisa riß ihre Augen auf. Zwanghaftes Nicken.

»Aber natürlich, immer, so bin ich halt.«

Der Weihnachtsmann drohte mit dem Finger.

Das ist ja besser als jedes Krippenspiel, dachte Lisa. Endlich eine tragende Rolle. Gut, wenn der mehr vom blöden, weihnachtsduseligen Balg hören wollte, sollte er haben. Ihr blieb auch nichts anderes übrig, wenn sie sich dem einbrechenden Weihnachtsmann nicht ausliefern wollte.

Sie legte sich voll ins Zeug. Tränenerstickt:

»Heißt das, nie wieder Geschenke?«

Über das Gesicht des Weihnachtsmanns ging ein hämisches Grinsen. Lisa fand ihn immer abstoßender.

»So ist es, mein Fräulein«, nickte der himmlische Paketzusteller, »weil du mich gesehen hast, wirst du nie wieder Geschenke bekommen.«

Lisa konnte es nicht fassen. Der zog hier echt die Weihnachtsmann-Nummer ab. Wie aus dem Bilderbuch. Sie wischte ihre Tränen fort. Kindlicher Trotz brach sich Bahn, wie bei einer dieser liebesverzweifelten Tussis aus »Gute Zeiten – Schlechte Zeiten«.

Dann würde sie sich den ganzen Kram selbst kaufen. Taschengeld kriegte sie ja genug, legte sich die hoffnungsvolle Jungmimin ihren Text zurecht. Aber bevor sie dem Unabhängigkeitsgedanken sprachlich Ausdruck verleihen konnte, kam ihr der Weihnachtsmann zuvor.

»Du hättest wirklich auf deinen Papa hören sollen. Er hat dir nämlich die ganze Geschichte erzählt.«

Lisa, die eigentlich vorgehabt hatte, nun von ihrem Hausrecht Gebrauch zu machen, und drauf und dran war, diesem gefährlichen Weihnachtsmann den freien Abzug zu empfehlen, zögerte. Sie sah das kalte Glitzern seiner Augen, die ihr bis auf den Grund der Seele zu blicken schienen.

Der Weihnachtsmann kam langsam auf sie zu. Freundliches Lächeln, an dem aber nur die untere Gesichtshälfte beteiligt war. Lisa fröstelte.

Kein Schauspiel, bitterer Ernst.

»Keine Geschenke, weil du mich gesehen hast. Und nie mehr, weil ...« – wie beiläufig griff sich der Einbrecher das auf der Festtafel bereitliegende Tranchiermesser, »... ich dich jetzt leider umbringen muß.«

Schon hatte er die Kleine – »hoho« – am Wickel. Lisa ruderte mit den Armen. Keine Chance zu entkommen. Ihre Hand krallte sich gerade noch an die Tischkante. Plötzlich hatte sie eine Gabel in der Hand, wild stach sie um sich. Treffer, bevor der Weihnachtsmann das Messer zielgenau ansetzen konnte.

Das ist mein Geschenk für dich, dachte Lisa noch merkwürdig geistesgegenwärtig. Ganz unweihnachtlich kreischte der heilige Mann auf und löste den Griff. Lisa hackte hinterher, als er rücklings torkelte und das Tranchiermesser unter sich begrub. Ein Solinger Qualitätsprodukt.

Lisa ging erschöpft zu Boden. Kein Laut. Totale Verblüffung. Blut tropfte auf den handgeknüpften Perser. Farblich durchaus passend, dachte Lisa erstaunt. Mama würde aber wohl trotzdem darauf bestehen, daß Maria alle Spuren beseitigte. Die würde ganz schön rubbeln müssen. Geschah ihr recht. Warum hatte Maria sie auch allein gelassen?

Lisa spürte Papas Hand. Er war zurück. Mühsam öffnete sie ihre Augen.

»Papa, warum habt ihr mir nicht gleich die volle Wahrheit über den Weihnachtsmann gesagt?« Dann sackte Lisa in einen langen Traum.

Niederrhein Krimi im Emons Verlag

1

Thomas Hesse und
Thomas Niermann
Der Esel
Niederrhein Krimi 1

ISBN 3-924491-95-X
192 Seiten, 16,80 DM

Freitagabend in der kleinen Stadt. Wesel am Niederrhein. Drei ehemalige Schulkollegen treffen nach zwölf Jahren wieder aufeinander. Ein Treffen, aus dem sich binnen Kürze ein Drama entwickelt. Franz Huismann will mit krimineller Energie an die nötige Kohle kommen, um seinen Traum zu verwirklichen. Dazu braucht er Karl Kranz. Der will verhindern, daß man ihn so einfach benutzt. Ferdi Fleischmann will endlich als Journalist groß rauskommen. Dabei kann ihm keiner helfen. Und was gibt's noch? Liebesglück und eine Leiche. Schützenfest und Multikulti. Sozialpolitik und Lokalkolorit. Ein bißchen Flower-Power und viel Frauen-Power. Das pralle leben. Eben. So ist das halt am Niederrhein.

»Eine intelligente, witzig-freche und spannende Story.« Der Weseler

»Mit viel niederrheinischem Lokalkolorit und Liebe zum Detail erzählen die Autoren, wie leicht Träume platzen können.«
Badische Neueste Nachrichten

weitere Informationen unter **http://www.emons-verlag.de**